Knaur.

Knaur.

Über den Autor:
Nick Brownlee wurde im Nordosten Englands geboren und ist freier Journalist für verschiedene britische Zeitungen und Magazine und Autor mehrerer Sachbücher. Während des Hochseefischens vor Kenias Küste kam ihm die Idee zu *Mord in Mombasa,* seinem ersten Roman. Mit seiner Frau und seiner Tochter lebt er in Cumbria.

Nick Brownlee

MORD IN MOMBASA

Thriller

Aus dem Englischen von
Wibke Kuhn

Knaur Taschenbuch Verlag

Die englische Originalausgabe erschien 2008
unter dem Titel »Bait« bei Little Brown, London.

Besuchen Sie uns im Internet:
www.knaur.de

Deutsche Erstausgabe Mai 2009

Redaktion: Kirsten Reimers
Umschlaggestaltung: ZERO Werbeagentur, München
Umschlagabbildung: brand X
Satz: Adobe InDesign im Verlag
Druck und Bindung: Norhaven A/S
Printed in Denmark
ISBN 978-3-426-50326-3

2 4 5 3 1

Für Janey –
die immer an mich geglaubt hat.

Erster Tag

I

Als George Malewe noch ein kleiner Junge war, hatte er Tausende von Fischen für die weißen Männer ausgenommen, die zum Sportfischen an die Küste vor Mombasa kamen. Aber als die Klinge seines Lieblingsfiletiermessers mit dem Teakholzgriff in dem weichen Bauch versank und er sie mit einer geschmeidigen Sägebewegung nach oben und durch die Magenwand zog, fiel ihm auf, dass er noch nie zuvor einen weißen Mann ausgenommen hatte.

George kam zu dem Schluss, dass ein Mann sich nicht allzu sehr von einem großen Karambesi oder einem Marlin unterschied. Die Eingeweide landeten mit dem gleichen feuchten Platschen auf den Deckplanken des Bootshecks. Und die Blutpfütze, die unter seinen nackten Zehen quatschte, hatte die gleiche warme Konsistenz wie bei einem großen Fisch.

Eines war freilich doch anders, das musste er zugeben: Er würde wesentlich länger brauchen, hinterher das Deck aufzuwischen und die Innereien mit dem Wasserschlauch durch die Speigatts im Heck zu spülen.

Außerdem, überlegte George, hatte er noch nie einen Sportfisch ausgenommen, der mit Angelschnur an einen Kampfstuhl gefesselt war. Und auch keinen, der wie am Spieß brüllte, während er ihn ausweidete.

»George, beweg deinen Arsch mal da weg!«
Er fuhr zusammen, als er die grobe Stimme von oben hörte. »Ja, Boss.«
Der sehnige Afrikaner rückte ein Stück zur Seite, so dass er nicht mehr zwischen den Knien den gefesselten Opfers kauerte, sondern sich gegen die äußere Seite seines fixierten linken Oberschenkels lehnte.
»Und lächeln bitte!«
George drehte sich um und blickte in die Linse der Kamera, die von der Brücke auf ihn gerichtet war. Er wusste alles über Kameras, und diese war ein Topmodell. Extrem teuer. Er strahlte und entblößte eine dezimierte gelbe Zahnreihe unter seiner Baseballkappe von den New York Yankees.
Der Boss zog sich mit einem verdrossenen Knurren vom Sucher der teuren Kamera zurück.
»Doch nicht du, du blöder *Kaffer*. *Ihn* will ich. Du sieh lieber zu, dass du mit deiner Arbeit fertig wirst.«
Georges Grinsen erlosch, und stumm wandte er sich wieder dem offen klaffenden Unterleib des Mannes zu, der mit Handgelenken, Unterarmen, Knöcheln, Oberschenkeln und Knien an die Stahlstreben des Kampfstuhls gefesselt war.
»Na komm, Dennis!«, rief der Boss fröhlich. »Sag schön ›Cheese‹!« Dann schnaubte er ärgerlich. »George – jetzt heb ihm doch mal den Kopf an, los!«
George trat hinter den Stuhl, packte ein silbriges Haarbüschel und zog den Kopf, der auf den Brustkorb des gefesselten Mannes gesackt war, nach oben.
»Noch ein bisschen, noch ein bisschen …«

Der Boss schwankte leicht, während er das Objektiv einstellte. Er stand auf der mit einer Persenning überdachten Brücke, von der man das ganze Heck überblickte.

»Der Gute sieht nicht so besonders schlau aus, was, George?«

George blickte auf das graue Gesicht herab. Der Mund des Mannes war erschlafft, und seine Augäpfel waren nach oben gerollt.

»Für mich sieht er tot aus, Boss.«

»M-hm.«

Der Boss ließ die Kamera sinken und kletterte vorsichtig über eine Stahlleiter von der Brücke aufs Deck. Es war ganz offensichtlich, dass dieser untersetzte Mann kein Seemann war, denn das Schlingern und Rollen des Schiffes ließ ihn über die Planken torkeln wie einen Betrunkenen.

Doch das hatte George ja von vornherein gewusst. Die Skipper, die sich auf diesem Angelrevier ihren Lebensunterhalt verdienten, kannten jeden Zentimeter des Riffs und wussten haargenau, an welchen Stellen die Korallen mit ihren gezackten Zähnen so dicht unter der Oberfläche lagen, dass sie einem zehn Meter langen zweimotorigen Fischerboot wie der *Martha B* so leicht die Eingeweide herausreißen konnten, als würde man ein Blatt Papier zerfetzen.

Der Boss hatte keinen Schimmer.

George hingegen schon. Nicht umsonst hatte er seit seinem elften Lebensjahr auf diesen Fischerbooten gearbeitet, und deshalb wusste er, wie man auf offener See navigiert, wie man die Strömungen einschätzte und die

gefährlichen Brecher vorausahnte, die einen packen und zu Kleinholz zerschmettern konnten.
Deswegen war er hier.
Deswegen und wegen der fünfhundert Dollar, die der Boss ihm dafür versprochen hatte, dass er die *Martha B* durch das Riff steuerte, den weißen Mann auf dem Stuhl ausweidete und keine Fragen stellte.
George spürte, wie ihn eine Welle der Erregung durchlief, als er an das Geld dachte. Fünfhundert Dollar – das war ein Vermögen in einem Land, in dem das durchschnittliche Monatseinkommen unter zehn Dollar lag. Mit fünfhundert Dollar würde er endlich jemand *sein*. Dann musste er sich nicht mehr auf den Straßen von Mombasa mühsam seinen Lebensunterhalt zusammenkratzen, musste nicht mehr die weißen Touristen bestehlen, um Essen für Agnes und den kleinen Benjamin auf den Tisch zu bekommen. Mit fünfhundert Dollar konnte er sein eigenes Geschäft gründen und einer der schnittig gekleideten *Tausi* werden, wie Mr. Kili, der in teuren Autos durch die Gegend fuhr und nur mit den Fingern zu schnippen brauchte, um zu bekommen, was er wollte.
»Ja, der ist tatsächlich mausetot«, bestätigte der Boss, und in seiner Stimme lag ein Hauch von Enttäuschung. »Schneid die Schnur durch, George.«
Fünfhundert Dollar.
Den weißen Mann auszunehmen war gar nicht so schwer gewesen, wie George befürchtet hatte. Nachdem der Boss ihm die Metallklaue des Enterhakens über den Schädel gezogen hatte, war der Rest relativ unkompli-

ziert verlaufen. Es hatte ihm sogar gefallen. Auf jeden Fall war es cooler als Brieftaschen, Kameras und Handys zu klauen. Natürlich hatte George überlegt, wer dieser Weiße wohl war und was er angestellt hatte, dass er so ein Schicksal verdiente. Doch der Boss schien ihn zu kennen, also war das schon okay.
Stell keine Fragen.

Als er das letzte Stück Angelschnur vom Handgelenk des Toten geschnitten hatte, blickte George in sein Gesicht und schauderte.
»Gut. Und jetzt bring ihn ins Bootsheck.«
Der Boss war jetzt wieder auf der Brücke und erteilte seine Befehle unter dem immer erregteren Schreien der Möwen, die bereits über ihnen kreisten.
George hievte die Leiche aus dem Kampfstuhl und schleifte sie zur Achterreling.
»Okay. Und jetzt lass die Leiche verschwinden.«
Der Tote fiel klatschend ins Meer. Einen Moment schwamm er noch an der Oberfläche, aber dann lief die leere Bauchhöhle mit Wasser voll, und die Leiche versank.
»Gut«, sagte der Boss. »Und jetzt putz diesen Dreck hier weg.«
Als er sich mit Wasserschlauch und Wurzelbürste an die Arbeit machte, dachte George, dass in diesen Gewässern bald nicht mehr allzu viel von der Leiche übrig sein würde. Das Blut und die Eingeweide, die durch die Speigatts ins Wasser gespült wurden, würden binnen kürzester Zeit einen Hammerhai oder einen Bullenhai anziehen,

und Thunfische und Fächerfische würden sich der Überreste annehmen.

Beim Arbeiten summte er »Wana Baraka«, ein Spiritual, das er als kleiner Junge immer mit seiner Mutter bei den Gottesdiensten in einer Wellblechhütte in Likoni gesungen hatte. Es ging darum, dass der Betende immer gesegnet sein würde, weil Jesus selbst das versprochen hatte. Mittlerweile sang George dieses Lied seinem eigenen Sohn vor, und allein der Gedanke an Benjamin zauberte ihm ein breites Lächeln ins Gesicht. Es gab nicht allzu viele Dinge in seinem erbärmlichen Leben, auf die George stolz war, aber Benjamin gehörte dazu. Heute war sein dritter Geburtstag, und von den fünfhundert Dollar konnte sein Vater ihm ein Geschenk kaufen, das er nie wieder vergessen würde.

Doch auf einen Schlag verschwand Georges glücklicher Gesichtsausdruck. Verblüfft runzelte er die Stirn, legte seine Hand auf seine Kappe und starrte über das graue Wasser auf den westlichen Horizont. Dort näherte sich ein Boot, das ziemlich tief im Wasser lag, und die Gischtfontänen, die jedes Mal hochspritzten, wenn das Boot auf die Wellen klatschte, verrieten seine hohe Geschwindigkeit.

George warf einen Blick zur Brücke, aber der Boss kauerte gerade vor der Steuerkonsole und fummelte an irgendetwas herum.

»Boss!«

»Was gibt's, George?«

»Da kommt ein Boot.«

Der Boss erschien an der Reling und blinzelte durch seine Sonnenbrille auf das rasch näher kommende Wasserfahrzeug. Er grinste. »Goldrichtig«, bemerkte er und drehte sich wieder zum Steuerrad. »Sieh zu, dass du mit deiner Arbeit fertig wirst.«

Während George das Deck schrubbte, beobachtete er aus dem Augenwinkel das andere Boot, bis es so nah war, dass er es als eines der PS-starken Schnellboote identifizieren konnte, wie er sie manchmal an den Anlegestellen der teuren Ferienanlagen in Kikambala, Bamburi und Watamu sah. Am Steuer stand ein Weißer, der sich hinter die Windschutzscheibe aus Plexiglas duckte. Als das Boot längsseits neben die *Martha B* gekommen war, warf der Mann ihm ein Tau zu. George fing es auf und sicherte es an einer der Klampen im Deck.

»Gut so, Georgie Boy«, lobte der Boss. »Ich befürchte, jetzt ist der Moment gekommen, an dem ich dir *kwaheri* sagen muss.«

George beobachtete, wie er die weiße Metallleiter hinabkletterte. Die teure Kamera hatte er in einer gepolsterten Schultertasche verstaut, die über seinen breiten Rücken baumelte. Mit wackligen, tastenden Schritten stieg er die Treppe hinunter und setzte sich schließlich in das schaukelnde Schnellboot. Dann drehte er sich um und lächelte sein verwirrt dreinblickendes Besatzungsmitglied an.

»Es macht dir doch nichts aus, oder? Aber ich bin sicher, du kannst selbst weiterfahren, stimmt's, George? Das wird dir bestimmt Spaß machen. Und du kennst dieses verdammte Riff doch wie deine Westentasche.«

George nickte stumm.

»Ach, das hätte ich fast vergessen.« Der Boss wühlte in den Taschen seiner Shorts und warf George einen Zehndollarschein zu. »Den Rest bekommst du dann an Land.« Er grinste. »Dann kannst du mir ein Bier kaufen, ja? Vielleicht ein paar Mädchen. Jede Menge hübsche *manyanga* für Georgie Boy, was?«

Dann sagte der Boss etwas zu dem Lenker des Schnellboots, und die mächtigen Motoren erwachten hustend zum Leben. George beobachtete, wie das Boot einen trägen Bogen beschrieb und sich von der *Martha B* entfernte. Das Heck grub sich ins schäumende Wasser, als die Turbos griffen und das Boot mit gewaltigem Schub aufs Festland zuhielt, das man in der Ferne erkennen konnte.

George zuckte mit den Schultern. *Fünfhundert Dollar und keine Fragen.* Er starrte auf den Zehndollarschein in seiner Hand, dann schob er ihn unter seine Kappe und kletterte die Leiter zur Brücke hoch. Selbstverständlich hatte er früher schon mal auf den Brücken solcher Sportboote gestanden. Aber immer neben dem Skipper. Schiffsjungen hatten am Steuerrad oder den Bedienelementen nichts zu suchen, außer sie genossen das volle Vertrauen des Skippers.

Als er noch Schiffsjunge gewesen war, hatte ihm niemand sein volles Vertrauen geschenkt, dachte George bitter.

Trotzdem hatte er immer gut zugesehen. Er wusste, wie man ein Boot lenkte, wie man Gas gab und die Motoren tuckern ließ – zwar war er nicht ganz sicher, wie der Kompass funktionierte, doch er kannte jede noch so kleine Bucht an der Küste. George setzte sich auf den gepolsterten Sitz und seufzte zufrieden.

Fünfhundert Dollar. Ja, bald würde er auch so auftreten können wie Mr. Kili in Mombasa. Vielleicht würde er

eines Tages sogar sein eigenes Boot haben. Ja, das wäre toll. Das würde seinem kleinen Benjamin gefallen.
Er streckte die Hand zur Konsole und drückte auf den Startknopf.

Der Boss war schon einen guten Kilometer entfernt, als die *Martha B* in einem riesigen Feuerball explodierte. Er zuckte auf seinem Sitz im Heck des dahinrasenden Schnellboots zusammen. Holzsplitter und Bruchstücke des Bootes wurden mit einer ölig-schwarzen, pilzförmigen Wolke gen Himmel geschleudert, hingen einen Moment träge in der Luft und regneten dann in einer Serie kleiner Platscher auf den Ozean herab. Schließlich verzog sich der Qualm bis auf eine letzte dünne Rauchschwade, und zum Schluss war auch sie verschwunden. Vom Boot war weit und breit keine Spur mehr zu sehen.
»*Kwaheri*, George«, murmelte der Boss, während das Schnellboot einen Bogen Richtung Süden beschrieb. »*Kwaheri.*«

2

Seit den Wahlen Ende 2007 und dem anschließenden Beinahe-Bürgerkrieg waren Ernies in diesem Teil Kenias selten geworden. Zu viele Morde. *Hier passierten einfach viel zu krasse Sachen.* Aber selten war nicht gleichbedeutend mit ausgestorben – und glücklicherweise gab es immer noch ein paar Revolverhelden, die in aller Entschlossenheit demonstrierten, dass sie sich von den Eingeborenen mit ihren Macheten und den Polizisten mit ihren Schlagstöcken und halbautomatischen Waffen ihren Spaß ganz sicher *nicht* verderben lassen würden.

»Verfluchte Scheiße! Nicht schon wieder!«

Auf der Brücke der *Yellowfin* seufzte Jake Moore tief auf und schaltete die Motoren seines Zehnmeterbootes aus. Er musste sich ganz fest auf den Gedanken konzentrieren, dass in schweren Zeiten wie diesen die Ernies und ihr Geld das Einzige waren, was sein Boot – und damit ihn – über Wasser hielt.

»Mr. Jake! Mr. Jake!«

»Schon gut, Sammy«, sagte er, nahm die Beine vom Armaturenbrett und rutschte von seinem Sitz. »Ich hab's schon gehört.«

Sein Akzent entlarvte ihn als Engländer, und der leicht nordöstliche Einschlag verriet, dass seine Wurzeln in Northumberland lagen. Auf jeden Fall sah er ebenso abgerissen aus wie einer der dortigen Schafzüchter – und manche behaupteten, dass er auch genauso stur war. Ein Vergleich, der ihn immer wieder amüsierte, denn er war niemals in den Cheviot Hills gewesen. Seine Heimat war die See. Und sooft er auch versuchte, sich ihrem Griff zu entziehen, er kehrte doch immer wieder zu ihr zurück.

Auf dem Deck war Sammy, der Schiffsjunge, barfuß zur Achterreling gerannt und spähte aufs Meer. Hinter ihm saß der übergewichtige Ernie mit seinem ladenneuen Tropenhut, festgeschnallt auf dem Kampfstuhl. Er kratzte sich im Nacken, wobei er weiße Spuren auf der wunden, roten Haut hinterließ. Dann drehte er sich um und grinste dümmlich, während Jake die Leiter von der Brücke herunterstieg.

»Ist mir aus der Hand geglitten«, erklärte er verlegen. »Tut mir leid, Mann.«

Aus dem Schatten des Sonnensegels unterhalb der Brücke tönte schallendes Gelächter. Dort lagerten zwei weitere Ernies in Liegestühlen und stießen leise klirrend mit ihren Bierflaschen an.

»Das Ding muss mindestens zwölfhundert Dollar gekostet haben«, tönte der eine. »Du bist echt ein Risikofaktor, Ted.«

»Tut mir wirklich leid, Jake«, wiederholte der Ernie auf seinem Stuhl.

»Kein Problem«, erwiderte Jake ruhig und fokussierte seine Gedanken auf die hundert Dollar pro Stunde, die ihm diese Trottel für das Privileg zahlten, seine Angeln ins Meer halten zu dürfen. »Kannst du sie irgendwo sehen, Sam?«

»Ich seh sie, Mr. Jake«, rief der Junge. Ohne seine Augen vom Wasser zu nehmen, zog er sich sein von der Sonne ausgebleichtes T-Shirt über den Kopf.
»Okay.«
Er nickte Sammy zu. Der Junge sprang ohne jedes Zögern über Bord ins ruhiger werdende Kielwasser. Die Ernies unter dem Sonnensegel standen aus ihren Liegestühlen auf und wankten auf unsicheren Beinen zur Achterreling, wobei sie ihre Bierflaschen an die nackten Oberkörper pressten.
»Das muss ich einfach sehen«, verkündete der eine und setzte sich mit einer Backe seines Riesenhinterns auf das Dollbord. Die vier Männer beobachteten gespannt, wie Sammy geschmeidig durchs Wasser glitt und in geschicktem Zickzackkurs durch die Wellen schwamm wie ein Delphin.
Bewundernd schüttelte der Ernie auf dem Kampfstuhl den Kopf. »Verdammt noch mal. Haben Sie den extra dafür ausgebildet?«
»Ich glaube, mit diesem Talent ist er schon zur Welt gekommen, Ted«, erwiderte Jake.
Der Sarkasmus in seiner Stimme schien dem Ernie jedoch gar nicht aufzufallen, während er weiter aufs Meer gaffte. In ungefähr fünfzig Meter Entfernung verschwand Sammy plötzlich unter Wasser. Als er wenig später wieder auftauchte, hielt er die vier Meter lange Angelrute in der Hand und grinste übers ganze Gesicht.
»Verdammt noch mal, das ist ja unglaublich!«, rief Ted. Er sagte noch etwas, aber das ging in den Jubelrufen und den High-fives seiner Kumpels unter.

Jake gestattete sich ein selbstgefälliges Lächeln, als Sammy wieder an Boot geklettert war. Er nahm ihm erst die Angel ab, dann zog er seinen Schiffsjungen über die Reling.
»Den Jungen sollten Sie im Fernsehen vorführen!«, schlug einer der Ernies vor. »Ich kenn da einen Typen, der ist ein ziemlich hohes Tier bei CBS. Da geht's um ganz dicke Kohle, Mann …«
»Sammy steht aber nicht zum Verkauf, Kumpel«, sagte Jake und kletterte wieder auf die Brücke.
Obwohl er zugeben musste, dass ihm das Geld gerade ganz gut zupass kommen würde.

Die Sonne ging gerade unter, als Jake sein erstes Tusker aufmachte. Die Ernies waren krebsrot und so mitgenommen, dass sie zum Trinken gar nicht mehr in der Lage waren, darum hatten sie sie im Yachthafen ihres Hotels abgesetzt. Nachdem Sammy alles aufgeräumt hatte, sprang er in der Jalawi-Bucht über Bord, um zu der Hütte zurückzuschwimmen, die er dort am Rande des Dschungels mit seiner Mutter und seinem jüngeren Bruder bewohnte. Während Jake die *Yellowfin* durch den immer schmaler werdenden Kanal des Flamingo Creek steuerte, mit Kurs auf das Bootshaus, das noch einen guten Kilometer stromaufwärts lag, genehmigte er sich einen genüsslichen, tiefen Schluck eiskaltes Bier. Der erste schmeckte noch nach dem Salz auf seinen Lippen, und er wünschte – wie immer um diese Tageszeit –, er würde noch rauchen. Die Nikotinkaugummis waren einfach kein Ersatz für die kräftige Wirkung, die der

Rauch einer Marlboro im Rachen hatte. Sobald die Pharmakonzerne dieses Gefühl nachahmen konnten, wären die Tage des Tabakkonsums wirklich gezählt.

Nachdem er den Anker geworfen hatte, sprang er in ein kleines Beiboot, das im seichten Wasser dümpelte. Er beschleunigte mit dem Außenbordmotor und steuerte auf die Landungsbrücke zu, die mit einer Reihe nackter Glühbirnen beleuchtet war. Die Mole führte zu einem klobigen Gebäude aus Beton und Wellblech am Südufer des Flusses. Aus einer Ecke hörte man das leise Brummen eines Generators. In einer anderen befand sich das Büro der Britannia Fishing Trips Ltd. hinter einer Abtrennung aus drei großen Plastikplanen. Dort saß Jakes Geschäftspartner hinter seinem Schreibtisch und durchwühlte einen Stapel eselsohriger Papiere.

»'n Abend, Harry«, begrüßte ihn Jake.

Harry Philliskirk grunzte nur und hob kurz die Hand, ohne sich umzudrehen.

»Was suchst du denn?«

»Ich weiß nicht mehr«, gab Harry zurück. »Aber wenn ich's finde, dann weiß ich's wieder.«

»Viel Glück«, meinte Jake.

Soweit er es beurteilen konnte, war es ein Wunder, dass Harry in seinem selbstgeschaffenen Papierchaos überhaupt irgendetwas fand. Doch Harry hatte ein *System*, wie er immer wieder versicherte. »Bitte mich jetzt nicht, es dir zu erklären, Alter«, sagte er immer, »aber es funktioniert.«

Er war zweiundvierzig, aber die Altersfrage war für den großen Londoner mit dem ausgeprägten Akzent unerheblich. Was ihn anging, *existierte* er einfach – und wenn jemand diese Existenz in Jahren bemessen wollte, war das nicht sein Problem. Er gehörte auf jeden Fall zu den Leuten, die sich niemals in eine Schublade einordnen lassen. In Sandalen war er hundertachtundachtzig Zentimeter groß – Harry trug nur selten Schuhe –, und die formlosen Klamotten, die ihm um den Leib hingen, betonten noch seinen knochigen Körperbau. Normalerweise bestand sein Aufzug aus einer schmuddeligen Weste und uralten Camouflagehosen, eine Kombination, die durch seine Kappe mit der Aufschrift ICH BIN BEIM ERSTEN LONDON-MARATHON MITGELAUFEN auch nicht wirklich besser wurde. Unter dieser Kopfbedeckung, die er voller Stolz seit einem Vierteljahrhundert trug, lugten widerspenstige, fettige Strähnen seines grauen Haares hervor. Sein schmales, meist mürrisches Gesicht wurde von einer riesigen, knochigen Nase dominiert.

»Na siehst du wohl, da ist es ja!«, rief Harry triumphierend aus. »Auf mein System ist eben Verlass.«

Zwischen Daumen und Zeigefinger hielt er ein Blatt Papier, mit dem er wedelte wie einstmals Chamberlain bei seiner Rückkehr aus München.

»Was ist das?«

»Eine Dieselrechnung über siebzehntausend Dollar.«

Jake spürte, wie sich sein Magen zusammenzog. »Und, was ist damit?«

»Ich hab dem Araber gesagt, dass wir die schon bezahlt haben. Er meinte, das hätten wir nicht. Das heißt dann wohl, dass er im Recht ist und ich im Unrecht.«

»Scheiße.«
»M-hm«, machte Harry. Er setzte sich auf eine Ecke seines Schreibtischs und starrte aus dem einzigen Fenster des Büros auf die blinkenden Lichter der schicken neuen Yachtanlage auf der anderen Seite des Flusses. »Aber – du brauchst dir trotzdem keine Sorgen zu machen.«
»Wir haben nicht mal siebzehn*hundert* Dollar, Harry«, erinnerte ihn Jake.
»Nein«, grinste Harry und wackelte schelmisch mit dem Finger. »Aber wir haben den Treibstoff.«
»Ja. Und der Araber hat bewaffnete Freunde.«
»Mach dir mal keine Sorgen wegen dem Araber, mein Lieber«, tönte Harry. »Das Geschäft kommt demnächst wieder in Schwung. Das hab ich im Urin.«
Jake trank sein Bier aus und warf die Flasche durch die Bürotür in ein altes Ölfass. »O Mann, Harry.«
Er trat ans Fenster. Obwohl es mit jeder Minute dunkler wurde, konnte man immer noch die scharf umrissenen Silhouetten der modernen Bootshäuser, Clubs und Tauchschulen ausmachen, die auf dem gegenüberliegenden Flussufer wie über Nacht aus dem Boden geschossen waren. Daneben nahmen sich ihre eigenen Räumlichkeiten aus wie Plumpsklos. Jake konnte sich lebhaft vorstellen, wie gegenüber die Clubbesucher in ihren Blazern auf der Veranda des Flamingo Creek Yacht Club neben ihren Gattinnen standen und überlegten, wann wohl endlich die Bulldozer der Bauunternehmer anrücken würden, um diesem Elend dort drüben ein Ende zu machen. Bei dem Anblick schmeckte einem ja der Gin Tonic nicht mehr.

»Wie war's mit den Ernies?«, erkundigte sich Harry fröhlich. »Die waren aus Detroit, oder?«
Harry hatte den Begriff »Ernies« für die bleichen Touristen geprägt, die nach Kenia kamen, um große Fische zu angeln. Jake gab offen zu, dass er keine Ahnung von Literatur hatte, aber Harry versicherte ihm, dass jeder von ihnen, ob er nun aus den USA oder der Ukraine anreiste, sich vorkam wie Ernest Hemingway in Person. Und bei ihrer Heimkehr hatte sich jedes noch so mickrige Fischchen in einen zweihundert Pfund schweren Marlin verwandelt. Harry war ein belesener Mann, und Jake widersprach ihm nicht. Doch solange die Ernies zahlten, war es Jake egal, wie er sie nannte.
Er griff in die Tasche seiner Shorts und ließ einen Stapel Banknoten auf den Tisch plumpsen. »Sie haben alles gleich bezahlt, und zwar in bar.«
Harry rieb sich die Hände und legte das Geld in eine Blechdose. »Gott segne Amerika.«
Dann deponierte er die Dose in einen Bodensafe, stand auf und rieb sich sein schmerzendes Kreuz. Seit Jake zurückgekommen war, war mit seinem Partner irgendetwas nicht ganz in Ordnung. Er war zwar zum Witzeln aufgelegt und großmäulig wie immer, aber das war Harrys Standardeinstellung. Jake kannte ihn lang genug, um zu merken, wann er ihm etwas verheimlichte.
»Was ist denn los, Harry?«
»Häh?«
»Jetzt spuck's schon aus.«
Einen Moment überlegte Harry, ob er die Maskerade aufrechterhalten sollte, aber dann zeichnete sich auf seinem

Gesicht doch resignierte Müdigkeit ab. »Ach, Mann, Jake. Ich hatte gehofft, du hättest es vielleicht schon gehört.«

»Harry …!« Jake schossen alle möglichen apokalyptischen Szenarien durch den Kopf. Hatte jemand eine Bombe gelegt? Würde es erneut Blutvergießen im ganzen Land geben? Hatte die Regierung in Nairobi das Kriegsrecht ausgerufen und allen Ausländern befohlen, sich sofort zum Teufel zu scheren?

Harry ließ sich hinter den Schreibtisch plumpsen und nahm seine Kappe ab. »Es geht um Dennis Bentley.«

Jake musste vor Erleichterung fast lachen. »Um Dennis? Was ist denn mit ihm?«

Harry deutete mit einer Kopfbewegung auf das Funkgerät neben der Tür. »Kam den ganzen Tag über Funk.«

Jake runzelte die Stirn. »Tja, da das Funkgerät der *Yellowfin* nach wie vor kaputt ist, kannst du wohl davon ausgehen, dass ich keinen Schimmer habe. Was ist denn mit Dennis passiert?«

»Na ja, das ist es ja gerade, Kumpel.« Harry zuckte mit den Achseln. »Keiner scheint es zu wissen.«

3

Vom erhöht gelegenen dritten Abschlag des Monte-Julia-Golfplatzes konnte Norrie Barclay gut und gerne fünfzig Kilometer über die kahlen, trockenen Ausläufer der Serr-de-Ronda-Berge hinausblicken, bis zum verschwommen erkennbaren rauchblauen Mittelmeer. An einem klaren Tag konnte man sogar noch weiter sehen, bis nach Gibraltar, das achtzig Kilometer weiter südlich vorragte wie ein schwarzer Zahn.

Was Norrie jedoch völlig egal war. Der einzige Ausblick, der ihn jetzt interessierte, war der in die steile Schlucht, die das Tee von dem taschentuchgroßen Grün in zweihundert Meter Entfernung trennte. Dieses gnadenlose Miststück hatte schon drei seiner Titleist-Bälle geschluckt und seine Scorekarte ruiniert. Jeder andere wäre in so einem Moment einfach gegangen – aber nicht so Norrie Barclay. Da gab es ja immer noch das unerhebliche Thema Stolz. Nach sorgfältigen Überlegungen wählte er ein Eisen 6 aus seiner Golftasche, holte noch einen Titleist aus dem Behälter und näherte sich dem Abschlag.

»Na los, Norrie! Diesmal schaffst du's!«

Norrie drehte sich um und lächelte seinen Golfpartner an, der im Schatten des Golfbuggys fläzte.

»Den dresch ich jetzt da rüber, Mann«, verkündete er zuversichtlich.

Der andere zog eine Flasche San Miguel aus einer Kühltasche, die hinten am Buggy befestigt war, und nahm einen tiefen Schluck. Er war schlank, und Norrie schätzte ihn auf Anfang dreißig. Er trug eine lange Hose und ein kastanienbraunes Golfhemd. Norrie Barclay kannte ihn als Whitestone, aber er wusste nicht, dass Whitestone viele Namen hatte.

»Ich trink auf dein Glück beim vierten Mal«, sagte Whitestone und prostete ihm mit der Flasche zu.

Arrogantes Arschloch, dachte Norrie, als er die Spitze seines Tees in die steinharte Erde bohrte. Nur weil seinem Gast aus purem Glück ein Drive gelungen war, mit dem er den Ball bis auf anderthalb Meter vors Loch befördert hatte, hielt er sich für einen gottverdammten Tiger Woods. Aber im nächsten Moment tadelte Norrie sich selbst für solche Gedanken. Es gab keinen Grund, so gereizt zu sein. Alles in allem war Whitestone ein anständiger Kerl. Sicherlich ein bisschen seltsam. Manchmal vielleicht ein bisschen ... *intensiv* – und Norrie konnte seinen Akzent bis heute nicht einordnen. War er Europäer? Vielleicht sogar ein Schuss *Kraut?* Schwer zu sagen. Aber im Grunde war es ja auch egal. Viel wichtiger war, dass sie ein paar gute Geschäfte gemacht hatten, seit er heute Morgen mit dem Flieger gelandet war. Von Whitestones Sorte konnten sie an der Costa gern noch ein paar mehr brauchen. Außerdem musste man wirklich zugeben, dass seine Ware erste Klasse war. Das sagte jeder – deswegen machte Norrie auch einen ganz hübschen Gewinn, wenn er Whitestones Waren an seine Geschäftspartner auf dem Balkan weiterverkaufte. Okay, das war vielleicht kein völlig korrektes Geschäftsgebaren, aber wenn man nicht hie und da ein paar Regeln brach, kam man ja nie zu etwas.

»Immer schön locker, Norrie«, empfahl Whitestone.

Norrie atmete tief ein, ließ die Luft langsam wieder heraus. *Rückschwung, kurzes Innehalten, Durchschwung … Wumm!* Der Schläger traf den Ball mit einem befriedigenden, satten Laut, der in der steilen Schlucht widerhallte.

»Großartig, echt großartig, wie du das hinbekommen hast!«

Mit wachsender Erregung beschattete Norrie seine Augen mit einer Hand und versuchte, seinen Ball ausfindig zu machen. Da! Ein kleiner, weiß schimmernder Fleck weit oben am blauen Himmel, wunderbar, mit einer perfekten Flugbahn. Wahnsinn – vielleicht war er tatsächlich großartig! Der Ball schlug auf dem Rasen auf, sprang noch einmal in die Höhe und …

»Stopp! Stopp!«, jammerte Norrie. »Neiiiin!«

Doch der Ball begann langsam rückwärts zu rollen, und je näher er dem Abgrund kam, umso schneller wurde er. Einen Moment lang sah es so aus, als könnte er doch noch in den wuchernden, bräunlichen Grasbüscheln am Rand hängen bleiben, doch stattdessen machte er eine letzte hüpfende Bewegung und fiel über die Kante. Auf dem Weg in den Abgrund prallte er von den Felsvorsprüngen ab und beschrieb im Fallen einen wilden Zickzack.

»Pech gehabt, Norrie«, stellte Whitestone fest, als er den Buggy verließ und auf den Abschlag zuging.

Norrie lehnte sich auf seinen Golfschläger wie ein gebeugter alter Mann.

»Verdammte Scheiße, ich kann gar nicht glauben, was ich da eben gesehen hab. Ich hatte noch *nie* einen Rückwärtsdrall. Noch *nie!*«

»Hätte schlimmer kommen können«, meinte Whitestone.

»Ich wüsste nicht wie.« Norrie zuckte mit den Schultern und starrte kläglich in die Felsspalte.

Mit einer einzigen, flüssigen Bewegung, die jedem Golfspieler Ehre gemacht hätte, schwang Whitestone seine Big Bertha War Bird mit neun Grad Loft seitlich gegen Norries Kopf. Norrie taumelte über die Abschlagfläche, während das Blut in Stößen aus der fünf Zentimeter langen Platzwunde schoss. Dann fiel er rücklings auf den Kunstrasen.

»Was zum Teufel hab ich dir über die Spielregeln des Geschäftslebens gesagt, Norrie?«, tadelte Whitestone, wobei er den Schläger auf der Schulter ablegte wie einen Regenschirm. »Über Geschäfte hinter meinem Rücken, mit *meiner* Ware?«

»*Wa...*«, begann Norrie und versuchte sich wieder aufzurichten. Seine Augen rollten haltlos in den Höhlen.

»Vielleicht findet ihr hier ja, dass das okay ist. Vielleicht findet ihr, dass das in diesen Wirren hier gerechtfertigt ist. Aber so mache ich keine Geschäfte, Norrie. Hiermit ist unsere Abmachung hinfällig. Hast du mich verstanden?«

Norrie versuchte, sich das Blut aus den Augen zu wischen, aber er verlor das Gleichgewicht und kippte zur Seite.

»Hinfällig.«

Whitestone baute sich breitbeinig vor ihm auf und drosch ihm den Golfschläger ins Gesicht. Nach drei weiteren Schlägen war vom Schädel des Engländers nur noch Brei übrig.

Whitestone hob den schlaffen Körper mit einer einzigen Bewegung auf und ließ ihn hinter das Steuerrad des Buggys plumpsen. Nachdem er mit einem Handtuch das Blut vom Golfschläger gewischt hatte, steckte er ihn wieder in die Tasche, die an der Rückseite des Gefährts befestigt war, dann schob er den Schalthebel auf »Vorwärts«. Auf dem Trittbrett stehend lenkte Whitestone den Buggy bis kurz vor den Abgrund. Als die dicken Räder über die Kante hinausrollten und der Buggy mitsamt seinem Insassen sechzig Meter in die Tiefe fiel und auf die erbarmungslosen Felsklippen zurauschte, stellte er verärgert fest, dass er einen Blutspritzer auf seine nagelneuen Dreihundert-Dollar-Golfschuhe bekommen hatte.

4

Suki Los totenschädelähnliches Gesicht verzog sich zu einem Grinsen, als Jake und Harry in die Bar kamen. Ihre schrägen Augen, die an den Nike-Swoosh erinnerten, verschwanden fast in ihren tiefen Falten.

»Hey, Jungs – wie geht's euch?«, rief sie mit ihrer schrillen Stimme. Manche Stammgäste behaupteten, dass ihr Organ den Nebel besser durchdrang als die Sirene in Galana Point.

»Suki, Schätzchen, gib uns doch mal eine Flasche von Mr. Daniel's Spezialtrunk«, bestellte Harry. »Und zwei große Gläser dazu.«

Suki lächelte und entblößte ihre schiefen, fleckigen Zähne. Seit sie sie kannten, verkündete sie in regelmäßigen Abständen, dass sie irgendwann mal nach Malaysia fahren würde, um sich dort Zahnersatz zu besorgen, denn dort seien die Zahnärzte im Vergleich zu den kenianischen spottbillig und Millionen Mal besser. Sie behauptete, einen Zahnarzt in Penang zu kennen, der ihr für schlappe hundert Dollar die verfaulten Stummel aus dem Kiefer ziehen und durch strahlend weiße Porzellangrabsteine ersetzen würde. Jake war sich nicht sicher, wie sich solche strahlend weißen Porzellangrabsteine in ihrem Mund machen würden. Suki Los Gesicht sah man an, was sie schon erlebt hatte, und dazu passten ihre Zähne eigentlich ganz gut.

Sie stellte ihnen eine Flasche Bourbon auf den Tresen und schob zwei Gläser hinterher.
»Gott segne dich, Schätzchen«, sagte Harry und goss sich und Jake großzügig ein.
Suki Los Bar war dreihundert Meter vom Bootshaus entfernt und passte perfekt zu den anderen Bruchbuden am südlichen Ufer. Eine kärgliche Hütte mit nikotinbraunen Wänden und nacktem Fußboden, der unübersehbar von Zigarettenkippen und verschüttetem Schnaps gezeichnet war. Die Ellbogen und Fischmesser von Sukis Stammgästen hatten ihre Spuren am Tresen hinterlassen. Die meisten Gäste waren Skipper wie Jake oder Mechaniker. Auch jetzt saßen ein paar von ihnen in den dunklen Winkeln und kauerten über ihren Flaschen, damit ihnen ja niemand ihren Fusel streitig machte. Normalerweise redeten sie über Geld und Frauen. Heute Abend gab es jedoch nur ein Thema.
»Furchtbar, die Sache mit Dennis«, sagte Suki leise. »Unglaublich, Mann.«
»Wir haben's schon gehört«, nickte Harry. »War 'n ganz schöner Schock.«
»Unglaublich, Mann«, wiederholte Suki. Dann verschwand sie kopfschüttelnd in der Küche, wobei sie irgendetwas Unverständliches vor sich hin murmelte.
Ja, dachte Jake und nahm einen Schluck Bourbon. *Unglaublich*, das war genau das richtige Wort.
Dennis Bentley war ein weißer Kenianer, der sein Boot, die *Martha B*, auf der er zahlende Gäste mitnahm, in der Nähe der Flussmündung liegen hatte. Er war als übellauniger Einzelgänger bekannt, aber andererseits waren

das hier draußen die meisten. Wie der Großteil der Leute, die langfristig ein Unternehmen in dieser Gegend von Kenia betrieben, machte er sich mehr Gedanken um die Finanzen seines Unternehmens als um aufgesetzte Nettigkeiten. Jake hatte ihn als großen, etwas schroff wirkenden Mann Mitte fünfzig in Erinnerung, der ab und zu auf ein Glas Rum bei Suki vorbeikam.

Harrys Erzählung zufolge hatte Dennis an diesem Morgen kurz vor Sonnenaufgang abgelegt, um ein paar Ernies an einem der All-inclusive-Hotels bei Watamu Beach abzuholen, fünfzig Kilometer nördlich des Flamingo Creek. Eigentlich ein reiner Routinejob – die Kunden wollten Buckelwale sehen –, aber die *Martha B* hatte nie ihr Ziel erreicht. Nachdem die Ernies eine Stunde lang auf Dennis gewartet hatten, begannen sie erwartungsgemäß gewaltig zu zetern. Aus diesem Grund (und weniger aus Sorge um Dennis' Wohlergehen) hatte der Hotelbesitzer die Küstenwache verständigt. Zu diesem Zeitpunkt hatte ein Zuckerfrachter mit Kurs auf Mombasa bereits Öl und Wrackteile auf dem Wasser gesichtet, ungefähr zwanzig Kilometer westlich von Watamu. Die Fischerboote in der Gegend bekamen über Funk Wind von der Sache und änderten sofort ihren Kurs – doch nach sechs Stunden erfolglosem Kreuzen auf offener See hatten sie immer noch nichts gefunden.

Und die ganze Zeit war die Yellowfin *munter übers Wasser getuckert, mit einer Ladung Ernies und einem defekten Funkgerät.*

»Alles klar bei dir, Jake?«, erkundigte sich Harry.

Jake nickte, aber in Wirklichkeit war ihm speiübel, denn

an Dennis Bentleys offensichtlichem Ableben gab es noch einen besonders grässlichen Haken: den Schiffsjungen des kenianischen Skippers, ein dreizehnjähriger Junge namens Tigi Eruwa, der mit seiner Mutter und seinem älteren Bruder Sammy an der Jalawi-Bucht wohnte.
Derselbe Sammy, der an diesem Nachmittag die Ernies mit seinen schwimmerischen Fähigkeiten beeindruckt hatte, ohne zu wissen, dass sein kleiner Bruder vermisst wurde und wahrscheinlich sogar tot war.
»Verdammter Scheißdreck«, fluchte Suki, steckte sich eine Mentholzigarette an und blies den Rauch direkt zum Deckenventilator, der schon vor Ewigkeiten den Geist aufgegeben hatte. »Wie zum Teufel kann Boot einfach so explodieren?«
Harry zuckte mit den Schultern. »Wer weiß?«
»Wir wissen doch noch gar nicht, was passiert ist«, gab Jake zu bedenken, aber seine Worte riefen nur zynisches Gegacker am anderen Ende der Bar hervor, wo ein Mann mit khakifarbenem Hemd und schmieriger Peugeot-Radlerkappe vor einer angebrochenen Flasche Rum saß.
»Die *Martha B* war ein prima Boot – aber schon fünfzig Jahre alt«, erklärte der Mann mit deutlich südafrikanischem Akzent.
»Guten Abend, Tug«, sagte Harry lahm. »Wie geht's denn so?«
»Den Umständen entsprechend, Harry«, erwiderte der Mann, goss sich drei Fingerbreit Rum ins Glas und prostete ihm zu. »Auf unsere abwesenden Freunde, okay? Unsere abwesenden Scheißfreunde.«
Tug Viljoen hätte genauso gut vierzig wie sechzig sein

können – sein wettergegerbtes, von tiefen Furchen durchzogenes Gesicht machte es schwer, sein Alter zu schätzen. Hinter seinem Rücken spotteten Sukis Stammgäste, dass er genauso aussah wie die modrigen Krokodile, die er in seinem Reptilienpark in der Nähe des Highway nach Mombasa hielt. Jake erinnerte er aber eher an eine Comicfigur seiner Kindheit, einen tasmanischen Teufel – mit diesem wilden Blick und dem gedrungenen, kräftigen Oberkörper auf lächerlich dünnen Beinchen.

»Ja, in ihren besten Zeiten war die *Martha B* wirklich ein verdammt anständiges Boot«, knurrte Viljoen. »Aber als Dennis sie kaufte, hatte sie schon lange auf dem Trockendock vor sich hin gegammelt. Ich hab ihm damals bereits gesagt, er sollte sich ein neues Boot zulegen, aber er behandelte sie wie einen Oldtimer.« Er leerte sein Glas und füllte es sofort wieder auf. »Das Blöde ist nur, dass Oldtimer eben nicht so robust sind wie Neuwagen. Die *Martha B* war für irgendwelche reichen Künstlertypen gedacht, die damit die Küste rauf und runter segeln, nicht für strapaziöse fünfzehn, zwanzig Stunden am Tag, wie sie beim Sportfischen üblich sind. Die Teile verschleißen einfach, die Rohre werden leck. Und dann braucht's nur noch einen Funken oder irgendeinen besoffenen Idioten, der seine Kippe zwischen die Planken fallen lässt und ... *wummm!*«

»Wir lieben deine sonnige Art«, meinte Jake.

Viljoen wischte sich mit dem Handrücken über den Mund, so dass man die Narben der hässlichen Wundnähte auf der Unterseite seines Arms sah.

»Ich bin nur realistisch, mein Lieber«, entgegnete er. »Ist früher immer mal wieder passiert. Schon lange bevor ihr englischen Conquistadores hier aufgetaucht seid. Wo wir gerade beim Thema sind – wie alt ist euer Kahn eigentlich?«

»Fünfzehn Jahre.«

»Ha! Dann solltet ihr langsam mal drüber nachdenken, ob ihr euch nicht nach einem neuen umschauen wollt. Bevor es zu spät ist.«

»Da müssten wir vorher aber noch über einen Banküberfall nachdenken«, gab Harry zu.

Viljoen starrte ihn einen Moment an, dann lachte er rauh und wandte sich wieder seiner Rumflasche zu.

»Wie auch immer«, nahm Harry den Faden wieder auf, »wie Jake schon sagte, wir wissen noch nicht, was mit Dennis passiert ist. Und so wie ich den alten Dreckskerl kenne, könnte er sich auch an eine Bootsplanke klammern, bis sie ihn aus dem Wasser fischen.«

»Glaubst du das wirklich?« Viljoen klang skeptisch.

»Man muss immer so lange wie möglich die positiven Seiten suchen, Tug.«

»Die positiven Seiten?«, wiederholte Viljoen. »Die hab ich hier schon lange nicht mehr gesehen.«

Zweiter Tag

5

Detective Inspector Daniel Jouma von der Coast Providence CID resümierte, dass ihm seine professionelle Sorgfalt im Grunde nichts weiter eingebracht hatte als Beulen am Kopf, weil er pausenlos gegen Wände anrannte. Und im Moment hatte er besonders fiese Kopfschmerzen, gegen die auch Detective Sergeant Nyamis Tee nichts ausrichten konnte.

»Wie haben Sie den denn gemacht?«, erkundigte sich Jouma und zeigte auf die weißliche Plörre in seiner Tasse.

Nyami hob den Blick vom Sportteil der *Daily Nation* und runzelte die Stirn. »Mit einem Teebeutel.«

»Details, Nyami«, verlangte Jouma.

»Ich hab heißes Wasser in die Tasse gegossen und dann den Teebeutel reingehängt und Milch dazugegeben. Wie soll man denn sonst Tee machen?«

»Und wie lange war dieser Teebeutel in der Tasse?«

Nyami stieß einen theatralischen Seufzer aus und warf seine Zeitung auf den Schreibtisch. »Ich weiß nicht.«

»Eine Minute? Zwei Minuten?« Jouma starrte Nyami an, bis der Sergeant den Blick senkte. »Aha! Weniger als eine Minute also! Dreißig Sekunden? Fünfundvierzig vielleicht?«

»Ich kann mich nicht erinnern«, murmelte Nyami.

Jouma stand auf und trug seine Tasse zu dem winzigen

Waschbecken in der Ecke. »Sergeant Nyami, ich glaube fest daran, dass Tee nur dann Tee wird, wenn der Beutel mindestens zwei Minuten im heißen Wasser ziehen darf. Sonst ist es nämlich kein Tee – sondern nur leicht gefärbtes heißes Wasser. Und das hier …«, er hielt seine Tasse zwischen Daumen und Zeigefinger, »… *ist* leicht gefärbtes heißes Wasser.«
Verächtlich goss Jouma den Inhalt seiner Tasse in den Abfluss und drehte den Wasserhahn auf. Es gab einen unheilverkündenden dumpfen Ton, bevor der Hahn zweimal spuckte und sich schließlich ein Strahl schmutzigbraunes Wasser ins Waschbecken ergoss. Auf einmal spürte der Inspector einen heftigen Druck über den Augen. Manchmal war es fast besser, man blieb im Bett, statt einen Tag wie den heutigen zu ertragen. Es war noch nicht einmal drei Uhr nachmittags, aber es kam ihm jetzt schon vor, als dauerte dieser Tag hundert Jahre.

An diesem Morgen hatte Jouma drei frustrierende, schier endlose Stunden damit verbracht, auf die Verhandlung eines Falls vor dem Gericht in Mombasa zu warten – die dann in zwanzig Sekunden über die Bühne ging. Als er kurz vor Mittag ins Polizeihauptquartier am Mama Ngina Drive zurückkehrte, sah er Agnes Malewe und ihren Sohn auf einer Holzbank im Flur sitzen, vor der Tür des Büros, das er sich mit Nyami teilte.
»Wer ist diese Frau da auf dem Korridor?«, fragte er den Sergeant, der zusammengesunken vor seinem Schreibtisch saß, eine Zeitschrift las und ein Schinkensandwich kaute.

Nyami blickte überhaupt nicht auf. »Ist die immer noch da?«, knurrte er. »Ich hab ihr schon vor einer Stunde gesagt, dass sie gehen soll.«
»Wer *ist* sie?«
»Sie heißt Agnes Malewe.«
»Und warum sitzt sie auf dem Flur?«
Nyami zuckte mit den Schultern. »Diese Blödmänner vom Präsidium Likoni haben sie zu uns geschickt. Und jetzt weigert sie sich zu gehen.«
Jouma trat vor Nyamis Tisch und schnappte ihm das halb aufgegessene Sandwich aus der Hand.
»Was will sie?«
»Sie sagt, dass ihr Mann gestern nicht nach Hause gekommen ist.«
»Und wer ist ihr Mann?«
Nyami sah seinen Chef an, als wäre er der letzte Trottel. »*George* Malewe.«
Jouma stöhnte innerlich. George Malewe war einer der Bewohner von Mombasas Altstadt, chronisch pleite und immer mit einem Fuß im Gefängnis. Er hatte sich darauf spezialisiert, naiven Touristen ihre Brieftaschen, Kameras und Handys zu stehlen, um den dankbaren Besitzern die »Fundstücke« wenig später zurückzubringen – woraufhin sie ihn mit Summen dankten, die weit über dem Preis lagen, den er beim Weiterverkauf hätte erzielen können. Nicht, dass George etwas von dem Geld gesehen hätte, das natürlich nicht. Fast sein gesamter Verdienst ging direkt an Michael Kili, den Bandenkönig, der den Hafen und die Altstadt kontrollierte. George Malewe war ein Verlierer, wie er im Buche steht. Bis vor einer

Minute hatte Jouma nicht gewusst, dass George eine Frau hatte.
»Dann liegt er wahrscheinlich irgendwo betrunken rum«, vermutete er. »Höchstwahrscheinlich bei den Docks. Du kennst doch George Malewe.«
Nyami riss ihm das Sandwich wieder aus der Hand. »Das hab ich ihr auch schon gesagt. Aber sie will es nicht glauben und behauptet, dass er schon gestern hätte zurück sein müssen.«
»Warum?«
»Weil ihr Sohn Geburtstag hatte.«
Jouma rieb sich mit der Hand übers Gesicht. »Sag ihr, sie soll reinkommen«, seufzte er.
Agnes Malewe war ungefähr neunzehn Jahre alt. Steif und trotzig saß sie auf einem Stuhl vor Joumas Schreibtisch. Ihr dreijähriger Sohn kauerte im Schneidersitz zu ihren Füßen.
»Mein Mann ist ermordet worden, Inspector«, stellte sie sachlich fest. »Davon lass ich mich nicht abbringen.«
Jouma beugte sich vor und lächelte. »Mrs. Malewe. Nur weil Ihr Mann am Geburtstag Ihres Sohnes nicht aufgetaucht ist, heißt das noch lange nicht, dass er tot ist.«
»*Ermordet*, Inspector Jouma«, wiederholte Agnes mit Nachdruck. »Das ist die einzige Erklärung.«
»Vielleicht besucht er ja Freunde. Vielleicht ist er schon zu Hause, wenn Sie zurückkommen.«
Agnes schüttelte den Kopf. »Nie im Leben würde mein Mann Benjamins Geburtstag versäumen.«
Jouma lehnte sich wieder zurück. »Tja, Mrs. Malewe, ich befürchte, ich kann nicht allzu viel für Sie tun. Ich kann

Sergeant Nyami nur bitten, Ihnen beim Ausfüllen einer Vermisstenanzeige zu helfen.«

»Ich verstehe«, erwiderte Agnes kurz angebunden und stand auf. »Dann wünsche ich Ihnen noch einen schönen Tag, Inspector.« Sie tippte Benjamin auf den Kopf und die beiden verließen das Büro.

Um Viertel vor eins blätterte Jouma gerade die Berichte der letzten Nacht durch – dreizehn Überfälle, zwei Entführungen, zwei Fälle von mutmaßlicher Brandstiftung, ein Flitzer auf der Moi Avenue und ein Hühnerdieb in Likoni – als sein Telefon klingelte. Es war ein Anruf aus dem Haus, von seinem Vorgesetzten, Superintendent Teshete.

»Daniel«, begann Teshete in seinem ganz speziellen vernünftigen Ton, der nach Joumas Erfahrung nichts Gutes verhieß. »In meinem Büro steht eine Mrs. Malewe mit ihrem Sohn. Wenn ich das richtig verstanden habe, haben Sie sie zu mir geschickt?«

Jouma sank das Herz in die Hose, während er gleichzeitig die Hartnäckigkeit des Mädchens bewunderte. »Das war ein bisschen anders, Sir.«

»Verstehe. Daniel, Mrs. Malewe besteht darauf, dass einer unserer Ermittler sich mit dem Verschwinden ihres Mannes befasst.«

Jouma hatte das verlogene Lächeln vor Augen, das Teshete Agnes Malewe in diesem Moment wahrscheinlich zuwarf.

»Ihr Mann ist *George* Malewe, Sir.«

Kurze Pause. »Das ist mir klar, Daniel. Aber ich bin sicher, dass Sie zumindest ein paar erste Nachforschungen

anstellen könnten. Damit Mrs. Malewe erst einmal beruhigt ist. *Damit sie weiß, dass sie nicht auch noch dem Bereichsleiter Iraki von der Aufsichtsbehörde einen Besuch abstatten muss.*«
Der Bereichsleiter Iraki war Teshetes unmittelbarer Vorgesetzter. Jouma legte auf und griff nach seiner Jacke.

So kam es, dass Jouma um 13:15 Uhr, als er eigentlich hundert andere, wichtigere Sachen zu tun gehabt hätte, sich mit seinem Fiat Panda, Baujahr 1994, durch die verstopften Straßen von Mombasas Altstadt schlängelte, wobei er wahllos Fahrzeuge und Fußgänger anhupte und die missmutigen Proteste von Sergeant Nyami ignorierte, der mit verschränkten Armen auf dem Beifahrersitz saß.
»Sie wissen doch selbst, dass das Ganze Zeitverschwendung ist«, wiederholte Nyami zum dritten Mal seit Verlassen der Polizeistation.
Jouma nickte. »Vielleicht. Aber es ist unsere Pflicht, Nachforschungen anzustellen.«
»Pah!«, schnaubte Nyami. »Sie hören einfach zu sehr auf Teshete. Und dieses hysterische Weibsbild. Die wäre schon irgendwann nach Hause gegangen. Wenn George Malewe wirklich tot ist, würde er uns allen einen Gefallen damit tun.«
»Sergeant Nyami«, mahnte Jouma mit erhobenem Zeigefinger. »Ich gebe ja selbst zu, dass George Malewe nicht gerade ein vorbildlicher Staatsbürger ist. Nichtsdestoweniger hat er aber eine Frau und einen Sohn, die ein Recht haben, zu erfahren, was aus ihm geworden ist.«

Jouma hoffte, überzeugter zu klingen, als er war. In Wirklichkeit kam er sich nämlich vor wie ein mieser Heuchler. Eine Viertelstunde später standen sie im Büro eines Striptease-Lokals namens Baobab-Club im historischen Stadtzentrum, um auf eine außerplanmäßige Audienz bei einem dreiundzwanzigjährigen Gangster namens Michael Kili zu warten.

Mit seinem spitzen Gesicht und den toten Augen erinnerte Kili Jouma stark an einen Hai. Wenn dieser Mann jemals lachen sollte, dachte der Inspector, dann sieht man wahrscheinlich die Fasern von rohem Fleisch zwischen seinen Zähnen.
Aber Kili lächelte nicht. Er saß auf einem schäbigen Lehnstuhl hinter einem Schreibtisch mit lederbezogener Tischplatte. Die Fingerspitzen hatte er unter dem Kinn zusammengelegt, während er sein unbewegliches Gesicht hinter einer teuren Sonnenbrille versteckte. An der Wand standen ein Sofa und ein paar Holzstühle, doch er bot den beiden Polizisten keinen Platz an. Stattdessen verharrten Jouma und Nyami vor Kilis Schreibtisch wie zwei kleine ungezogene Schulbuben, die ins Büro des Direktors gerufen worden waren. Ein Bodyguard mit glattrasiertem Schädel stand im Türrahmen und zuckte vor lauter unterdrückter Aggression.
Das muss dir ja unbändig gefallen, Michael, dachte Jouma. *Das muss dir ja unbändig gefallen, wie ich hier so vor dir stehe und auf deinen Segen warte. Wie lange ist es her, dass sich unsere Wege zum ersten Mal gekreuzt haben? Zehn Jahre? Zwölf? Du warst ein so kluger Junge.*

Du hättest so viel erreichen können. Stattdessen sind wir jetzt hier. Du sitzt in deinem Lehnstuhl, und ich stehe vor dir. Du musst dir ja vorkommen wie ein König. Du staunst bestimmt, wie einfach es war, Gott zu werden.

»Wir stellen Nachforschungen im Fall eines Vermissten an«, erklärte Jouma mit aller Autorität, die er aufbringen konnte. »Der Name des Mannes ist George Malewe.«

»Mr. Kili kennt niemand, der so heißt.«

Der Sprecher war ein dünner, bebrillter Mann mit einer schlichten weißen *Khanzu* und einem *Kofia* auf dem Kopf. Wachsam stand er neben Kilis linker Schulter, wie eine der geschnitzten Giraffen, die an den Ständen auf der Digo Road als Buchstützen verkauft wurden.

»Wenn ich nicht irre, war Mr. Malewe einer Ihrer Angestellten«, beharrte Jouma und richtete seine Worte dabei direkt an den Gangster. Er konnte sein Spiegelbild in den Brillengläsern sehen: eine kleine, verzerrte Figur.

»Mr. Kili beschäftigt niemanden mit diesem Namen.«

Jouma bedachte den Mann mit der Brille mit einem vernichtenden Blick. »Sie scheinen ja ziemlich gut darüber Bescheid zu wissen, was Mr. Kili weiß und was nicht. Wer sind Sie denn, wenn ich fragen darf?«

»Mein Name ist Jacob Omu. Ich bin Mr. Kilis Stellvertreter«, erwiderte der Mann ruhig.

Kilis Stellvertreter?, dachte Jouma. Weiß Gott eine bizarre Welt, wenn solche verbrecherischen Mörder schon Agenten beschäftigten, damit sie sie in ihren Gesprächen vertraten.

»Dann sind Sie vielleicht so gut und teilen Mr. Kili mit, dass es sich hier um eine reine Routinebefragung handelt

und die Kriminalpolizei Mombasa ihm sehr dankbar für jede Information über Mr. Malewes Verbleib wäre«, erklärte Jouma.
»Mr. Kili hat keine Informationen, die Ihnen weiterhelfen könnten.«
»Dann seien Sie doch so gut und teilen Mr. Kili mit, dass eine Untersuchung der illegalen Aktivitäten durch die Kriminalpolizei in diesem Viertel seit langem überfällig ist und dass jegliche Ermittlung in dieser Richtung unweigerlich zu einer peinlich genauen Überprüfung von Mr. Kilis Tätigkeitsfeldern führen würde.«
Omu lächelte. »Drohen Sie Mr. Kili?«
Jouma erwiderte das Lächeln. »Hat Mr. Kili Grund, sich bedroht zu fühlen?«
Omu schüttelte den Kopf. »Selbstverständlich nicht, Inspector.«
Jouma starrte Kili an. Nein, dachte er. Grund zur Sorge hatte Kili höchstwahrscheinlich wirklich nicht. Denn es gab mehr als genug Polizisten und Staatsdiener in Mombasa, die regelmäßig Schmiergelder von Michael Kili bezogen, so dass er sich keine Sorgen machen musste, irgendeines seiner Geschäfte könnte genauer unter die Lupe genommen werden. *So war es schon immer gewesen in dieser Stadt. Nur die Gesichter wechselten.*
Der Inspector fasste in seine Brusttasche und holte eine Visitenkarte heraus, die er auf den Schreibtisch legte. An Kili gewandt sagte er: »Das ist meine Telefonnummer. Ich wäre dankbar, wenn Sie – *oder Ihr Vertreter* – mich anrufen würden, wenn Ihnen irgendetwas über Mr. Malewe zu Ohren kommt.«

Kili streckte langsam die Hand aus und nahm die Visitenkarte. Ohne sie anzusehen, reichte er sie an Omu weiter, der sie wiederum an Jouma zurückgab.

»Mr. Kili kennt keine Person diesen Namens.«

Jouma sah dem Gangster ins Gesicht, und während er das tat, nahm Kili bedächtig seine Sonnenbrille ab. Die kleinen, kalten Augen schienen zu glitzern.

Ich will lieber die Tür hüten in meines Gottes Hause, dachte Jouma, *als wohnen in der Gottlosen Hütten.* Sein Kopf begann zu pochen, und irgendetwas sagte ihm, dass es erst noch schlimmer werden würde, bevor es wieder besser wurde.

6

Im gleichen Moment bohrte sich in einem anderen Stadtteil von Mombasa ein Mann, der unter dem Namen »der Araber« bekannt war, das Ende eines angespitzten Zweiges rechts oben zwischen die Backenzähne und drehte es so lange hin und her, bis ihm ein fingernagelgroßes Stück gekautes Lammfleisch aus dem Mund schoss und direkt vor Harry Philliskirks Füßen im Staub landete.

»Was ist das?«, erkundigte er sich und hielt einen dünnen Stapel Dollarnoten hoch.

»Betrachten Sie es einfach als eine Art Abschlagszahlung«, erwiderte Harry. »Ein Zeichen unseres guten Willens, bis die komplette Zahlung geleistet werden kann.«

»Das hier ist weder das eine noch das andere, Mr. Philliskirk«, gab der Araber sachlich zurück. »Das hier ist einfach nur eine Beleidigung.« Er öffnete seine Wurstfinger, so dass die Scheine zu Boden flatterten.

»Abdul«, beschwichtigte Harry, während er das Geld aufhob, »wir haben doch wohl genug Kredit bei Ihnen, dass wir ein vorübergehendes Liquiditätsproblem überbrücken können, oder?«

Der Araber nahm den Zweig aus dem Mund und spuckte verächtlich auf den Boden. »*Kredit?* Bei Leuten wie

euch heißt es immer nur Kredit, Kredit, Kredit! Kredit ist doch nichts anderes als eine bequeme Art, seine Rechnungen nicht zahlen zu müssen.«
Jake, der neben Harry stand, zuckte mit den Schultern. »Abdul, Sie wissen doch, wie die Geschäfte gehen seit ...«
Der Araber lehnte sich vor und legte den Kopf erwartungsvoll schräg. »Seit *wann*, Mr. Moore? Seit wann?« Er winkte verächtlich ab. »Erwarten Sie bitte nicht, dass mir das Herz bluten soll, weil ein paar tausend Verrückte in Rift Valley beschlossen haben, sich wegen einer getürkten Wahl die Köpfe einzuschlagen. Ich interessiere mich ausschließlich fürs Geschäft. Die Probleme anderer Leute sind mir dabei scheißegal. Egal ob Ihre Probleme oder die Probleme von irgendjemand anders.«
Die Hitze im Treibstofflager konnte einem den Atem nehmen. Der Araber wusste das, deswegen saß er auch im Schatten eines Sonnensegels, das zwischen den beiden Dieseltanks aufgespannt war, während die zwei Engländer in der prallen Sonne standen. Als wollte er ihr Unbehagen noch verschlimmern, griff der Araber nach einer gekühlten Dose Cola und setzte sie genüsslich an die nassen Lippen.
»Als ich damals in dieses Land kam, war eines der ersten Dinge, das ich zu sehen bekam, eine Leiche auf dem Highway von Mombasa«, sagte er. »Sie war so flach wie ein Fladen aus ungesäuertem Brot, weil die Trucks und Autos einfach drüberfuhren, als wäre es ein toter Hund. Später habe ich erfahren, dass die Leiche fast zwei Tage dort lag, bevor die Polizeidienststellen in Mombasa und Malindi sich geeinigt hatten, in wessen Zuständigkeitsbe-

reich sie fiel. Von diesem Moment an war mir klar, dass mein Geschäft hier ein voller Erfolg werden würde.«
Der Araber rutschte auf dem Stuhl herum und kratzte sich den Rücken mit seinem Zweig. »Dieses Land ist nicht so wie Ihres oder meines, Gentlemen«, fuhr er fort. »Es liegt irgendwo in der Mitte, und was hier passiert, wird weder vom Osten noch vom Westen kontrolliert. Hier muss jeder sein Schicksal selbst in die Hand nehmen – wenn nicht, überrollen ihn die Räder des Fortschritts gnadenlos. Verstehen Sie, was ich Ihnen sagen will?«
»Bedeutet das, dass Sie uns noch einen Aufschub geben?«, fragte Harry.
»Sie haben fünf Tage«, verkündete der Araber. »Mit einem Zins von zwölf Prozent pro Tag.«

»Dieser Scheißaraber, ich sag's dir!«, fluchte Harry, während er seinen zwanzig Jahre alten Landrover an den Schlaglöchern der Vorortstraßen von Mombasa vorbeilenkte. »Der hält sich doch für den Sultan von Oman. Dem müssen wir bloß mal die wahre Bedeutung von freier Marktwirtschaft beibiegen, das ist alles.«
»Und wie willst du das bitte anstellen?«, erkundigte sich Jake.
»Der Araber ist nicht der einzige Diesellieferant in Mombasa.«
»Er ist aber der einzige, der uns Kredit gibt«, gab Jake zu bedenken. »Und wenn es auch zu zwölf Prozent Zinsen ist.«
»Mir fällt da schon was ein«, versicherte Harry.

»Ja, aber bitte mach schnell. Sonst kannst du demnächst anfangen zu lernen, wie man Segel flickt.«

Oder wie man Fische fängt …
Nach einem ausgedehnten Stegreif-Leichenschmaus für Dennis Bentley in Suki Los Bar in der vergangenen Nacht hatte Jake an diesem Morgen der Schädel gedröhnt. Er hatte auf der Brücke der *Yellowfin* gestanden, aufs Wasser gestarrt und sich gefragt, ob ihn nun auch noch die Grundvoraussetzung für jede Art von Sportangeln im Stich ließ. Denn seit der Morgendämmerung hatten sie tuckernde Achten auf dem Meer beschrieben, westlich von Kilifi, wo sich die Thunfischschwärme sonst tummelten – aber nicht ein Fisch hatte angebissen. Jetzt waren sie auf dem Rückweg. Die Ernies aus Düsseldorf, die dreihundert Dollar für diesen misslungenen Ausflug bezahlt hatten, saßen mit finsteren Gesichtern in der Kajüte. Natürlich war der Indische Ozean groß und die großen Fische waren unberechenbar. Aber Jake wusste, dass das keine Entschuldigung war. In Suki Los Bar tranken einige alte Seebären, die behaupteten, eine Untiefe an der Stärke der Strömung oder der Farbe des Wassers erkennen zu können, aber heutzutage setzten die meisten Skipper lieber auf ihr Hightech-Echolot als auf Voodoo. Zumindest besaßen sie funktionierende Funkgeräte, so dass sie mit den anderen Kontakt aufnehmen und herausfinden konnten, wo die Fische standen. Die *Yellowfin* hatte weder das eine noch das andere. Die finanzielle Lage der Britannia Fishing Trips Ltd. war prekär, sie hatten ja nicht einmal genug Geld für einen

Handyvertrag. Jake starrte auf sein kaputtes Funkgerät und verfluchte es. Zwei Wochen dauerte es, bis die Ersatzteile aus Nairobi eintrafen. Zwei ganze Scheißwochen! Schön für Harry, dass er die Wechselfälle des Lebens mit einem Witz und einer wegwerfenden Handbewegung abtun konnte, aber ohne ein Funkgerät hätte die *Yellowfin* eigentlich nicht mal auf dem Wasser sein dürfen. Wenn wirklich irgendetwas schiefging, hatte Jake nur eine Kiste voller Leuchtraketen. Und wenn die verärgerten Deutschen *das* gewusst hätten, dann hätten sie sich bestimmt über ganz andere Sachen Sorgen gemacht als über die Fische, die ihnen entgangen waren.
»Was der Ernie nicht weiß, macht ihn nicht heiß«, argumentierte Harry und hatte damit sicherlich recht. Außerdem konnten sie es sich sowieso nicht leisten, die *Yellowfin* aus dem Verkehr zu ziehen. Aber das war genau die Sorte Logik, die Menschenleben kosten konnte. Jake gefror das Blut in den Adern bei dem Gedanken, er könnte wider besseres Wissen an so einem Unglück mitschuldig werden.
Er nahm eine leichte Kurskorrektur vor, dann sah er Sammy zu, wie er die Leinen nacheinander einholte und sie sorgfältig wieder mit rosa-weißem Köderfleisch bestückte. Ein fruchtloses Unterfangen, denn sie näherten sich gerade dem Riff, aber immerhin hatte man so den Eindruck, dass zumindest ein Besatzungsmitglied der *Yellowfin* wusste, was es tat.
Sammy. Wahnsinn, dachte Jake, der Junge ist echt unglaublich. Sein Bruder wurde seit weniger als vierundzwanzig Stunden vermisst und war wahrscheinlich tot,

aber als Jake am Morgen höchstpersönlich das Zuhause des Jungen an der Jalawi-Bucht aufgesucht hatte, bestand Sammy darauf, seine Arbeit anzutreten, als wäre nichts geschehen.

»Tigi kommt schon zurück«, war alles, was er dazu sagte, während er seine Filetiermesser an einem Lederriemen schärfte, der an der Tür angenagelt war.

Im Haus füllte seine Mutter ihm gerade eine Leinentasche mit Proviant, bestehend aus Datteln und Trockenfleisch. Wie alle Eltern in ihrer Lage musste sie sich auf solche alltäglichen Dinge konzentrieren, denn jeder andere Gedanke wäre ihr unerträglich gewesen.

Sie waren jetzt am Stadtrand angekommen, einen halben Kilometer vor der Nyali-Brücke, die Mombasa Island mit dem nördlichen Festland verband, und steckten im Verkehr fest. Vor ihnen sorgten Karren, Trucks, Matatu-Taxis, Motorräder, Fußgänger und Tiere für eine wilde Kakophonie, während sie sich um jeden Zentimeter freie Straße schlugen. Harry drückte ebenfalls in regelmäßigen Abständen auf die Hupe – als ob das irgendetwas geholfen hätte. Nach fünf Jahren in Kenia wusste Jake alles über die Staus in Mombasa. Es brauchte nicht mehr als einen klapprigen alten Pick-up, dem die Ziegen von der Ladefläche fielen, und schon brach der gesamte Stadtverkehr auf Stunden zusammen.

Fünf Jahre. War es wirklich schon so lange her, dass er am Moi Airport angekommen war, mit nichts in der Hand als einem Koffer und dem Kenia-Reiseführer, den er sich in Heathrow gekauft hatte? Noch heute wun-

derte er sich, wie wunderbar naiv er damals gewesen war, als er in die erschöpfende Hitze von Mombasa hinaustrat, wie damals die Abenteurer, die in den Kolonien ihr Glück versuchen wollten und voller Tatendrang von ihrem Ozeandampfer marschierten.
Sein alter Herr hätte sich kaputtgelacht, wenn er ihn so gesehen hätte.
»Guckt euch den an!«, hätte Albie Moore gerufen und sich auf seinem Barhocker in der Low Lights Tavern in North Shields vorgebeugt. »Er hat sich ja schon immer für den großen Sheriff gehalten. Jetzt will er auch noch Gordon von Khartoum spielen!«
Und dann hätte er wieder ein rasselndes, bronchitisches Lachen ertönen lassen, um es nach einer Weile mit einem Schluck Pusser's Rum zu ertränken, von dem er seit Ende seiner Schicht auf dem Fischdampfer um vier Uhr morgens mittlerweile das fünfte Gläschen kippte.
Doch Albie Moore hatte natürlich nicht miterlebt, wie sein Sohn in Kenia ankam. Der Alte war schon lange tot, ein Opfer des Alkohols und der zahllosen selbstgedrehten Zigaretten, aber auch der zerschmetternden Erkenntnis, dass sein Leben, dieses unvorstellbar harte Leben, rückblickend so völlig sinnlos gewesen war.
Jake blickte durch das schmutzige Fenster auf die baufälligen, schäbigen Hütten aus Wellblech, Maschendraht, wiederverwendeten Holzbrettern und geflochtenen Palmblättern. Zu beiden Seiten der Straße reihten sich diese Bruchbuden aneinander, in denen alles Mögliche verkauft wurde, vom handbestickten *Kanga*-Schal bis zum hundertprozentigen Selbstgebrannten. Der Ein-

fallsreichtum dieser Händler erstaunte ihn immer wieder aufs Neue. Ebenso wie die erdrückende Armut, die diesen Einfallsreichtum erst hervorbrachte. Er fragte sich, was sein Vater wohl dazu gesagt hätte. Und er wusste, dass Albie es besser verstanden hätte als seinen eigenen Sohn.

»Natürlich gäbe es noch eine ganz andere Lösung für dieses Schlamassel«, brach Harry plötzlich das Schweigen.
»Und zwar?«
Er wedelte mit zweihundert Dollar unter Jakes Nase herum.
»Ich kenn da so eine Bar, nur einen Kilometer von hier.«
»Ich dachte, das Geld war für den Araber.«
»Du hast doch gehört, was er gesagt hat: Er betrachtet es als Beleidigung.«
Jake rieb sich müde übers Gesicht. Durch die Finger sah er den Stau, der sich bis ins Unendliche ausdehnte, und auf einmal fand er den Gedanken, sich wieder zu betrinken, unglaublich attraktiv. Dann erweckte irgendetwas – eine plötzliche Bewegung, die er nur verschwommen aus dem Augenwinkel wahrnahm – seine Aufmerksamkeit.
»Die Bar heißt Maggies Höhle«, fuhr Harry fort. »Direkt am Dhau-Hafen. Ein bisschen derb vielleicht, hat aber irgendwie Charakter.«
»Fahr rechts ran«, sagte Jake.
»Was?«

»Fahr rechts ran. Jetzt.«
Harry lenkte das Auto Richtung Fahrbahnrand und erntete dafür ein erbostes Hupkonzert von hinten, weil er mit seinem jähen Manöver den langsam vorankriechenden Verkehr wieder komplett zum Erliegen gebracht hatte. Doch da flog auch schon die Beifahrertür auf, und der Sitz war leer. Einen Moment war Jake noch zu sehen, wie er sich im Slalom einen Weg durch die Stoßstange an Stoßstange stehenden Wagen bahnte, um an den Straßenrand zu kommen. Dann war er verschwunden.

7

Das Mädchen war vielleicht sechzehn Jahre alt. Sie lehnte an dem handbemalten Raffia-Seitenteil eines Obststandes. Ihre Beine hatte sie auf dem Gehweg ausgestreckt, und aus einer Kopfwunde sickerte das Blut. Sie weinte, rollte mit den Augen und rang die Hände. Eine Gruppe Schaulustiger hatte sich um sie versammelt und starrte sie neugierig an, aber keiner machte Anstalten, ihr zu helfen. Schließlich konnte sie ja von einem Dämon besessen sein. Jake hingegen vermutete, dass sie unter Schock stand. Vor nicht einmal dreißig Sekunden hatte er aus dem Landrover beobachtet, wie ein großer Mann, der sein Gesicht mit der Kapuze seines Oberteils verbarg, von hinten auf sie zugerannt und sie zu Boden gestoßen hatte. Dabei hatte er ihr das Baby entrissen, das sie in einem Baumwolltuch am Körper trug.

Jake kniete neben ihr nieder und sah sich ihre Verletzung an. Obwohl die Wunde stark blutete, war sie nur oberflächlich.

»Hey, du«, befahl er dem Besitzer des Obststandes, einem schmächtigen Mann mit tabakverfärbten Zähnen und den zitternden Händen des Alkoholikers. »Besorg dieser Frau etwas, womit sie ihre Wunde verbinden kann.«

Ausdruckslos sah ihn der Mann an.

Jake zeigte auf die Wunde. »*Gango!*«
Da nickte der Mann eifrig und wiederholte das Kiswahili-Wort mehrmals, als wollte er sichergehen, dass er es nicht vergaß. Aber Jake wartete nicht ab, ob der Verkäufer wirklich kapierte, was er von ihm wollte.
Der Entführer des Kindes war von der Hauptstraße in eine schmalere Seitenstraße abgebogen, die sich zu den riesigen Zementpfeilern der Nyali-Brücke hinunterschlängelte. Jake schlug dieselbe Straße ein, musste aber feststellen, dass es sich um eine Sackgasse handelte. Am Ende, auf einem mit Gestrüpp überwucherten Gelände direkt unter der Brücke, lag ein Schrottplatz, auf dem sich die rostenden Autos zu windschiefen Türmen stapelten. Die meisten Fahrzeuge waren bei den Unfällen, die ihrem nützlichen Dasein ein Ende gesetzt hatten, bis zur Unkenntlichkeit zertrümmert worden. Obwohl hoch über Jakes Kopf der gestaute Verkehr lärmte, konnte er das eindringliche Heulen eines kleinen Kindes ausmachen. Es kam aus einer Hütte aus Teerpappe auf der anderen Seite des Geländes. Während er darauf zuging, griff er sich die nächstbeste Waffe, ein dreißig Zentimeter langes Stück eines buchstäblich zu Steinkohle verbrannten Auspuffrohrs. Dabei hoffte er inständig, dass er nicht gezwungen sein würde, es zu benutzen, denn es fühlte sich ganz so an, als würde das Ding unter seinen Fingern zu Staub zerfallen, sobald er damit zuschlug.
Vor der Hütte blieb Jake stehen und lauschte. Das Weinen riss nicht ab, es klang wie eine Kreissäge. Er entdeckte ein Fenster. Als er hineinspähte, sah er das Baby, das immer noch in seinem Baumwolltuch lag. Irgendjemand hatte es

in das Eingangspostfach auf einem Metalltisch in der Ecke gelegt. Der Entführer lehnte an der gegenüberliegenden Wand neben der Tür. Wie Jake jetzt erkennen konnte, war er kaum älter als das Mädchen, das er blutend auf der Straße zurückgelassen hatte. *Das ist ja selbst noch ein Kind.* Er ließ den Kopf zwischen den Knien hängen und hielt sich die Ohren zu. Auf einmal sprang er hoch und riss die Tür auf. Jake presste sich flach an die wackelige Wand, bis er die Tür wieder zuschlagen hörte.

Wartete der Junge auf jemand?

Er legte das Auspuffrohr auf den Boden, wischte sich den Schmutz von den Händen und klopfte.

Erneut flog die Tür auf.

»Guten Tag«, grüßte Jake höflich, bevor er dem Entführer die Faust in den Solarplexus rammte.

Dem Jungen traten förmlich die Augen aus den Höhlen. Mit einem würgenden Schmerzenslaut sackte er erst auf die Knie, um dann seitlich in Embryonalstellung zu kippen. Jake stieg über ihn hinweg und trat an den Tisch. Nachdem er das Baby aus dem Postfach genommen und sich von seiner Unversehrtheit überzeugt hatte, legte er es wieder zurück.

»Ich glaube, du bist mir eine Erklärung schuldig, Kleiner«, sagte er.

Der Junge hatte sich in eine Ecke der Hütte geschleppt, wie ein verletztes Tier auf dem Highway. Seine dunkle Haut war ganz grau geworden, und in seinem Gesicht war die Angst zu lesen.

»Sind Sie von der Polizei?«

»Nein. Ich bin nicht von der Polizei. Wie heißt du?«

Jetzt war der Junge völlig verwirrt.
»Ich frag dich kein zweites Mal.«
»Adan. Adan Mohammed.«
»Willst du mir nicht erzählen, was hier los ist, Adan?«
»*Wer sind Sie?*«
»Warum hast du das Baby entführt?«
Der entsetzte Ausdruck auf dem Gesicht des Jungen wich offensichtlichem Zorn. »Ich bin sein *Vater!*«
Ach du große Scheiße, dachte Jake.
»Und das Mädchen, das du gerade k. o. geschlagen hast, ist die Mutter, oder?«
»Sie hat gesagt, dass ich ihn nie wiedersehen werde«, rechtfertigte sich der Junge. »Sie hat gesagt, dass ich ein schlechter Vater bin.«
»Sieht mir ganz so aus, als hätte sie da nicht völlig unrecht.«
Adan schüttelte den Kopf. »Shahiras Vater hat mich von Anfang an nicht leiden können. Er hat so lange schlecht über mich geredet, bis sie mich nicht mehr sehen wollte.«
Jake seufzte. Mittlerweile hatte sich der Stau auf der Zufahrt zur Nyali-Brücke vielleicht schon aufgelöst. Harry und er könnten jetzt schon zu Hause sein. Zum Teufel mit Maggies Höhle, in einer knappen Stunde hätten sie sich schon in Suki Los Bar verkriechen können.
»Und, was hast du jetzt vor, Adan? Sag mir bitte, dass du einen Plan hast. Auf wen wartest du?«
»Mein Freund Lucas hat einen Lieferwagen. Der fährt uns nach Nairobi. Von dort schreibe ich Shahira, dass sie nachkommen soll. Ich bin ganz sicher, wenn ihr Vater ihr nichts mehr einreden kann, werden wir glücklich

sein. Ich werde mir eine Arbeit suchen und meine Familie versorgen.«
»Bist du hier mit Lucas verabredet?«
Adan nickte.
»Vergiss es. Der kommt sowieso nicht.«
»Lucas kommt.«
»Nein, Adan. Weil nämlich jeden Moment der ganze Schrottplatz von Bullen wimmeln könnte. So was passiert gern mal, wenn man am helllichten Tag auf der meistbefahrenen Straße von ganz Mombasa ein Baby entführt.«
Bei diesen Worten zog ein Ausdruck größter Verzweiflung über Adan Mohammeds schmales Gesicht.
»Aber Oki ist doch mein Sohn«, flüsterte er.
Jake sah ihn an und merkte, wie sein Ärger verflog. »Wie alt bist du, Adan?«
»Siebzehn.«
»Okay. Steh auf.«
Vorsichtig hievte sich Adan auf die Füße. Jake drückte ihm das Baby in die Hand und sah, dass der Junge seinen Sohn mit unübersehbarer Zärtlichkeit im Arm hielt. *Nein – das war kein schlechter Vater,* dachte Jake. *Das war nur ein dummer, eigensinniger Teenager.* Der einfach nur eins hinter die Ohren verdiente. Genauso wie seine unzuverlässige Freundin.
Ob die Polizei von Mombasa Jakes Meinung teilen würde, stand jedoch auf einem anderen Blatt.
»Wo gehen wir jetzt hin?«
»Wir werden uns der Polizei stellen, Adan.«

8

Nach seinem ergebnislosen Gespräch mit Michael Kili fuhr Jouma wieder Richtung Mama Ngina Drive, während sich seine Kopfschmerzen von Minute zu Minute verschlimmerten. Er war einundfünfzig Jahre alt, und an Tagen wie diesen spürte er jedes einzelne dieser Jahre. Wie viel leichter wäre das Leben doch, wenn er Sergeant Nyamis Einstellung zur Polizeiarbeit teilen würde, dachte er bei sich. Was hatte er sich überhaupt davon erhofft, das Verschwinden eines Kleinkriminellen wie George Malewe näher zu untersuchen? Professionelle Genugtuung vielleicht? Die ewige Dankbarkeit einer jungen Ehefrau und eines kleinen Jungen, der gerade drei geworden war? Nein, Nyami hatte ganz recht: Wenn Malewe wirklich tot war, dann hatte er es höchstwahrscheinlich verdient. Wie das alte Sprichwort sagte: Wer mit den Haien schwimmt, wird früher oder später von ihnen gefressen.

Doch kaum hatte er den Gedanken zu Ende gedacht, schämte Jouma sich auch schon. Wie weit war es bloß mit ihm gekommen? Hatte er dreiunddreißig Jahre im aktiven Polizeidienst hinter sich gebracht, nur um nun allen Werten abzuschwören, die er einmal zu schützen gelobt hatte? Er dachte an die Aufstände in den Slums von Nairobi und im Rift Valley, an die Gewalt und das Blutvergießen, das sein Land in den letzten Monaten besudelt hatte.

Wie jeder andere stolze Kenianer hatte er ungläubig auf die Fernsehbilder gestarrt, die dieser Tage um die Welt gingen. Er hatte zugesehen, wie junge Männer, fast noch Halbwüchsige, sich mit atemberaubender Leichtigkeit zu unsagbaren Grausamkeiten verstiegen, und das sozusagen über Nacht. Dabei wurde ihm klar, dass die Schranke, die solche bestialischen Triebe im Menschen zurückhielt, papierdünn sein musste, fast unsichtbar. Während die Kirchen brannten und die Mütter ihre toten Kinder beweinten, kam Jouma zu dem Schluss, dass diese zerbrechliche Schranke um jeden Preis geschützt werden musste, denn sonst würde alles Gute auf der Welt vom Bösen verschlungen werden.

Wie schnell du doch vergisst, Daniel.

»Setzen Sie den Wasserkessel auf, Nyami«, bat er müde. »Ich zeige Ihnen jetzt, wie man anständigen Tee macht.«

Es war fünf nach drei. In zwei Stunden konnte er nach Hause gehen und diesen Tag vergessen. Da klingelte das Telefon, und schon bevor er abnahm, wusste Jouma, dass ihm heute noch eine weitere Prüfung bevorstand.

Der Engländer aus Flamingo Creek saß schweigend vor ihm. Seine eine Hand war mit Handschellen an eine metallene Vorrichtung am Tisch gefesselt. Jouma kannte Flamingo Creek. Es lag zwischen Mombasa und Kilifi, und dort war diese seltsamste aller Spezies beheimatet – die Skipper der Sportfischerboote.

Von Jake Moore hatte er allerdings noch nie gehört.

Einen Moment musterten sich die beiden Männer abschätzend.

»Mr. Moore?«
»Inspector Jouma?«
Jouma machte eine gereizte Handbewegung und ein uniformierter Polizist, der an der Tür stand, trat hastig neben Jake, um ihm die Handschellen aufzuschließen.
»Entschuldigen Sie bitte«, sagte Jouma und setzte sich ihm gegenüber auf einen Plastikstuhl, der fest am Boden verschraubt war. »Ich fürchte, das gehört zum Standard.«
»Ich verstehe schon.«
»Dann verstehen Sie sicher auch, dass wir wenig Nachsicht mit Selbstjustiz haben, Mr. Moore. Wir können nicht erlauben, dass Bürger das Gesetz selbst in die Hand nehmen. Mombasa ist ein gefährliches Pflaster. Nicht auszudenken, was das für Konsequenzen haben könnte.«
»Natürlich«, stimmte ihm Jake zu. »Wie geht es dem Jungen? Adan?«
»Er ist unten in den Zellen. In Anbetracht seines Fehlverhaltens habe ich vor, ihn für den Rest des Tages dort schmoren zu lassen.«
»Und dann?«
»Kommt drauf an, ob das Mädchen Anzeige erstattet. Ich werde ihr allerdings eindringlich davon abraten.«
»Ein mitleidiger Bulle?«, lächelte Jake. »Sieh mal an, so was gibt es tatsächlich?«
»Mit Mitleid hat das gar nichts zu tun«, erwiderte Jouma. »Nur mit Papierkrieg. Und Anwälten. Bis in diesem Fall endlich etwas entschieden wäre, würde das Baby, das Sie heute gerettet haben, schon lange Hosen tragen. Aber ich schätze, das wissen Sie sowieso, Mr. Moore.«
»Ich kann Ihnen nicht ganz folgen.«

»Ein Polizist kennt die zahllosen Tücken der Justiz immer noch am besten, stimmt's?«
Jake sah ihn an und nickte bewundernd. »Sie haben Ihre Hausaufgaben aber gründlich gemacht, Inspector.«
»Sobald bei uns ein Ausländer festgenommen wird, überprüfen wir seinen Hintergrund. Das war mit einem Anruf bei Ihrem Konsulat hier in Mombasa erledigt.«
»Ich hoffe, die haben Ihnen auch gesagt, dass ich schon seit einer ganzen Weile kein Polizist mehr bin.«
Diesmal musste Jouma lächeln. »In der Tat, Mr. Moore. Sechs Jahre, um genau zu sein. Aber es sieht ganz so aus, als hätte das Leben in Kenia Ihre Instinkte nicht unbedingt einschlafen lassen.«
»Alte Gewohnheiten sind eben hartnäckig, Inspector«, meinte Jake.
Jouma stand auf, und das Knacken seiner Kniegelenke hallte in dem kleinen Vernehmungszimmer.
»Ich hatte einen richtig fürchterlichen, langen Tag, Mr. Moore«, erklärte er und warf einen Blick auf die Wanduhr. Mittlerweile war es vier. »Ich glaube, wir müssen in dieser Sache keine weiteren Schritte unternehmen.«
»Danke, Inspector.«
»Bedanken Sie sich nicht. Denken Sie in Zukunft nur daran, dass wir hier Gesetze haben, und dass wir die Einhaltung dieser Gesetze mit Hilfe von Polizisten überwachen.«
Jake streckte ihm die Hand hin, und Jouma ergriff sie. Der Inspector war klein, aber sein Händedruck erstaunlich fest. »Auf Wiedersehen, Mr. Moore. Sergeant Walu wird Sie hinausbegleiten.«

Dritter Tag

9

In Bagdad war eine Wagenkolonne in einen Hinterhalt geraten, auf ihrem Weg vom Flughafen zu einem Antiterrorismusgipfel im Hauptquartier des derzeitigen provisorischen Regierungsrats. Der irakische Minister für Innere Sicherheit und die sechs Abgeordneten der Vereinten Nationen waren tot. Dreitausend Kilometer entfernt, in Amsterdam, trat der Mann, der die vier russischen SA-7-Raketenwerfer für dieses Attentat geliefert hatte, aus dem Schlafzimmer einer Zweitausend-Dollar-Hotelsuite und steckte sich eine türkische Zigarette an. Das Zimmer war mit allen vorstellbaren Möbeln im französischen Stil des achtzehnten Jahrhunderts ausgestattet: zierliche Lehnsessel aus Walnussholz, brokatbezogene Stühle mit geschnitzten Armlehnen, Kommoden und Schreibtische mit geschwungenen Beinen, Keramik von Quimper und Spiegel mit vergoldeten Rahmen – nur in einer Ecke stand ein ultramoderner Fernseher mit Plasmabildschirm, auf dem CNN gerade die Bilder der Leichen zeigte, die man aus den verbeulten, brennenden Autowracks zog und in die wartenden Notarztwagen verfrachtete.

»Na, glücklich, Mr. Zasochow?«, erkundigte sich Whitestone, der gegenüber auf einem braunen Ledersofa saß.

Der Mann mit der Zigarette paffte zufrieden. »Extrem.«

Whitestone griff nach der Fernbedienung und schaltete den Fernseher aus. »Möchten Sie einen Drink?«
Zasochow grunzte und trat an das Panoramafenster, das einen Ausblick auf die Prinsengracht und die Schlange vor dem Anne-Frank-Museum bot. Die Fenster waren verspiegelt, darum war es nicht wichtig, dass sein seidener Morgenrock vorne offen stand und seine roten Genitalien unter dem blassen Wanst zu sehen waren.
Whitestone füllte ein daumenhohes Glas mit gekühltem Stolitschnaja. Zasochow leerte es in einem einzigen Zug und reichte es ihm zum Nachfüllen.
»Sind die alle so?«, erkundigte sich Zasochow. Er wischte sich mit dem Handrücken über den Mund und deutete mit einer Kopfbewegung zum Schlafzimmer.
»Ich bin immer für den gehobenen Anspruch.«
»Ich bin beeindruckt, Mr. Whitestone. Und ich habe viele Freunde, die ebenfalls beeindruckt sein werden. Ich glaube, wir werden viele Geschäfte miteinander machen.«
»Vielleicht«, meinte Whitestone. »Vielleicht auch nicht.«
Zasochow nahm noch einen Schluck und sah ihn neugierig an. »Ich verstehe nicht ganz.«
»Ich bin nicht sonderlich erpicht auf langfristige Zusammenarbeit, Mr. Zasochow. Ehe man sich versieht, steht der eigene Name in den Gelben Seiten.«
Zasochow lachte und trat vom Fenster weg, wobei er den Gürtel seines Morgenmantels nachlässig mit einer Hand zuzog.
»Sie haben recht mit Ihrer Vorsicht, Mr. Whitestone«, stimmte er ihm zu. Er ging quer durchs Zimmer zu einem Mahagonischreibtisch und öffnete eine dünne Akten-

mappe aus Leder. »Aber andererseits wäre es ein Jammer, sich übermäßig bescheiden zu geben – vor allem, wo Ihre Dienste so einmalig sind.«

Er reichte Whitestone einen schlichten weißen Umschlag. »Ein kleines extra Dankeschön für Ihre Bemühungen.«

Whitestone öffnete das Kuvert. Darin befand sich ein Blatt Papier mit einer ganzen Reihe von Ziffern. Er faltete es zusammen und schob es zurück. »Das ist sehr großzügig von Ihnen. Aber ich kann es nicht annehmen.«

Zasochow plusterte sich auf. »Ich halte es für wichtig, Leute zu belohnen, die gute Arbeit für mich leisten. Wenn es nicht genug ist …«

»Ich erwarte nur die zweite Hälfte meines Honorars, wie abgemacht. Wie gesagt, Mr. Zasochow, ich tue mir keinen Gefallen damit, wenn ich mich einzelnen Kunden zu sehr verpflichtet fühle.«

Einen Augenblick sah es so aus, als würde Zasochow einen Wutanfall bekommen. Aber dann grinste er nur und zuckte mit den Schultern. »Daran sieht man wohl, wie sich die Welt verändert hat – nun muss sich ein Russe schon von einem Kapitalisten über geschäftliche Zurückhaltung belehren lassen.« Er lachte über seinen eigenen Witz und setzte sich breitbeinig aufs Sofa. »Aber ihren Namen habe ich nicht erfahren«, sagte er und nickte noch einmal zur geschlossenen Schlafzimmertür.

»Ist das denn wichtig für Sie?«, erkundigte sich Whitestone.

Zasochow überlegte kurz. »Nein, wahrscheinlich nicht«, antwortete er. Dann musste er wieder lachen. »Ich schätze, ich kann sie sowieso nennen, wie ich will.«

10

In der Nacht zog aus dem Osten ein Sommersturm herüber. In den Wellblechsiedlungen, die die kenianische Küste säumten, hatten die Bewohner den kupferartigen Geruch in der trockenen Luft wahrgenommen, lange bevor die ersten dicken Tropfen fielen. Das war das Signal für die Mütter, ihre Kinder schnell zusammenzutreiben, während die alten Männer ihre Backgammontische wegräumten und argwöhnisch in den Himmel blinzelten. Ochsen, Ziegen und anderes Vieh wurde in Holzpferche getrieben oder einfach an den nächsten Baum gebunden.

Als der erste Blitz den Himmel zerriss und der ohrenbetäubende Donner die Kinder erschrocken aufschreien ließ, brachten sich die Familien im stabilsten Haus in Sicherheit. Sie horchten auf den Regen, der auf die Wellblechdächer trommelte, und auf den Wind, der diese Dächer mit seinen bösartigen Stößen jederzeit davonzutragen drohte. Um sich die Zeit zu vertreiben, erzählte man einander Geschichten. Wie üblich ging es in den unheimlichsten um die Seelen der Ertrunkenen, die vom Sturm aus ihrem Schlummer gerissen wurden und in Nächten wie diesen ans Ufer kamen, um menschliche Seelen zu finden, die sie mit sich in die Tiefe nehmen konnten.

Vierter Tag

11

Margaret Tambo wollte gar nicht wissen, wie viele Stürme sie schon erlebt hatte. Als sie das letzte Mal nachgezählt hatte, war sie zu dem Ergebnis gekommen, dass schon vierzehn ihrer Hütten von Orkanen davongeblasen worden waren. Aber im Alter von mittlerweile zweiundsiebzig Jahren schrieb sie ihre Langlebigkeit der Tatsache zu, dass sie jede Nacht betete, Gott möge sie noch einen weiteren Tag leben lassen. In den letzten zwei Jahren hatte sie auch ihren Eber Mwitu in ihre Gebete miteingeschlossen, denn ohne Mwitu und die paar Schillinge, die sie mit dem Verkauf seines Samens verdiente, hätte sie auch der liebe Gott nicht vor Armut und Tod retten können, das wusste Margaret sehr genau.

Margaret lebte allein in der Nähe von Bara Hoyo Beach, fünfzehn Kilometer von Mombasa entfernt. Ihre Hütte war aus Porenbetonsteinen, die von der Bauruine eines Hotels stammten, sowie dem rostenden Metallrumpf eines Fischdampfers gebaut, der im Sommer zuvor vor dieser Küste auf Grund gelaufen war.

Einen Tag nach dem Sturm wachte sie mit einem Gefühl überwältigender Angst auf. Trotz aller Gebete der letzten Nacht wusste sie, dass etwas Schreckliches geschehen war.

Etwas furchtbar Schreckliches.

Sie band Mwitu grundsätzlich mit einem Strick an eine Palme in der Nähe ihrer Hütte, der ihm genug Bewegungsfreiheit ließ, um ein wenig umherzustreifen und sich Futter zu suchen. Doch in letzter Zeit hatte das Tier sichtlich immer gereizter auf die Einschränkung seiner Freiheit reagiert. Margaret machte sich zwar Sorgen, dass dieser Stress Auswirkungen auf die Samenqualität haben könnte, aber sie wagte nicht, den Eber frei herumlaufen zu lassen. Als sie am Abend zuvor gerochen hatte, dass ein Sturm heraufzog, hatte sie sofort das Seil fester gezurrt.

Nach zweiundsiebzig Jahren konnte Margaret nur noch sehr verschwommen sehen, aber als sie aus ihrem Haus kam, brauchte sie gar keine Augen, um festzustellen, dass der Eber weg war. Normalerweise konnte sie seinen strengen Geruch wahrnehmen und hörte ihn schnaufen und grunzen. Heute hörte sie jedoch nur die Brise, die durch die Palmblätter strich, und die Brandung am nahen Strand. Zur Sicherheit fasste sie noch einmal nach dem Seil, als sie sich dem Baum näherte, aber zu ihrer Bestürzung hing es schlaff herab. Offensichtlich war der Strick durchgekaut worden.

Oh, lieber Gott, bitte verschone das Leben meines Mwitu.

Sie rief das Tier beim Namen, und ihre Stimme klang vor Sorge ganz heiser. Nichts.

Margaret lief am Rand der Bäume entlang. Mit jedem Schritt wuchs ihre Angst, dass der Eber am Strand weitergelaufen war, in Richtung der teuren Hotels in Kikambala. Wenn dem so war, dann hatten ihn die Wächter der Privatstrände höchstwahrscheinlich erschossen. Langsam bahnte sie sich auf ihren arthritischen Beinen einen Weg durch die Bäume, während ihre Schreie immer verzweifelter wurden.

Auf einmal machte ihr Herz einen Sprung. Dort drüben, kaum fünfzig Meter entfernt, war ganz unverkennbar der Umriss eines dickbäuchigen Ebers zu sehen. *Oh, ich danke dir, Herr, für deine Gnade und Weisheit!* Mwitu stand in der Nähe der Bäume und vergrub seine Schnauze in einem Haufen Abfall, den der Sturm mit seiner ganzen Wucht in der Nacht weit über den Strand nach oben getrieben hatte. Dabei gab das Tier groteske Grunzlaute von sich, die von tiefer Befriedigung sprachen.

»Mwitu!«, schimpfte Margaret. »Was denkst du dir denn dabei, einfach so auszureißen und deine Mama so zu erschrecken?!«

Träge hob der Eber den Kopf, und Margaret sah etwas aus seiner Schnauze baumeln, was sie im ersten Moment für einen Thunfischkadaver hielt. Doch als sie näher kam, konnten sogar ihre schwachen Augen erkennen, dass es kein Fisch war, sondern ein menschliches Bein, das noch mit ein paar Hautfetzen und Sehnen an den Überresten eines menschlichen Torsos samt Kopf hing.

12

Die Bootshäuser und Anlegestellen von Flamingo Creek lagen zu weit stromaufwärts, als dass sie von dem Sturm, der in der vergangenen Nacht an der Küste gewütet hatte, ernsthaft hätten beschädigt werden können. Aber am Morgen mussten Jake, Harry und ein paar von Suki Los Stammgästen mehrere entwurzelte Palmen beseitigen, die die Straße am südlichen Ufer des Creek blockierten. Diese Arbeit geschah mehr aus Eigeninteresse denn aus Gemeinschaftsgeist: Die Bäume versperrten den Weg zu und von Sukis Bar, und solange die Stämme nicht abtransportiert wurden, drohte die Bar geschlossen zu bleiben. Nur für die zwei Engländer bot diese Beschäftigung eine willkommene Ablenkung von ihren leeren Auftragsbüchern.

»Bist du immer noch sauer auf mich?«, wollte Jake wissen.

Harry blickte von dem Tau auf, das er gerade an einem Baumstamm befestigte. »Ich war nicht sauer. Aber wenn du einfach so davonschwirrst wie der Lone Ranger, mach ich mir natürlich Sorgen.«

»Solltest du nicht. Ich bin schließlich schon ein großer Junge.«

»In London warst du auch schon ein großer Junge. Und denk dran, was dir dann passiert ist.«

»Adan Mohammed ist nicht die Canning Town Firm«, meinte Jake.
»Stimmt. Ist doch immer schön, wenn man die Dinge im Nachhinein betrachten kann.«
Darüber ließ sich sicherlich streiten, dachte Jake. Er dachte an ein gerahmtes Foto, das in ihrem Büro an der Wand hing: Harry und Jake, wie sie zusammen auf der Brücke der *Yellowfin* standen, mit verschränkten Armen und einem breiten Grinsen auf dem Gesicht. Ein Junge aus dem Ort hatte das Bild mit einer billigen Polaroidkamera geschossen. Wenig später hatte der Junge den Fotoapparat geklaut, aber damals konnten sie es sich noch leisten, darüber zu lachen. Das Geschäft ging gut. Das *Leben* war gut.

Das Foto war an dem Tag aufgenommen worden, an dem sie die *Yellowfin* von einem Händler für gebrauchte Boote in Ramisi geliefert bekommen hatten. Sie war zehn Jahre alt und hatte bis dahin einem ziemlich gleichgültigen Besitzer gehört, den Kratzern auf dem Rumpf und dem Zustand der Kajüte nach zu urteilen. Ihr Motor war so gründlich hinüber, dass man sie die letzten paar Kilometer an der Küste und den Creek hinauf schleppen musste. Aber auf ihre heruntergekommene Art war sie doch irgendwie schön, und Harry und Jake verliebten sich sofort in sie. Für Harry symbolisierte sie den Moment, in dem Britannia Fishing Trips Ltd. kein Luftschloss mehr war, sondern Wirklichkeit wurde. Für Jake bedeutete sie nicht weniger als den Start in ein neues Leben – das an einem düsteren, verregneten Tag in England vor sechs Monaten mit einer Kleinanzeige in der *Sunday Times* begonnen hatte.

Gesucht: Beherzter Mensch, der bereit ist, Zeit, Liebe und zwanzigtausend Pfund Eigenkapital in ein seefahrerisches Unternehmen in Afrika zu stecken. Einschlägige Erfahrung von Vorteil. Emotionales oder anderes Gepäck kann auf Wunsch mitgebracht werden.

Was das Geld anging, so hatte Jake seine Pension und seine Abfindung in der Tasche, und der Seelenklempner bei Scotland Yard hätte wahrscheinlich behauptet, dass er ausreichend emotionales Gepäck mit sich herumschleppte. Die einschlägige Erfahrung hatte er ganz bestimmt – das hätte ihm sogar sein Vater bestätigt. Jake war erst vierzehn gewesen, als Albie ihn zum ersten Mal mit auf See nahm.

Sein Schiff war die *Banchory Thistle*, die fast schon so lange mit ihren Schleppnetzen vor North Shields fischte, wie Albie Kapitän war. Und das waren immerhin zwanzig Jahre. Nachdem sie jahrelang von der Nordsee durchgeschüttelt worden war, sah sie aus wie ein Boxer, der ein paar Kämpfe zu viel mitgemacht hatte, aber andererseits sah die ganze Tyne-Flotte so aus, und die Kapitäne waren alle vom gleichen Schlag wie Albie, und das schon seit Jahrhunderten. Jake hatte sich nie Gedanken darüber gemacht, ob er genau so geendet wäre, wenn er seinem Vater und den vorherigen sechs Generationen der Mooreschen Ahnen nachgeeifert hätte. Seine lange verstorbenen Vorfahren hatte er auf sepiabraunen Fotos betrachten können, und die dunklen Augen, die ihn aus wettergegerbten Gesichtern entgegenblickten, waren seine eigenen. Als Albie ihn daher im Alter von vierzehn Jahren zum ersten Mal mit auf die *Banchory* mitnahm, sollte ihm das nicht ein Abenteurerleben schmackhaft machen – es sollte ihm zeigen, welche Art von Leben ihm vorbestimmt war.

Kurz vor zehn kam ein blitzblankes blaues Polizeiauto aus Richtung des Highway angeholpert. Zwei uniformierte Polizisten stiegen aus, von denen sich einer als Chief Inspector Oliver Mugo von der Polizei Malindi vorstellte. Er war ein imposanter, breitschultriger Mann um die vierzig, der in seinen Reitstiefeln aus Lackleder gut und gern einen Meter achtzig aufragte, und seine äußere Erscheinung noch betonte, indem er seine Uniform eine Größe zu klein trug und seinen Gürtel drei Löcher zu eng schnallte. Mugos Kopf war völlig kahl rasiert, aber zum Ausgleich trug er einen üppigen schwarzen Schnurrbart, der von grauen Fäden durchzogen war. Ein Goldzahn vervollständigte das Bild eines Mannes, der seinen Job ernst nahm und für dessen Job es äußerst wichtig war, sein Image sorgfältig zu kultivieren.
»Sergeant Lokuru und ich sind gekommen, um mit den beunruhigten Bürgern zu sprechen«, verkündete er großspurig und deutete dabei auf seinen Begleiter, dessen Uniform – im Gegensatz zu seiner eigenen – zwei Größen zu weit gewählt schien.
Jake und Harry tauschten einen Blick, aber Mugo hatte gerade erst angefangen.

»Ich bin sicher, Sie sind im Bilde über diesen unglückseligen Vorfall, in den ein Skipper aus Flamingo Creek namens Mr. Dennis Bentley verwickelt ist?«

»Dennis, natürlich«, bestätigte Harry. Er spielte gern die Rolle des Sprechers von Flamingo Creek, meistens dann, wenn die Steuerbevollmächtigten aus Mombasa vorbeikamen oder wenn die Zollbehörde mal wieder beschlossen hatte, ihnen einen ihrer regelmäßigen Überraschungsbesuche abzustatten.

Mugo strahlte ihn an. »Tja, dann habe ich das Vergnügen, Ihnen und all den geschätzten Bewohnern von Flamingo Creek zu versichern, dass der Vorfall von den Ermittlern der Polizei Malindi gründlich untersucht worden ist, unter der strengen Oberaufsicht meiner selbst, Chief Inspector Oliver Mugo.«

Jake kniff die Augen leicht zusammen. »Es beruhigt uns, das zu hören. Und zu welchen Ergebnissen sind Sie bis jetzt gekommen?«

Mugo sah ihn fragend an. »Bis jetzt? Nun, ich glaube, Sie haben mich nicht richtig verstanden, Sir. Der Fall ist *gelöst.*«

Die Überraschung, die diese Nachricht unter Sukis Stammgästen auslöste, drückte sich in kollektivem Gemurmel aus.

»Gelöst?« Harry nickte anerkennend. »Schnelle Arbeit, Chief Inspector.«

Mugos Lächeln wurde noch breiter. »Wir von der Polizei Malindi sind stolz darauf, Verbrechen stets effizient und zur Zufriedenheit aller Beteiligten aufzuklären.«

»Und, was ist mit Dennis passiert?«

»Es handelt sich um einen tragischen Unfall«, verkündete Mugo in einem Ton, der keinen Widerspruch zuließ.
»Das ist alles?«
Der Polizist musterte Jake überrascht, als wäre es ihm noch nie in den Sinn gekommen, dass jemand seine Schlussfolgerungen in Frage stellen könnte.
»Unsere Ermittlungen waren absolut gründlich, Mr. …«
»Moore.«
»Also …?«
»Haben Sie Dennis' Leiche gefunden?«
Nun traten Mugo fast die Augen aus den Höhlen. »Es ist äußerst unwahrscheinlich, dass man eine Leiche findet, nachdem …«
»Und die Wrackteile? Sind die Wrackteile genauer untersucht worden?«
»Mr. Moore, ich weiß Ihre Besorgnis zu schätzen, aber Sie sind kein Polizist und haben darum auch keine Erfahrungen mit Ermittlungsmethoden. Seien Sie versichert, dass wir von der Polizei Malindi alle verfügbaren Informationen ausgewertet haben und zu unzweifelhaften Schlüssen gelangt sind.«
Jake wollte noch etwas sagen, doch Harry legte ihm schnell eine Hand auf die Schulter.
»Vielen Dank, Chief Inspector«, sagte er unterwürfig. »Es ist uns ein großer Trost, dass Sie und Ihre Beamten unsere Interessen so eifrig wahrnehmen.«
Mugo lächelte förmlich und knallte die Absätze seiner Stiefel zusammen.
»Also dann, Gentlemen«, schloss er. »Wie ich sehe, sind Sie beschäftigt. Wenn es sonst noch irgendwelche Ange-

legenheiten gibt, in denen Sie unsere Dienste benötigen, zögern Sie nicht, sich an einen unserer erfahrenen Beamten zu wenden.«

Mit diesen Worten stiegen Mugo und Sergeant Lokuru wieder in ihren Wagen und verschwanden in einer Staubwolke.

»Unglaublich«, meinte Jake.

»Vergiss es einfach«, riet Harry.

Aber als Jake ihn mit diesem gewissen Gesichtsausdruck ansah, wusste Harry schon, dass sein Partner nichts dergleichen vorhatte.

13

Im Untergeschoss des Krankenhauses von Mombasa gibt es einen kleinen, quadratischen, fensterlosen Raum, der nur von drei Neonröhren beleuchtet wird. Decke wie Wände sind durchgehend weiß gekachelt. Der Boden besteht aus einem feinmaschigen Metallgitter, das auf einem konkaven Zementgrund aufliegt. In diesen Zement wiederum ist ein ganzes Netz breiter Keramikkanäle eingelassen, die alle auf einen Ausguss in der Mitte zulaufen. Genau darüber steht ein dünner Metalltisch, der seinerseits mit Rillen und Abflüssen versehen ist. Wenn dieser Raum benutzt werden soll, wird er zuvor von einem dreiköpfigen Reinigungsteam aufs gründlichste gesäubert und desinfiziert. Diese Arbeit kann sich manchmal recht beschwerlich gestalten: Jedes Teilchen, jede eingetrocknete Flüssigkeit muss restlos weggeschrubbt werden. Doch die Reinigungsfachkräfte wissen, dass sie alle sofort gefeuert werden würden, wenn Mr. Christie auch nur das kleinste Fleckchen fände.

Mr. Christie ist der Schreck aller Reinigungskräfte. Manchmal witzeln sie bei der Arbeit und flüstern sich beim Schrubben zu, dass sich sogar die Leichen, die armen, leblosen *Mizoga*, vor ihm fürchten.

Doch nicht nur Mr. Christies Zorn macht ihnen Angst. Sondern auch die Dinge, die er in diesem weiß gekachelten Raum mit den Leichen anstellt. Sie haben gehört, dass der englische Doktor eine riesige Sammlung blitzender Messer besitzt, mit denen er das Fleisch aufschlitzt und zerschneidet, dass er die Knochen zu Staub zersägt und die Organe mit bloßen Händen herausnimmt, um sie auf silberne Teller zu legen. Sie haben gehört, dass das Blut in Strömen durch die Keramikkanäle fließt, wenn Mr. Christie am Werk ist.

Sie nennen ihn *Bweha* – den Schakal.

Jouma wusste, was für einen Ruf Christie beim verängstigten Reinigungstrupp des Krankenhauses in Mombasa genoss, und insgeheim fand er, dass der Pathologe ihn redlich verdient hatte.

Christie, ein großer, leicht gebeugter Mann mit fahlem Gesicht, war ungefähr in Joumas Alter und sah so aus, als würde er das finstere Leichenschauhaus im Keller jeden Abend verlassen, um zu Hause in seinen Sarg zu steigen. Er verstand sich auf seinen Job, daran gab es keinen Zweifel, aber Jouma ertrug es nicht, Christie bei der Arbeit zuzusehen. Der Engländer schien fast völlig desinteressiert an der Tatsache zu sein, dass die Leiche, mit der er es zu tun hatte, einmal ein lebender, atmender Mensch gewesen war. Fleisch und Blut waren nur Hindernisse, die man wegschnitt und in den Ausguss spülte. Herzen und Gehirne – das, was den Menschen erst zum Menschen machte – waren nur Beweismaterial, an dem sich eine Todesursache feststellen ließ.

Außerdem störte sich Jouma daran, dass Christie offensichtlich immun gegen jedes Grauen war. Während ihrer fünfzehnjährigen beruflichen Zusammenarbeit hatte der

Inspector dem Pathologen so manche unsäglich zugerichtete Leiche auf den schmalen Metalltisch gelegt, Leichen, die für Jouma schon nicht mehr menschlich aussahen. Er hatte zwar so einiges zu sehen bekommen, aber es erschütterte ihn immer wieder, wie verletzlich ein Mensch war, verglichen mit Metall, Feuer oder wilden Tieren.
Für Christie war das alltäglich und nicht mehr der Rede wert.
Das Objekt, das nun auf seinem Tisch lag, war ebenfalls einmal ein Mensch gewesen, aber als Jouma zusah, wie der Reißverschluss des schwarzen Gummisacks aufgezogen wurde, kam ihm der Inhalt eher vor wie etwas, das man ein paar Tage nach dem Festtag des heiligen Zacharias in der Asche findet. Hinter seiner Atemschutzmaske zog er eine Grimasse und drückte sich noch ein bisschen weiter in die Ecke, wo er sich krampfhaft an einem Metallregal abstützte.
Christie stand über der Leiche und kratzte sich mit einem Gummihandschuh den Nasenrücken. »Was sagten Sie, wo wurde der gefunden?«
»Am Strand von Bara Hoyo.«
»Wann?«
»Heute Morgen.«
»Hm.« Christie untersuchte die Überreste und kommentierte seine Funde jeweils für Jouma. »Negroid, männlich, zwischen dreißig und vierzig Jahre alt. Die Haut zeigt Anzeichen schwerer Verbrennungen und auch längerfristiger Einwirkung von Salzwasser und Meereslebewesen. Der rechte Oberschenkel scheint von irgendeinem Tier angefressen worden zu sein.«

»Die Frau, die die Leiche entdeckt hat, hält sich einen wilden Eber.«

»Dann können wir ja von Glück sagen, dass überhaupt noch was übriggeblieben ist«, bemerkte der Pathologe. Er beugte sich vor und stupste den Torso mit dem Finger an. An seinem Gummihandschuh blieb ein schwarzer Fleck zurück. »Außerdem ist die Leiche mit einer zähflüssigen, schwarzen Schicht überzogen, schätzungsweise Öl oder Ähnliches. Schwere Verletzungen des Abdomens direkt über dem Becken, der Großteil der Organe aus der unteren Bauchhöhle fehlt. Rechter und linker Arm abgerissen, linkes Bein fehlt ganz, Kopf und Hals relativ intakt. Wissen Sie, wer das ist?«

Jouma war sogar ziemlich sicher, es zu wissen, aber er schwieg.

Christie griff nach seinen Instrumenten. Nachdem er den Brustkorb geöffnet hatte, untersuchte er das Innere mit seinen geschickten Händen. Dann sagte er: »Das Opfer ist nicht ertrunken.«

»Aha«, nickte Jouma. *Es* ist nicht ertrunken. Typisch Christie.

»In den Lungen befindet sich Meerwasser, aber es ist nicht aktiv eingeatmet worden«, erklärte Christie und hielt dabei etwas in die Höhe, was für Joumas Augen wie eine vergammelte Süßkartoffel aussah. »Wenn das Wasser eingeatmet wird, ergibt die Mischung aus Luft und Wasser eine ganz spezielle Flüssigkeit. Dieses Wasser ist einfach nur in die Luftröhre gelaufen.« Mit diesen Worten warf er die Lunge in eine Metallschale.

»Jetzt kann ich Ihnen nicht ganz folgen.«

»Ich vermute, das Opfer war schon tot, bevor es ins Wasser fiel.«
»Todesursache?«
Der Pathologe zuckte mit den Schultern. »Die ist in diesem Fall sicher sehr interessant, Jouma. Die Fische und der Eber haben zwar schon gründlich an der Leiche herumgeknabbert, aber die waren bei weitem nicht für all diese Verletzungen verantwortlich. Und wenn jemand mit einer Schiffsschraube in Kontakt kommt, sehen die Verletzungen einfach anders aus. Zum letzten Mal habe ich so etwas wie das hier in Angola gesehen, in den siebziger Jahren. Die UNITA hatte einem Richter eine Bombe unters Auto gelegt. Autobomben hatten Sie in letzter Zeit überhaupt keine, oder? Nein. Blöde Frage. In diesem Breiten ist die erklärte Lieblingswaffe ja die Machete.«
Es war in der Tat eine blöde Frage, und eine höchst taktlose obendrein, wie Jouma fand. Doch der Inspector hatte eine Theorie und wollte eine Bestätigung.
»Wie lange war der Körper im Wasser?«
»Das ist immer schwer zu sagen – aber nach dem Grad der Verwesung zu urteilen würde ich sagen, nicht länger als drei oder vier Tage.«
»Danke, Mr. Christie«, sagte Jouma. Er nahm seine Maske ab und steuerte erleichtert auf die Tür zu.
»Was soll ich denn nun damit machen?«, rief ihm der Pathologe hinterher und deutete mit gekrümmtem Finger auf die Leiche auf seinem Tisch.
Jouma drehte sich um. »Schicken Sie mir bitte Ihren Bericht, sobald Sie fertig sind.«

14

Es gab nur wenige Dinge, die Sergeant Nyami wirklich aufregten – aber wenn sich die Leute ungefragt von seiner Erdbeermarmelade bedienten, ging ihm der Hut hoch. Aus seinem gebrauchten Polyesteranzug sah der Hintern halb raus, seine Einzimmerwohnung teilte er mit Ratten und Kakerlaken, und er war himmelschreiend überarbeitet und unterbezahlt – aber all das störte ihn nicht sonderlich. Es ärgerte ihn jedoch ungeheuer, wenn seine diebischen Kollegen im Mama Ngine Drive ihre Messer in seinen kostbaren Marmeladentopf tunkten, dieses eine Glas, dass er allmonatlich aus der Lebensmittellieferung für die Luxushotels an der Küste stahl.

Tiptree-Erdbeermarmelade aus Essex, England, jawohl! Das Wappen auf dem Etikett bewies, dass sogar die Königin von England diese Marmelade aß!

Das war das Einzige in seinem ganzen elenden Leben, das er Luxus nennen konnte.

»Haben Sie schon wieder von meiner Marmelade gegessen?«, fragte er, als Jouma ins Büro zurückkam.

Der war so in Gedanken versunken, dass er mitten im Raum stehen blieb und langsam den Kopf umwandte: »Wie war das, Sergeant?«

»Meine Erdbeermarmelade – haben Sie sich von meiner Marmelade bedient?«

»Ich habe keine Ahnung, wovon Sie überhaupt reden. Aber ich würde Ihnen raten, sich zu überlegen, mit *wem* Sie reden.«
Nyami stand auf und hielt Jouma das geöffnete Glas anklagend unter die Nase. Ein einziger tiefer Stich in der glatten, dunkelroten Oberfläche.
»Sehen Sie sich das an!«, verlangte er.
»Manchmal glaube ich, Sie haben sie nicht mehr alle, Nyami«, erwiderte Jouma und ging weiter zu seinem Schreibtisch. »Woran arbeiten Sie im Moment?«
»Die Liste mit den Verbrechen der letzten Nacht.«
»Und?«
»Zweiundzwanzig geknackte Autos. Eine Frau, die behauptet, dass ihr Mann ein Attentat auf den Präsidenten plane. Ein Mann, der behauptet, sein Hund sei vom Teufel besessen ...«
»Okay, vergessen Sie das einfach. Ich möchte, dass Sie mir die Akte von diesem vermissten Fischerboot holen.«
Nyami sah ihn überrascht an. »Ich dachte, in dem Fall ermittelt die Polizei Malindi.«
»Tun Sie einfach, was ich Ihnen sage, Sergeant.«
Während Nyami verdrießlich aus dem Zimmer schlich, trat Jouma zu der großen, verknickten Landkarte der kenianischen Küste, die mit Heftzwecken an der Wand neben dem Waschbecken befestigt war. Dann griff er zum Hörer und rief die Küstenwache Mombasa an.
»Robert – hier ist Daniel. Erinnern Sie sich noch an das Fischerboot, das neulich vor Watamu verschwunden ist? Dieser weiße Skipper und der Junge aus Jalawi? Genau. Wo wurden die Wrackteile gefunden?« Er wartete

einen Moment. »Alles klar. Danke. Schönen Tag noch, Robert.«
Er legte auf und ging zurück zur Karte, wobei er sich das Kinn mit zwei Fingern knetete. Dann setzte er sich an seinen Schreibtisch und wählte die Nummer der örtlichen Wetterstation.
»Harriet – hier ist Daniel Jouma. Aus welcher Richtung kam der Wind gestern Nacht hauptsächlich?« Neuerliche Pause. »Alles klar. Danke, Harriet.«
Wieder stellte er sich vor die Karte und ging schließlich zurück an den Schreibtisch.
In diesem Moment kam Nyami mit einem zweiseitigen Ausdruck aus dem zentralen Polizeicomputer zurück.
»Das ist alles?«, wunderte sich Jouma.
»Die Polizei Malindi hat den Fall abgeschlossen.«
»Abgeschlossen?«
Nyami zuckte mit den Schultern. Er machte sich wesentlich mehr Gedanken darüber, wer sich an seinem Marmeladenglas vergriffen hatte. Auf seinem Weg durch den Korridor hatte er systematisch alle Verdächtigen eliminiert, bis nur noch ein Name übrig blieb. *Sergeant Walu! Der musste es sein!* Nyami konnte sich richtig vorstellen, wie sich der feiste Mann vom Empfangstresen während seiner Nachtschicht ins Büro der Kriminalpolizei schlich, Schubladen aufzog, mit seinen Wurstfingern überall herumwühlte und unkontrolliert lossabberte, als er das ungeöffnete Glas zwischen Tacker und Locher fand …
Nachdem Jouma mit dem zweiseitigen Bericht der Polizei Malindi fertig war, las er ihn mit wachsender Ungläu-

bigkeit ein zweites Mal. Für Chief Inspector Oliver Mugo war der Fall nach dreitägigen Ermittlungen abgeschlossen. Die Leichen von Dennis Bentley und seinem Schiffsjungen waren nicht gefunden worden, und nach Ansicht von Chief Inspector Mugo würden sie das wahrscheinlich auch nicht mehr. Technische Fragen wie zum Beispiel die Ursache der Explosion hatte man aufgrund mangelnder Beweisstücke einstellen müssen. Mit anderen Worten, dieser fette Blödmann hatte sich nicht mal die Mühe gemacht, die Wrackteile zur Analyse einzuschicken. Wenn er sich denn überhaupt die Mühe gemacht hatte, sie einzusammeln. Nach seinem Ermittlungsstand war die *Martha B* also einfach in die Luft geflogen. Höchstwahrscheinlich ein tragischer Unfall. Der Bericht war in Mugos typisch großspuriger Handschrift unterschrieben und datiert.

Angewidert warf Jouma das Papier in seinen Postausgangskorb.

»Nyami – haben Sie eine Akte über George Malewe?«

Der Sergeant blickte genervt auf. »Was brauchen Sie denn daraus?«

»Wie alt war er?«

Nyami schlug den Ordner auf. »Zweiunddreißig.«

»Geben Sie mir mal die Akte.«

»Ich weiß nicht, warum Sie Ihre Zeit unbedingt auf diesen Mann verschwenden wollen!«, murrte Nyami.

»Geben Sie mir einfach die Akte, Sergeant.«

Das Verzeichnis von George Malewes Straftaten umfasste mehrere Seiten, die mehr als zwanzig Jahre zurückreichten. Das Foto für die Verbrecherkartei war offensichtlich aufgenommen worden, als er betrunken war. Seine Unterlippe hing schlaff herab, und seine Augen waren halb geschlossen, als hätte ihn der Auslöser mitten in einem Blinzeln erwischt. Aber das Gesicht war unverwechselbar.

Jouma seufzte und schloss den Ordner. Als er aufblickte, sah er, dass Nyami ihn anstarrte. Der Sergeant war sichtlich aufgewühlt.

»Zum letzten Mal, Nyami, ich weiß nichts von Ihrer Marmelade!«

Im Gegensatz dazu wusste er jedoch sehr gut, dass George Malewes Verschwinden und die in Bara Hoyo angespülte Leiche in seinen Zuständigkeitsbereich fielen, im Gegensatz zu dem explodierten Boot – und es war äußerst wahrscheinlich, dass zwischen diesen drei Fällen eine Verbindung bestand.

15

George Malewe? Ein explodiertes Boot?«, rief Superintendent Teshete. »Wovon reden Sie eigentlich, Daniel?«

»Ich bin überzeugt, dass Malewes Leiche heute Morgen in Bara Hoyo angeschwemmt worden ist, und dass er sich an Bord des Bootes befand, dass vor Watamu explodierte«, erklärte Jouma.

Teshete sah ihn ausdruckslos an, und Jouma fragte sich, wie sein Chef die Leiter bis zum Rang des Superintendenten hatte erklimmen können, wenn er so außerordentlich lange brauchte, um noch die einfachste Theorie zu begreifen.

Aber andererseits kannte er die Antwort nur zu gut. Teshete war *Kikuyu*, vom Kopf bis zu den handgenähten Lederschuhen, und wenn man zum größten und historisch dominierenden von den zweiundvierzig Stämmen Kenias gehörte – demselben Stamm, der zwei von den drei Präsidenten der Republik gestellt hatte –, dann stand die berufliche Eignung nicht besonders weit oben auf der Liste der Qualifikationen für die hohen Stellungen. Jouma hingegen gehörte zum Stamm der Embu. Sein Volk bestand aus friedliebenden Viehzüchtern, die an den fruchtbaren Hängen des Mount Kenya siedelten und ihr Land im Laufe der Geschichte immer wieder

gegen andere, kriegerische Stämme hatten verteidigen müssen. Seit er bei der Polizei war, fiel Jouma oft auf, wie wenig sich die Dinge doch geändert hatten.
Also legte der Detective Inspector seine Argumente sorgfältig ein zweites Mal dar, wobei er sich auf die Informationen berief, die er Christies Obduktionsbericht der Leiche von Bara Hoyo entnommen hatte, auf die Ergebnisse der Ermittlungen im Falle des verschwundenen George Malewe und auf die Berichte der Küstenwache und der Wetterstation, die Angaben zu den Meeresströmungen und deren Auswirkungen auf eventuelle Wrackteile der letzten vierundzwanzig Stunden lieferten.
»Sie behaupten also, Malewe war auf diesem Boot?«, erkundigte sich Teshete und sah aus wie ein dummes Kind, das endlich eine simple mathematische Gleichung begriffen hat.
Jouma schob die Hand in die Hosentasche und ballte die Faust, bis sich ihm die Nägel schmerzhaft ins Fleisch bohrten. »Ja, Sir.«
»Warum sollte er auf dem Boot gewesen sein?«
»Das möchte ich herausfinden.«
»Aber das reimt sich doch hinten und vorne nicht zusammen, Daniel.«
»Ich weiß, Sir.«
Teshete steckte sich eine Zigarette an und trat ans Fenster, von dem er einen grandiosen Meerblick hatte, im Gegensatz zu Joumas Bürofenster, das direkt auf den Sicherheitszaun des Polizeipräsidiums ging.
»Ich dachte, dieser Bootsunfall sei schon von Malindi untersucht worden«, wandte Teshete ein.

»Ist er auch, Sir. Sie haben den Fall abgeschlossen.«
Teshete nickte anerkennend. »Schnelle Arbeit.«
»Aber ich glaube, dass das Schicksal dieses Bootes doch direkt mit George Malewes Verschwinden zusammenhängt – einem Fall, den Sie mir selbst zur Untersuchung übertragen haben, wenn Sie sich noch erinnern, Sir.«
»Das habe ich, Daniel. Das habe ich in der Tat.« Der Superintendent drehte sich um. »Tja, wenn Sie wirklich glauben, was Sie mir da gerade erzählt haben, dann müssen Sie wohl Ihren Instinkten folgen.«
»Danke, Sir. Das werde ich tun.«
Mit diesen Worten sprang Jouma auf und lief zur Tür, bevor Teshete ihn bitten konnte, ihm die Theorie noch ein drittes Mal zu erläutern.

Als er das Zimmer verlassen hatte, setzte sich Teshete an seinen Schreibtisch und zog nachdenklich an seiner Zigarette. Nach ein paar Minuten griff er zum Hörer und wählte eine dreistellige Nummer im Haus. Hier musste schleunigst eine Mitteilung überbracht werden, und Teshete – ein Mann, der sehr stolz auf das Verhältnis zu den Beamten seines Bereichs war – wusste, welchen Mann er mit der Übermittlung dieser Botschaft zu beauftragen hatte.

16

Nach den Angaben des hauseigenen Hochglanzprospekts war das Marlin Bay Hotel *das* führende Hotel an der kenianischen Küste. Obwohl dieser Werbetext wahrscheinlich sogar der Wahrheit entsprach, hätte Jake Moore lieber eine Nacht im mückenverseuchten Dschungel zugebracht als auch nur eine Sekunde in einer dieser Fünf-Sterne-Suiten. Das Marlin Bay war ein mächtiger Gebäudekomplex auf einem fast zwei Hektar großen Strandgrundstück in Shanzu, wenige Kilometer nördlich der Stadt. Das Ganze war im Stil eines traditionellen afrikanischen Dorfes gestaltet, obwohl die einzigen echten Afrikaner unter dem Personal zu suchen waren. Die Gäste waren wohlhabende weiße Touristen, die bereit waren, tausend Dollar und mehr für das Privileg zu zahlen, in einem Luxuschalet aus weiß getünchten Lehmziegeln und einem Dach aus Palmblättern zu wohnen, mit einem Schwimmbecken mit olympischen Abmessungen, Tennisplätzen, Privatkino, voll ausgestattetem Wellnessbereich und Yachthafen in direkter Nähe. Dazu kam noch ein Kilometer Privatstrand, an dem Wachmänner patrouillierten, um unerwünschte Gäste fernzuhalten. Man zahlte schließlich keine tausend Dollar, um dann von Einheimischen belästigt zu werden.

Die Chalets waren um einen großen, zentralen Hof angeordnet, auf dem Restaurants und Bars unter einem riesigen Pflanzendach untergebracht waren. Diese kühle, klimatisierte Oase betrat Jake gerade durch die Schiebetüren aus Rauchglas. Er trug Sandalen, Rugbyshorts und ein salzverkrustetes T-Shirt und konnte geradezu hören, wie das uniformierte Rezeptionspersonal hinter dem onyxfarbenen Tresen in der marmorgefliesten Lobby entsetzt nach Luft schnappte. Es amüsierte ihn köstlich, dass es sich dabei samt und sonders um schwarze Afrikaner handelte, die dazu erzogen worden waren, sich so verklemmt und weiß zu benehmen, als würden sie im Dorchester oder im Savoy arbeiten.

Einer von ihnen, ein junger Mann in bestickter, grünvioletter Conciergelivree, eilte vom Empfang zu den Türen. »Kann ich Ihnen helfen, Sir?«, fragte er. Der Name, der auf dem Emailschild an seinem Revers eingraviert war, lautete LOFTUS KIGALI.

»Ich bin hier, um eine Gruppe für einen Angeltrip abzuholen, Loftus«, erwiderte Jake so unbefangen wie möglich. »Halloran.«

»Ja, gut, wenn Sie so nett wären, am Yachthafen zu warten, Mr. Halloran, dann werde ich Bescheid geben, dass Sie hier sind.«

»Nein, Halloran ist der Name, auf den das Ganze gebucht wurde. Mein Name ist Moore, ich bin von Britannia Fishing Trips in Flamingo Creek. Ich sollte die Gäste eigentlich schon vor einer Stunde am Yachthafen treffen.«

Der Concierge starrte ihn mit gerunzelter Stirn an, während ihm die Bedeutung der Worte einsickerte. »Warten Sie bitte hier«, bat er Jake.

»Auf jeden Fall.«
Loftus eilte zurück zum Empfangsschalter und war wenig später in ein ernstes Gespräch mit einem der Rezeptionisten verwickelt. Jake steckte die Hände in die Taschen seiner Shorts und schlenderte auf die andere Seite des Atriums, wo man durch ein riesiges Glasfenster auf den Pool blickte. Wie alle anderen in der Touristikbranche, hatte auch das Marlin Bay die landesweiten blutigen Stammesfehden sofort zu spüren bekommen. Doch alles war relativ, und manche Unternehmen hatte es härter getroffen als andere. Es gehörte von vornherein zur Geschäftsidee des Marlin Bay, so wenig wie möglich mit der Welt vor den Toren zu tun zu haben. Dieses Hotel sollte eine Seifenblase weißer Privilegien unter dem endlosen Himmel Kenias sein, und es brauchte schon mehr als einen Bürgerkrieg, um diese Seifenblase zum Platzen zu bringen. Jake hatte gehört – und er sah keinen Grund, es anzuzweifeln –, dass die größte Krise, die das Hotel in diesen blutigen Tagen und Wochen erschüttert hatte, die Knappheit an Gin gewesen war, den man doch so dringend für die Tonics der Gäste benötigte.
Er betrachtete sie, wie sie eidechsengleich unter ihren Sonnenschirmen aus Palmblättern lagen. Ihre schlaffe, fleckige Haut war karamellbraun geröstet, mit Ausnahme der leuchtend weißen Narben an den Stellen, wo man ihnen künstliche Hüftgelenke eingepflanzt oder Bypässe gelegt hatte. Ihre Zahl würde im Vergleich zu den letzten Jahren ein wenig sinken – aber das war ja zu erwarten gewesen. Die Gewinne des Marlin Bay würden keine größeren Einbrüche erleiden. Die Reichen kamen immer

wieder, um zuverlässig ihre Dollars hier auszugeben. Das machte sie zu einer kostbaren Ressource.
»Mr. Moore?« Loftus war vom Empfangstresen zurück und wirkte nervös. »Wie meine Kollegen mir gerade mitgeteilt haben, ist die Halloran-Gruppe heute Morgen um neun Uhr zum Angeln losgefahren.«
»Um neun?« Jake warf einen Blick auf seine Armbanduhr. »Aber sie hatten das Boot doch für mittags gebucht.«
Nervös knetete Loftus seine Finger und begann alle möglichen Entschuldigungen hervorzustammeln. Doch Jake winkte resigniert ab, denn er wusste nur zu gut, was passiert war. Er ging schnurstracks auf die Rezeption zu, wo die Empfangschefin, eine arrogant aussehende Frau um fünfunddreißig, gerade Bons aus der Bar an Rechnungen tackerte.
»Mit wem sind sie gefahren?«, fragte Jake und schlug mit der Hand auf den kühlen Marmor.
»Wie bitte, Sir?«, kam es von der Empfangsdame.
»Die Halloran-Gruppe. Wer hat sie heute Morgen abgeholt?«
»Ich weiß nicht, Sir.«
»Erzählen Sie mir keinen Scheiß.«
»Gibt es ein Problem, Elizabeth?«
Ein großer, gepflegter Weißer im teuren Leinenanzug und mit einem noch teureren Toupet hatte sich wie ein Geist hinter Jake materialisiert. Es war Conrad Getty, der Besitzer des Marlin Bay. Jake kannte ihn gut genug, um zu wissen, dass er hinter dem plötzlichen Meinungsumschwung der Halloran-Gruppe steckte.

»Was zum Teufel sollte das, Getty?«, fragte er. »Sie wissen ganz genau, dass die Halloran-Gruppe bei uns gebucht hatte.«

Getty zuckte mit den Schultern. »Wir leben in einem freien Land, Mr. Moore. Offensichtlich haben sie sich entschieden, ihr Geld anderswo zu lassen.«

»Lassen Sie mich raten: bei einem Ihrer Freunde?«

»Wie alle unsere Gäste erwartet auch Dick Halloran das Beste vom Besten, wenn er im Marlin Bay bucht. Als er mir erzählte, dass er zum Sportfischen fahren wollte, hielt ich es nur für angemessen, dafür zu sorgen, dass er über die ganze Bandbreite der Möglichkeiten informiert wird. Ich glaube, er war angenehm überrascht, als er entdeckte, was so alles geboten wird.«

Jake hätte in diesem Moment einen wunderbaren Schwinger zwischen Gettys Augen landen können, was absolut nichts zur Lösung seines Problems beigetragen, ihn aber über die Maßen aufgeheitert hätte.

Doch Getty scharwenzelte bereits zur Tür, wo gerade ein verschrumpeltes Pärchen samt einem guten Dutzend Louis-Vuitton-Koffern mit dem exklusiven Hotelbus vom Moi-Airport eingetroffen war.

Verdammtes Arschloch, dachte Jake, während er zur Anlegestelle hinunterging. Seine Stimmung war so finster, dass er am liebsten eine dieser faulen Eidechsen aus ihrem Liegestuhl ins kristallklare, wohltemperierte Wasser des Pools gekickt hätte. Aber was erwartete er schon? Conrad Getty war bekannt dafür, unabhängig arbeitende Skipper zugunsten seiner Kumpel aus dem Geschäft zu drängen. In Gettys Augen waren Unternehmen wie die

Britannia Fishing Trips wenig besser als die Straßenhändler, die seine Gäste belästigten. Seine Skipper kosteten vielleicht fünfzig Dollar mehr pro Stunde, aber es galt schließlich auch, einen gewissen Standard zu halten. Vor allem in einer Zeit nationaler Krise.

Die Eidechsen waren schon hübsch betäubt von ihren Gin Gimlets und folgten ihm nur mit trägen Blicken, als er vorüberging. Höchstwahrscheinlich hielten sie ihn für einen Angestellten im Poolbereich. Und so, wie die Welt im Marlin Bay aussah, hätte er das tatsächlich auch sein können.

17

Wie wäre es mit einer kleinen Erfrischung, Sergeant Nyami?«, bot Jacob Omu höflich an. »Vielleicht ein Tee? Oder eine Cola?«

»Nein, danke, Mr. Omu«, sagte Nyami.

Nyami wollte nur eines: möglichst schnell aus Michael Kilis Büro herauskommen. Weit weg von Omu. Omu machte ihm Angst.

»Wie geht es Ihrer Frau?«, erkundigte sich Omu.

»Bestens.«

»Jemima heißt sie, nicht wahr?«

»Ja.«

»Ein wunderschöner Name. Sind Sie sicher, dass Sie keinen Tee möchten?«

»Nein danke, wirklich nicht.«

Er saß ziemlich tief auf einem Sofa mit kaputten Sprungfedern, das an der Wand von Kilis Büro über dem Baobab-Club stand. Nervös beobachtete er, wie Omu sorgfältig eine Topfpflanze auf einem Aktenschrank goss.

»Citrus calamondin«, erläuterte Omu und umschloss eine der rundlichen, orangen Früchte zärtlich mit der Hand. »Man kann ganz köstliche Marmelade daraus kochen. Mögen Sie Orangenmarmelade, Sergeant Nyami?«

Nyami räusperte sich. »Ich mag andere Marmeladen lieber.«

»Ach ja?«, rief Omu. »Welche denn? Pflaumenmarmelade vielleicht? Oder Quittengelee?«
»Erdbeermarmelade mag ich am liebsten.«
»Erdbeer ist gut, aber ich finde, dass die Hersteller immer zu viel Zucker hineintun. Zucker ist sehr schlecht für Zähne und Zahnfleisch.«
Mit einer einzigen geschmeidigen Bewegung durchquerte Omu das Zimmer und ragte nun direkt vor Nyami auf. Der stellte zu seinem großen Entsetzen fest, dass der Anwalt ein Messer mit schmaler Klinge in der Hand hielt.
»Sie sollten immer gut auf Ihre Zähne und Ihr Zahnfleisch achtgeben, Sergeant Nyami«, sagte Omu. Seine Messerspitze bohrte sich leicht in Nyamis Unterlippe.
Der Polizist begann zu hyperventilieren, als er spürte, wie ihm die Lippen auseinandergezogen wurden.
»Es gibt überhaupt keinen Grund zur Besorgnis, Sergeant«, fuhr Omu sanft fort und warf einen Blick in Nyamis geöffneten Mund. »Weit aufmachen.«
Nyami hörte das Klackern von poliertem Stahl auf seinen Backenzähnen, während Omu seine Mundhöhle bis in den letzten Winkel musterte. Beinahe musste er würgen, als die Klinge weit hinten über seine Zunge strich.
»Wann waren Sie zum letzten Mal beim Zahnarzt, Sergeant Nyami?«
»Aaarg!«
»Ich bin zwar kein Fachmann, aber ich kann vereinzelt deutliche Anzeichen von Zahnfleischerkrankungen erkennen.«
Nyami quiekte panisch, als Omu die Messerspitze zwi-

schen einen seiner Backenzähne und das Zahnfleisch setzte. Dann zog er das Messer abrupt zurück und wischte es am Jackenärmel des Sergeants ab.
»Sie sollten wirklich mal wieder einen Zahnarzt aufsuchen«, empfahl Omu, als er aufstand und zu Kilis Schreibtisch ging. »Passen Sie gut auf Ihre Zähne auf, dann passen Ihre Zähne auch gut auf Sie auf.«
Nyami massierte die pochende Stelle an seinem Zahnfleisch mit der Zunge und nahm einen metallischen Blutgeschmack wahr. »Das werde ich tun. Vielen Dank, Mr. Omu«, murmelte er.
»So, und was sollten Sie mir nun ausrichten?«
Nyami befeuchtete seine trockene Kehle mit dem Blut, das aus der Wunde sickerte. »Heute Morgen ist in Bara Hoyo eine ... eine Leiche gefunden worden.«
»Und?«, fragte Omu kalt.
»Sie ist durch den Sturm angeschwemmt worden.«
»Und?«
Nyami griff in seine Innentasche und reichte Omu ein zusammengefaltetes Blatt Papier, eine Kopie des Polizeiberichts, sowie ein Foto der Leiche. Der Anwalt musterte die beiden Dinge sorgfältig.
»Der taucht aber auch immer wieder an den unpassendsten Stellen auf«, meinte er. »Jouma ermittelt in diesem Fall, sagen Sie?«
Nyami nickte.
»Und wo ist der gerade?«
»Ich glaube, er ist zum Leichenschauhaus zurückgegangen.«
»Und wo will er danach hin?«

»Ich … ich weiß nicht.«
»Dann halten Sie mich auf dem Laufenden, Nyami«, bat Omu sanft. »Über sämtliche Entwicklungen.«
Nyami zuckte zurück, als Omus sehnige Hand noch einmal in seinen *Khanzu*-Überrock griff – doch statt eines Messers holte er einen schlichten Umschlag hervor, den er dem verschreckten Sergeant in die Hand drückte. In dem Kuvert steckten fünf Dollar.
»Kaufen Sie Ihrer Frau doch mal einen neuen Hut, Nyami«, schlug er vor. »Und lassen Sie sich die Zähne richten, bevor es zu spät ist.«

18

Missy Meredith besaß einen Hof in Flamingo Creek, der von den sechs gemeinsten Wachhunden bewacht wurde, die man sich nur vorstellen konnte. Missy selbst konnte den Menschen, die ihr krumm kamen, auch ganz schön die Meinung geigen, aber das traf meistens nur ihren kleinen Bruder Walton. Ansonsten spielte sie die Glucke für die Skipper, die ihre Boote zur Reparatur brachten, und die Skipper liebten Missy, weil sie der beste Schiffsmechaniker in ganz Kenia war und das schon seit vierzig Jahren.

Es war schwer, sie nicht zu lieben. Die sechzigjährige Missy bot ein unverwechselbares Bild, wenn sie mit der Energie einer Dreißigjährigen in ihren Jeansoveralls und ihrer Baseballkappe durch die Werkstatt und das Trockendock stapfte und dabei Walton beschimpfte, den sie nur deswegen beschäftigte, weil er »so ein nutzloser Wichser ist, der den ganzen Tag faul auf seinem Arsch rumsitzen würde, wenn ich ihn nicht ständig treten würde«. Ein zweiter, eher prosaischer Grund für dieses Beschäftigungsverhältnis war der, dass Walton spindeldürr war und daher in die engsten Winkel eines Bootes kriechen konnte.

Auch an diesem Morgen, als Jake die *Yellowfin* um die Landzunge manövriert hatte und auf den Landungssteg zusteuerte, wurde der arme Walton wieder einmal nach allen Regeln der Kunst zusammengestaucht.

»Da läuft dieser nutzlose Wichser tatsächlich in die Stadt, um Sicherungen zu besorgen – und dann kommt er mit den falschen zurück«, schimpfte Missy. »Ich würde ihn am liebsten gleich wieder losschicken, aber dieser nutzlose Wichser würde glatt noch mal die falschen besorgen. Glaub mir eines, Jake, warum unsere liebe Mutter, Gott hab sie selig, diesen Jungen nicht gleich nach der Geburt ertränkt hat, wird mir ewig ein Rätsel bleiben.«

Fast im gleichen Atemzug drehte sie sich zu Sammy um, der gerade das Beiboot festmachte, und breitete strahlend die Arme aus. Der Junge umarmte sie mit breitem Grinsen und wurde von Missy an den umfangreichen Busen gedrückt.

»Lauf doch gleich ins Büro und hol dir eine Limo, hm?«, sagte sie und drückte ihm nacheinander mehrere Küsschen auf den Kopf wie ein pickendes Huhn.

Sie sahen ihm nach, und Missy schüttelte den Kopf. »Dieses arme kleine Kerlchen. Wie kommt er damit klar?«

»Besser, als ich es könnte«, gab Jake zu. »Er glaubt immer noch, dass Tigi irgendwann einfach wieder zur Tür reinspaziert kommt.«

»Tja, na ja … das könnte er ja auch. Er könnte …« Ihre Stimme erstarb. »Na, aber jetzt sag, was ich für dich tun kann. Erzähl mir bitte bloß nicht, dass die Hydraulikleitung wieder Mätzchen macht.«

»Ehrlich gesagt wollte ich mit dir über Dennis reden.«

Sie gingen über den Steg, vorbei an dem Gelände, auf dem sie ihre Hunde hielt. Mit einem einzigen scharfen Befehl brachte sie das wilde Gebell zum Verstummen, und dann berichtete ihr Jake vom morgendlichen Besuch des Chief Inspector Oliver Mugo.

»Mugo ist ein nutzloser Wichser«, knurrte Missy.

»Tug Viljoen meint, es könnte eine Zigarette gewesen sein, die auf eine lecke Benzinleitung gefallen ist.«

»Tug Viljoen? Wieso sollte sich ausgerechnet unser Reptilienfreak mit so was auskennen?«

»Ich hab gehört, dass Dennis finanziell ziemlich in Schwierigkeiten steckte«, fuhr Jake fort.

Missy lachte heiser. »Also bitte, wer in dieser Gegend steckt denn nicht in finanziellen Schwierigkeiten?«

»Ich meine so ernste Schwierigkeiten, dass er es sich nicht mehr leisten konnte, sein Boot ordentlich in Schuss zu halten.«

»Wer hat dir denn das erzählt?«

»Es gibt da Gerüchte. Du kennst doch die Typen, die bei Suki Lo rumhängen.«

»Ja. Allerdings kenne ich die Typen, die da rumhängen.« Sie blieb stehen und blickte Jake mit ihren hellblauen Augen ins Gesicht. »Ich werd dir mal was sagen, Jake, und genau dasselbe hab ich auch schon diesem nutzlosen Wichser von der Polizei Malindi gesagt. Mit der *Martha B* war alles in Ordnung, und mit Dennis Bentleys Bankkonto war auch alles in Ordnung. Die Benzinleitungen waren zufällig sechs Wochen alt und haben zehntausend Dollar gekostet. Und ich muss es schließlich wissen, denn ich habe sie selbst eingebaut und Dennis hat sie bar bezahlt. Was da draußen passiert ist, war kein Unfall. Wenn tatsächlich eine Zigarette dieses Boot in die Luft gejagt hat, dann nur deswegen, weil irgendein Wichser sie mit einer Stange Dynamit angezündet hat.«

19

Irgendwie war das alles reichlich seltsam, fand Inspector Jouma, und ziemlich unangenehm obendrein. Als er hinter den dicken Mauern von Fort Jesus im Schatten einer Palme saß, fühlte er sich nicht in der Lage, seinen kleinen Imbiss aus Ziegenkäse und einer halben Tomate aufzuessen. Zwar hatte er schon immer wenig gegessen, aber diese ganze Angelegenheit hatte ihm auf einen Schlag jedes bisschen Appetit verdorben. Er legte das Essen neben sich auf die Bank und stand auf.

Jouma kam gern hierher. Das Fort lag auf einer riesigen roten Felsnase. Von hier aus konnte man auf der einen Seite über die Altstadt, auf der anderen Seite übers Meer blicken. Es war eine der wenigen stillen Eckchen in einer Stadt, die Jouma ansonsten immer hektischer und erstickender fand. Innerhalb dieser dicken Mauern konnte er wunderbar mit seinen Gedanken alleine sein – ein seltenes Vergnügen, wenn man sein Büro mit Sergeant Nyami teilen musste. Aber heute war es anders. Während Jouma das Sonnenlicht auf den portugiesischen Kanonen glitzern sah, die nach vierhundert Jahren noch immer hier standen und aufs Meer gerichtet waren, fühlte er sich, als würden ihn seine Gedanken belauern wie die Straßenräuber, die nach Einbruch der Dunkelheit durch die Stadt schlichen.

Bis heute waren seine Fälle frustrierend, aber immer überschaubar gewesen. Eine Sammlung von Bagatellverbrechen: ein englischer Skipper eines Sportanglerboots, der sich einbildete, immer noch bei der Londoner Polizei zu sein, und ein notorischer Tunichtgut aus der Altstadt namens George Malewe, der nicht zur Geburtstagsparty seines dreijährigen Sohnes aufgetaucht war.
Die Leiche, die vom Sturm an den Strand gespült worden war, hatte jedoch alles verändert.
Er griff in seine Jackentasche und zog eine kleine Holzperle hervor. Sie war handgeschnitzt und in der Mitte mit einem rundum laufenden Zickzackmuster verziert. Sie stammte von einer Kette von Agnes Malewe. Vor einer Stunde hatte sich Agnes diese Perlen methodisch um die Finger gewickelt und wieder abgespult, während sie in der Pathologie des Krankenhauses darauf wartete, die Überreste ihres vermissten Ehemanns zu identifizieren. Als der Reißverschluss des schwarzen Gummisacks aufgezogen wurde und den Blick auf George Malewes zerstörtes Gesicht freigab, zerriss die Kette plötzlich unter ihrer Hand, und die Perlen kullerten über den Linoleumboden.
Jouma hörte ein schrilles Lachen und blickte auf. Eine weiße Touristin posierte für einen Fotografen auf dem Festungswall. Sie trug ein rotes Oberteil mit der Aufschrift FCUK auf der Brust, ein Schriftzug, der Jouma nichts sagte, aber er hatte auch noch nie verstanden, warum Europäer ihre Kleidung immer unbedingt beschriften mussten. Warum ausgerechnet die Menschen, die den Anzug erfunden hatten, sich im Ausland wie Land-

streicher kleideten, blieb ihm ein Rätsel. Joumas eigener Anzug stammte aus der Jermyn Street in London, worauf er außerordentlich stolz war – obwohl dieser Anzug mindestens sechs Vorbesitzer gehabt hatte, bis er bei ihm landete.

Während er die Touristin beobachtete, quälte ihn der Gedanke, dass dieses Oberteil mit dem Schriftzug wahrscheinlich mehr Geld gekostet hatte, als Agnes Malewe und der kleine Benjamin ihr Lebtag zu Gesicht bekommen würden. Vor allem jetzt, nachdem George tot war. George, ihr Ernährer. Der arme, getäuschte George, der sich so gern als *Tausi* sehen wollte – als einen Pfau, der sein prächtiges Rad schlägt –, so, wie Michael Kili, der Mann, der fast das gesamte Geld einsteckte, das George für ihn verdiente, bis auf den Hungerlohn, den er für Agnes und Benjamin abzweigte.

Ermordet, hatte Agnes damals im Büro gesagt. *Mein Mann ist ermordet worden.*

Ja. Aber wo und von wem und warum?

Das waren die grundlegenden Fragen, die sich jeder Ermittler stellen musste, so lernte man es in der Ausbildung. Aber was, wenn die Antworten sich einfach nicht zu einem sinnvollen Bild zusammenfügen wollten?

Fünfter Tag

20

Die Kapitolinischen Museen in Rom gehörten von jeher zu Whitestones Lieblingsmuseen in Europa. Sie waren in zwei Renaissancepalästen untergebracht, die hoch über den Ruinen des Forum Romanum aufragten, andererseits aber zwergengleich wirkten neben der Marmorobszönität des Denkmals zu Ehren von Vittorio Emanuele II. Das Kapitol schien das ganze Wesen der italienischen Nation in sich zu bergen: stolz und siegreich, gleichzeitig aber schizophren und prahlerisch. Wider Erwarten hatte sein Flug aus Amsterdam keine Verspätung gehabt, so dass ihm noch bequem Zeit bis zu seinem Termin blieb. Das war gut, denn bis jetzt war seine Reise ziemlich überstürzt verlaufen. Er brauchte mal wieder ein bisschen Zeit, um sich zu entspannen, und welcher Ort hätte sich dazu besser eignen können als Rom? Er folgte den Menschenmengen, die sich über die Via Sacra wälzten, und stieg die Treppen des Kapitols hinauf. Zweitausend Jahre der Vernachlässigung und Diebstähle, zusammen mit der inkompetenten Archäologie des neunzehnten und frühen zwanzigsten Jahrhunderts, hatten vom einstigen Mittelpunkt der zivilisierten Welt wenig mehr übrig gelassen als einen antiken Müllhaufen: pockennarbige Säulen, leere Hüllen und verstreute Säulen. Doch als er jetzt auf dem Gipfel des kapitolinischen Hügels stehen blieb und zurück zum Kolosseum blickte, konnte Whitestone sich unschwer ausmalen, wie dieser Ort zu seiner Blütezeit ausgesehen haben musste: Die Tempel und Triumphbögen glänzten im Sonnenlicht, auf dem Forum drängten sich Menschen aus aller Herren Länder, ein wunderbarer Mischmasch der Kulturen, die von Rom angezogen wurden wie die Motten vom Licht.

Oben angekommen, überquerte er die Piazza, in deren Mitte die Bronzenachbildung von Marc Aurel auf seinem Pferd stand, und löste eine Eintrittskarte für den Palazzo dei Conservatori. Eine selige Stunde lang spazierte er durch herrlich verzierte Räume mit hohen Decken, in denen riesige Fresken die Geschichte Roms erzählten und protzige Bernini-Skulpturen neben tiefsinnigen religiösen Gemälden von Caravaggio, Tintoretto und Tizian standen. Dann überquerte er die Piazza, um den Palazzo Nuovo zu besuchen. Dieser zweite Teil des Museums beherbergte Hunderte von Statuen und Büsten. In manchen von ihnen erkannte man römische Kaiser oder führende Gestalten der Antike wieder, andere Namen und Leben waren in den Jahrhunderten, die seit ihrem Tod vergangen waren, völlig in Vergessenheit geraten.

Whitestone warf einen Blick auf seine Uhr und setzte sich dann vor einem Saal auf eine Bank. Gegenüber stand eine Reihe von Köpfen antiker Philosophen. Wenig später nahm ein Mann neben ihm Platz. Er war kräftig, hatte stahlgraues Haar und trug eine Brille mit massivem Gestell. Als er den Mund aufmachte, schlug er den eindringlichen Ton eines Menschen an, der gehört, aber nicht belauscht werden will.

»Ich habe viel Gutes von Ihnen gehört«, kam er sofort zum Thema. »Die Organisation war sehr beeindruckt davon, wie Sie mit unseren russischen Kunden umgehen.«

»Ich hatte mir schon Sorgen gemacht, ich könnte jemandem auf den Schlips getreten sein«, erwiderte Whitestone und verbarg seine Befriedigung.

»Machen Sie sich keine Sorgen um anderer Leute Schlipse, nur um Ihren eigenen. Ich habe auch von Barclay gehört.«

»Ich hatte das Gefühl, dass mir keine andere Wahl blieb.«

»Natürlich nicht. Sie haben genau das Richtige getan. Dieser englische Trottel. Erinnern Sie mich daran, dass wir bei Gelegenheit mal zusammen Golf spielen gehen. Nach allem, was man so hört, müssen Sie ja einen prächtigen Abschlag haben.«

Der Mann lachte der Form halber, und Whitestone lächelte.

»Wie auch immer«, fuhr der andere fort, »dieser Geschäftszweig verspricht zwar große Gewinne, ist aber sehr sensibel. Es gibt leider zu viele Leute, die zu viel reden und zu viele Fragen stellen. In Südeuropa weiß niemand mehr, was Diskretion bedeutet.«

»Das ist mir auch schon aufgefallen.«

Der Mann nickte. »Deswegen müssen wir uns auch vermehrt dem Osten zuwenden. Dieser Russe – wie war noch mal sein Name?«

»Zasochow.«

»Genau. Die Organisation ist sehr erfreut, dass es Ihnen gelungen ist, ihn für uns zu gewinnen.«

»Ich glaube, er weiß einfach einen gewissen Dienst am Kunden zu schätzen, das ist alles.«

»Tja, da ist er nicht der Einzige.«

Whitestone spitzte die Ohren.

»Zasochow hat ein paar Freunde an höchster Stelle, die Interesse an unserem ostafrikanischen Produkt bekundet haben. Und wir reden hier von Blue-Chip-Kunden. Wie schnell können Sie eine Lieferung organisieren?«

»Wir stehen jederzeit bereit«, erwiderte Whitestone rasch. »Zwei, drei Tage.«

Sie schwiegen kurz, während eine Touristengruppe an den Philosophenköpfen vorbeilief, um dann wieder in den großen Korridor zurückzuströmen.

»Ich habe gehört, es gab da ein Problem in Kenia«, sagte Whitestones Kontaktmann.

Verdammt. »Nur eine kleine Panne vor Ort. Ein Kurier, der sich nicht an die Regeln gehalten hat. Aber das Team da unten hat große Erfahrung, sie haben schon Ersatz gefunden.«

»Gut – denn diese Bestellung kommt von allerhöchster Stelle. Und ich möchte, dass Sie sich höchstpersönlich darum kümmern.«

»Natürlich. Können Sie mir Details mitteilen?«

Der Mann überreichte Whitestone einen Umschlag. Whitestone fand es immer wieder rührend, dass die Organisation in dieser hochtechnisierten Zeit noch am guten alten Papier und Füllfederhalter festhielt. Er öffnete den Umschlag, und als er das Schreiben las, malte sich auf seinem Gesicht die Überraschung.

»Zwanzig. Ist das alles?«

»Es soll nur eine Kostprobe sein. Ich habe gar keinen Zweifel, dass Sie für die allerhöchste Qualität der Lieferung Sorge tragen werden.«

»Kein Problem. Ich werde sofort ein Treffen mit Kanga vorbereiten.«

»Okay«, sagte der Mann. Dann setzte er ein väterliches Lächeln auf. »Das könnte das Sprungbrett sein, auf das Sie gewartet haben. Machen Sie Ihre Sache gut, und der Job gehört Ihnen.«

»Ich würde niemals …«

»Na, nun seien Sie doch nicht so bescheiden. Sie haben die Anerkennung verdient. Ich für meinen Teil bin draußen, sobald ich einen Ersatzmann empfehlen kann. Also, setzen Sie diese Sache bloß nicht in den Sand, haben Sie mich verstanden?«

»Das werde ich bestimmt nicht«, versicherte Whitestone. Gedankenverloren starrte der Mann auf die Reihe der augenlosen Büsten. »Glauben Sie, die würden bei meiner Pensionierung so eine von mir machen lassen, wenn ich sie nett drum bitte? So was würde sich auf meinem Kaminsims viel hübscher ausnehmen als eine Reiseuhr.«

21

Eine Stunde, nachdem sie erfahren hatte, dass ihr Vater vermisst wurde und vermutlich tot war, zitierte Martha Bentley den Anwalt Lloyd Jasper in ihr Büro mit dem Ausblick über Battery Park und entließ ihn fristlos.

Lloyds erste Reaktion war ein Lachen gewesen. Er war schließlich der Vizepräsident von Rubinstein Zeigler, ein Mann mit mehr als vierzig Jahren juristischer Erfahrung im Dienst der hochkarätigsten Unternehmen: ein Mann, der bereits Deals an der Wall Street gemacht hatte, als Martha Bentley noch an der Mutterbrust nuckelte, verdammt.

Als Martha ihn darauf hinwies, dass er bei diesen Deals systematisch satte Provisionen eingeschoben hatte, verlor Lloyd die Fassung. Wie lange war sie schon bei der Firma? Fünf Minuten? Was zum Teufel wusste sie denn bitte darüber, wie die Dinge hier liefen? Wenn es irgendetwas zu bereden gab, würde er sich an Carl Rubinstein wenden und nicht an dieses rotznäsige Gör aus Yale.

An diesem Punkt belehrte ihn Martha, dass sie ihr *Summa-cum-laude*-Examen an der Michigan-State-Universität abgelegt hatte, und zweitens Carl Rubinstein selbst sie angewiesen habe, ihn zu feuern.

Lloyds Gesicht wurde so grau wie sein volles Haar.

Die Sekretärinnen waren in Tränen aufgelöst, ebenso einige langjährige Angestellte. Die anderen Mitarbeiter starrten Martha mit einer Mischung aus Angst und Feindseligkeit durch die Glaswände ihres Büros an, als wäre sie eine Giftschlange in einem Karton.
Was diese Leute dachten, war ihr jedoch herzlich gleichgültig. Lloyd Jasper war zwar der Liebling der Kanzlei, aber er war auch ein Gauner. Und zwar die schlimmste Sorte Gauner. Nämlich die Sorte, die der Überzeugung war, gar kein Gauner zu sein. Wenn Lloyd die Geschenke der Konzerne einkassierte, hielt er das für okay, weil diese Bestechungsgelder die Räder der Wirtschaft schon seit Menschengedenken geschmiert hatten. Dass irgendwo am Ende dieser Reihe ein kleines Geschäft oder ein bedrängter Mensch dran glauben musste, war Lloyd egal. Aus den Augen, aus dem Sinn, das galt auch für einen netten Kerl wie Lloyd, der bei der alljährlichen Weihnachtskollekte immer tief in die Tasche griff und eine Patenschaft für eine Kriegswaise in Afghanistan übernommen hatte.
Nein, Martha würde Lloyd Jasper keine Träne nachweinen, auch wenn er kurz vor der Rente stand.
Andererseits kamen Martha sowieso nicht so schnell die Tränen.
Die Nachricht, dass ihr Vater höchstwahrscheinlich tot war, betäubte sie, aber nur in der Art, wie der Tod eines nahestehenden Menschen eben die Sinne aus dem Gleis bringt. Zu keinem Moment fühlte sie jedoch den überwältigenden Schmerz einer Tochter, die ihren Vater verloren hat. Eigentlich wusste sie auch nicht so recht, was

für ein Verhalten man von einer Tochter erwartete, die gerade ihren Vater verloren hatte.
Sogar Patrick nahm an, dass sie an einer Art posttraumatischem Schock litt und dass man ihr helfen musste, ihre Trauer auszuleben.
»Es ist okay, Schatz«, flüsterte er ihr zu, als sie am Morgen vor ihrem Flug nach Nairobi im Schlafzimmer des Apartments an der Upper East Side lagen. »Lass es raus.«
Doch da gab es nichts zum Rauslassen. Als sie von ihrem Platz in der ersten Klasse auf den Asphalt der Startbahn starrte und darauf wartete, dass sie den JFK-Flughafen verließen, fühlte sie nur den pragmatischen Reflex des Anwalts, die Angelegenheiten ihres Vaters in Ordnung zu bringen. Erst als die 747 vom Festland abhob, spürte Martha, wie die kalten Krallen von Manhattan ihren Griff lockerten. Achtzehn Stunden später, als sie aus dem Flugzeug stieg und die warme, stickige Luft von Kenia einatmete, wusste sie, dass sie zu Hause war und dass es ihr bestimmt war, sich das Herz brechen zu lassen, in dem einzigen Land, an dem dieses Herz noch hing und wo es hingehörte.

22

Conrad Gettys importierter Porsche Cayenne fuhr majestätisch vor dem Marlin Bay Hotel vor. Kurz bevor er zum Stehen kam, sprang auch schon ein uniformierter Portier herbei, um die Fahrertür zu öffnen. Getty hievte seine schmale Gestalt aus dem Sitz und stieg aus, ohne sich zu bedanken. Gerade als er das Hotel betreten wollte, bemerkte er etwas, das am Kuhfänger hing. Er zog eine Grimasse, als er erkannte, dass es sich um Blutspritzer und kleine Fetzen von Haut und Fleisch handelte.

Diese verdammten Wildhunde, dachte er wütend und erinnerte sich vage, dass er tatsächlich einen Rums gehört hatte, als er auf der Autobahn eine neue CD in den Player geschoben hatte.

»Machen Sie das sauber«, bellte er den Portier an, der eifrig nickte und seine Angst nur schwer verbergen konnte. Dann marschierte Getty durch die Rauchglastüren in die Empfangshalle. »Ist die Dame schon hier?«, schnauzte er den diensthabenden Concierge an.

»Sie ist in der Cocktaillounge, Mr. Getty«, erwiderte Loftus.

»Haben Sie das Gepäck in ihre Suite gebracht?«

»Ja, Sir«, bestätigte Loftus.

Getty stellte sich an den Türrahmen, warf einen vorsichtigen Blick in die Bar und brummte vor Zufriedenheit über das, was er dort sah. Die gerade eingetroffene Dame war blond und zierlich, und ihre leicht gebräunte Haut bildete einen wundervollen Kontrast zum strahlend weißen Leinen ihres Kostüms. Mit ihrer Eleganz passte sie perfekt in diese Umgebung. Ihr Anblick erinnerte ihn an eine raffinierte Debütantin aus den zwanziger Jahren in den Kolonien.

Getty blieb kurz vor einem Wandspiegel stehen, um sein silbergraues Toupet zu glätten und seine Zunge großzügig mit Pfefferminzspray zu benetzen. Dann strich er über die Taschen seiner Tropenjacke, setzte ein Lächeln auf und betrat die Bar.

»Conrad Getty«, stellte er sich mit sanfter Stimme vor, streckte die Hand aus und fixierte das Mädchen gierig. »Ich bin der Inhaber des Marlin Bay Hotels. Entschuldigen Sie, dass ich nicht hier war, um Sie persönlich in Empfang zu nehmen, Miss Bentley.«

Die junge Frau richtete sich in ihrem Stuhl auf und beugte sich höflich interessiert vor. »Kein Problem«, lächelte sie. »Und bitte … nennen Sie mich doch Martha.«

Ein ungewöhnlicher Akzent: Ostküste, aber vielleicht doch mit einem gerade noch wahrnehmbaren Hauch Kenia? Nicht unangenehm. In der Tat sogar seltsam anziehend. Ihre Stimme und die Art, wie sie seine Hand so zart berührte, jagten Getty köstliche Schauder über den Rücken. Wie alt sie wohl war? Anfang zwanzig? Dennis Bentleys Tochter war wirklich ganz exquisit, fand er.

»Ich hoffe aufrichtig, dass Sie nicht zu lange warten mussten«, fuhr er fort.

»Überhaupt nicht.«
»Und wie war Ihr Flug aus New York?«
»Ich habe die meiste Zeit geschlafen.«
»Gut. Gut.« Dann schaltete Getty mühelos in seinen besorgten Patriarchenton um. »In meinem Namen und im Namen der Belegschaft des Marlin Bay möchte ich Ihnen mein herzliches Beileid zu Ihrem tragischen Verlust aussprechen.«
»Danke.«
»Wenn es irgendetwas gibt, *irgendetwas*, das ich für Sie tun kann …«
»Es war schon mehr als freundlich von Ihnen, mich so kurzfristig hier unterzubringen, Mr. Getty.«
»Das war das mindeste, was ich tun konnte. Und bitte … nennen Sie mich doch Conrad.« Er legte Martha eine Hand auf den Ellbogen und ließ ihn dort ruhen. »Ich bin sicher, Sie würden sich nach dieser langen Reise gern ein wenig frisch machen. Erlauben Sie mir, Sie zu Ihrer Suite zu begleiten.«
Sie schritten durch den klimatisierten Innenhof und auf das Hotelgelände. Rechts von ihnen lag ein Dutzend Gäste am riesigen Pool und sonnte sich. Links donnerte der Indische Ozean gegen die niedrige Mauer, dass Wassertröpfchen und Tang nur so in die Luft sprühten. Vom Meer kam eine leichte Brise, die durch die Palmwedel strich und ein Geräusch wie ein leise rauschendes Radio erzeugte.
»Ich habe gehört, was hier passiert ist«, sagte Martha. »Das muss ja schrecklich gewesen sein.«
Getty zuckte nur mit den Schultern. »Ach, das! Nur ein paar lokale Schwierigkeiten, mehr nicht.«

Martha blickte zu ihm hoch. »Aber ich habe gelesen, dass Hunderte von Leuten ermordet worden sind. In einer Reportage hieß es, dass dreißig Männer, Frauen und Kinder in einer Kirche verbrannt wurden. Das klingt für meine Ohren nicht gerade nach lokalen Schwierigkeiten, Mr. Getty.«

Sie hatte einen schmerzhaften Treffer gelandet, aber Getty erholte sich so schnell wie ein Boxchampion. »Oh, natürlich, in Nairobi durchaus, und diese Geschichten in Rift Valley, das war *grauenvoll*, einfach *schrecklich*«, stimmte er ihr zu. »Ich dachte, Sie reden von Mombasa. Hier hat es nur zwei kleinere Vorfälle gegeben, im Großen und Ganzen sind wir sehr glimpflich davongekommen. Gott sei Dank.«

Martha antwortete nicht, und sie gingen am Pool vorbei auf die Suiten zu.

»Kannten Sie meinen Vater, Mr. Getty?«, fragte sie plötzlich.

Diesmal war Getty auf die Frage vorbereitet. Er setzte sein gewinnendstes Lächeln auf. »Dennis? Jeder kannte Dennis. Er war eine Legende hier. Wir waren eng befreundet. Nur Gott weiß, wie es zu so einer Tragödie kommen konnte. Es ist schockierend. Wirklich schockierend.«

»Der Mann von der Botschaft hat mir mitgeteilt, dass die Polizei die Theorie verfolgt, eine undichte Benzinleitung könnte die Explosion verursacht haben.«

»Ich befürchte, die Wahrheit werden wir nie erfahren«, erwiderte Getty. »Was meinen Sie, wie lange werden Sie bleiben?«

»Das kommt ganz auf die kenianische Bürokratie an«, scherzte Martha. »Wenn die Rädchen sich so langsam drehen wie in New York, könnte ich eine Weile hier bleiben.«
»Eine schmerzliche Aufgabe, die Sie hier zu erledigen haben«, nickte Getty. »Seien Sie versichert, dass wir Ihnen während der Zeit Ihres Aufenthalts vollauf zur Verfügung stehen.«
»Das ist sehr freundlich von Ihnen«, sagte Martha. Dann blickte sie schweigend aufs Meer. »Wenn ich das richtig verstanden habe, lag sein Boot in einem Ort namens Flamingo Creek. Ist das weit weg?«
»Ein Stückchen Richtung Norden«, erklärte Getty. »Zehn, zwanzig Kilometer Luftlinie.«
»Wo kann ich mir ein Auto mieten?«
Der Hotelbesitzer sah sie entgeistert an. »Kenia ist nicht das Land, in dem eine junge Dame alleine mit dem Auto herumfahren sollte. Mit dem Boot geht es sowieso viel schneller. Geben Sie mir einfach Bescheid, wann Sie fahren wollen, dann wird ein Boot des Marlin Bay für Sie bereitstehen.«
Sie wollte protestieren, aber Getty winkte großzügig ab. »In dieser Situation ist das das Mindeste, was ich für Sie tun kann.«

Martha beobachtete vom Fenster ihrer Suite, wie Getty am Pool vorbei zum Hauptgebäude zurückging. Sie war schon immer stolz darauf gewesen, wie sicher sie Menschen nach dem ersten Eindruck einschätzen konnte – und der erste Eindruck des Hotelinhabers verursachte ihr Gänsehaut. Conrad Getty war genau wie jeder andere weiße Hotelbesitzer, den sie in Afrika kennengelernt hatte, und zwar bis ins letzte Detail: polierte Fingernägel, Toupet und der kaum zu verbergende Hauch von Schnaps in seinem Atem.

Mit anderen Worten: ein Arschloch erster Güte.

Aber immerhin bot sein Hotel allen Komfort. Sie hatte das Gefühl, dass ihr Aufenthalt in Kenia solche bürokratischen Alpträume mit sich bringen würde, dass sie sich zum Ausgleich mit Fünf-Sterne-Luxus verwöhnen musste. Sie stieg aus ihren Kleidern und trat unter die Dusche mit den Steinfliesen. Der Wasserstrahl war kräftig und köstlich lauwarm, und sie spürte, wie der Schmutz der langen Reise aus ihren Poren gespült wurde.

In ein Handtuch gewickelt kehrte sie zurück ins Wohnzimmer und öffnete den Reißverschluss eines Koffers. Nachdem sie ihre Kleider herausgenommen und auf die Bügel im Schlafzimmerschrank gehängt hatte, zog sie ihr Handy aus der Handtasche und gab eine Kurzwahlnummer ein. Sie hörte das Piepen und Tröten der Ferngesprächsverbindung, dann meldete sich eine Stimme.

»Hi, ich bin's«, sagte sie.

»Wie spät ist es?«, kam es verschlafen zurück.

»Kurz nach elf.«

»Du lieber Gott – hier ist es vier Uhr morgens.«

»Ich liebe dich auch.«

Ein Lachen war die Antwort. »Tut mir leid, Schatz. Du weißt doch, wie ungenießbar ich bin, wenn man mich mitten in der Nacht aufweckt. Wo bist du gerade?«

»Im Hotel.«

»Und, wie ist es?«
»Schon okay – aber der Besitzer ist noch ungenießbarer als du.«
Die Stimme lachte wieder. »Dann genieß einfach den Komfort in vollen Zügen, Süße. Dann geht es dir gleich besser, du wirst sehen.«
»Das hab ich auch vor.«
»Geht's dir gut?«
»Ja.«
»Du klingst müde.«
»Mir geht's gut. Aber du fehlst mir.«
»Ja, du fehlst mir auch.«
»Fehl ich Chico auch?«
»Chico ist eine Katze, Schatz. Katzen ist so was scheißegal.«
»Chico nicht.«
»Dann wird Chico demnächst vielleicht eine unglückliche Begegnung mit einem New Yorker Müllauto haben.«
Martha schnappte nach Luft. »Untersteh dich, du Blödmann!«
»So was kann schon mal vorkommen, Schätzchen. Aber keine Sorge. Ich kenn da einen ganz tollen Tierfriedhof in Jersey, auf dem …«
»Patrick, du Wichser!«
»Mann, du weißt doch, dass ich bloß Spaß mache. Chico bekommt heute geräucherten Lachs, während ich mich mit Pizza begnügen muss.«
Sie sah sich in ihrer Suite um und lächelte. »Es wäre schöner, wenn du auch hier wärst.«

»Ich könnte doch einfach in einen Flieger steigen.«
»Nein – war bloß so ein blöder Einfall. Allein kann ich das hier alles schneller regeln.«
»Wirklich? Was meinst du, wie lang du brauchen wirst?«
»Kommt ganz auf das Wohlwollen der kenianischen Behörden an.«
»Okay, wir sehen uns dann im Januar.«
»Mach keine Witze darüber.«
»Ich liebe dich, Süße.«
»Ich liebe dich auch.«
Dann war die Verbindung unterbrochen. Martha warf das Handy aufs Bett und trat wieder ans Fenster. Draußen brodelte die See und peitschte gegen die Hotelmauer, und ein kaum sichtbarer, feiner Nebel aus Salzwassertröpfchen hing in der Luft. Hinter der Mauer schaukelte eine ganze Reihe kleiner Barken wie Möwen auf der Dünung auf und ab, und bei diesem Anblick spürte Martha erwartungsgemäß zum ersten Mal einen jähen Anfall schmerzlicher Trauer.
Was ist da draußen passiert, Daddy? Was kann dir da nur Schreckliches zugestoßen sein?

23

Jake fuhr hoch, als er Harry am Anlegesteg schreien hörte. Dankbar für die Unterbrechung hievte er sich durch die Falltür aus dem kleinen Raum unter Deck. Dort unten stand zentimetertief das Bilgewasser, vermischt mit öligem Matsch. Sein Oberteil und die Shorts waren schwarz und pitschnass, und an seinen Armen und Knien hatte er kleine Schürfwunden, wo er im Dunkeln gegen scharfe Metallkanten gestoßen war. Als er die Falltür schloss, kam er zu dem Schluss, dass Walton Meredith sein Gewicht in Gold wert war – auch wenn das ungefähr fünfzig Kilo sein dürften.

Aber aufgrund ihrer finanziellen Lage konnten sie es sich nicht immer leisten, Walton mit solchen Arbeiten zu betrauen. Wenn Jake auch nicht so dünn war wie Missys kleiner Bruder, konnte er sich trotzdem noch in den Raum unter dem Deck der *Yellowfin* quetschen. Und die schlanke Taille, gegen die er sein Bäuchlein in Kenia eingetauscht hatte, war nicht nur vom Gesichtspunkt der persönlichen Eitelkeit eine Verbesserung. In England hatte er sich hauptsächlich von Bier und Junkfood ernährt, und entsprechend hatte sein Körper ausgesehen. Damals wäre er niemals in der Lage gewesen, im Inneren der *Yellowfin* herumzukriechen. Aber an seinem Erscheinungsbild hatte sich mehr verändert als nur die Taille. Seine bleiche

Londoner Haut hatte eine kastanienbraune Tönung angenommen, die Sonne hatte sein kurzes, mausbraunes Haar ausgebleicht, und die schlaffen Muskeln an seinem Oberkörper waren auf einmal so definiert, wie er es seit seinen Teenagertagen nicht mehr gesehen hatte. Er stellte sich oft vor, wie es wäre, wenn er jetzt in die Bar des Cheapside Club schlendern würde – der beliebteste Treffpunkt seiner Eingreiftruppe –, und fragte sich, ob ihn überhaupt einer von den alten Recken wiedererkennen würde.

»Jake!«

Er schwang sich auf die Brücke, um die Messgeräte zu überprüfen.

»Jake! Bist du da unten steckengeblieben? Wir haben Besuch.«

»Ich komm ja schon, Mann!«

Er blickte zum Ufer, wo ein staubiger Fiat Panda am Straßenrand parkte. Daneben stand Harry und neben ihm ein winziger Afrikaner mit einem schlecht sitzenden Dreiteiler.

Jouma?

Er sprang von der *Yellowfin* in das kleine Beiboot und überquerte den schmalen Kanal.

»Hey, Jake«, sagte Harry. »Wie nett von dir, dass du auch kommst.« Er setzte sein wölfisches Grinsen auf. »Ich hab dem Inspector gesagt, dass ich dich seit deinem kleinen Abenteuer neulich nicht aus den Augen gelassen habe – aber wie es aussieht, interessiert er sich diesmal gar nicht für dich.«

Jake wischte sich die öligen Hände an einem Lappen ab. »Was gibt's denn?«

Jouma machte schon den Mund auf, als Harry ihm ins Wort fiel: »Er möchte zu Dennis Bentleys Bootshaus.«
Der Polizist aus Mombasa nickte verlegen.
»Ich habe natürlich Verständnis, wenn Sie gerade beschäftigt sind, Mr. Moore«, beteuerte er rasch.
Harry winkte energisch ab. »Nicht doch, wir sind nicht beschäftigt.«
Jake starrte ihn wütend an, aber im Grunde hatte sein Partner ja recht. Seit drei Tagen hatten sie keine Kunden mehr gehabt.
»Ich würde Sie ja selbst hinbringen, Inspector, aber ich habe heute Nachmittag einen Termin.«
Jake musterte Harry misstrauisch. »Von einem Termin hast du aber gar nichts erwähnt.«
»Außerordentliches Treffen des Elephant Club«, erklärt Harry. »Das verzwickte Problem mit den weiblichen Mitgliedern ist gerade mal wieder aktuell.«
Jouma blickte verunsichert von einem zum andern.
»Dann muss die Hydraulik wohl warten«, meinte Jake.

24

In einem Teil von Mombasas Altstadt, der in den Reiseführern keine Erwähnung findet, sollte einem sechzehnjährigen Mädchen namens Mary Olunbiye in wenigen Minuten die Kehle durchgeschnitten werden. Dann sollte ihre Leiche mit Ketten beschwert und auf einen unter panamesischer Flagge fahrenden Frachter gebracht werden, der den Kilindini-Hafen noch in derselben Nacht mit einer Ladung Erdnussöl verlassen und sie achtzig Kilometer vor der Küste von Bord werfen würde.

Im Moment tat Mary aber noch, was sie am besten konnte: Sie verpasste dem Mann, der in Kürze ihr Leben beenden wollte, einen Blowjob.

Marys Verbrechen – der Grund, warum sie sterben sollte – war schlichter Natur. Zwei Nächte zuvor hatte sie in einer nahe gelegenen Nebenstraße denselben Dienst an einem amerikanischen Rucksacktouristen namens Todd Fellowes verrichtet. Todd, der neunzehn Jahre alt war und ein Jahr Pause vom College einlegte, um seinen Horizont zu erweitern, kam in Marys Mund, zog den Reißverschluss seiner Jeans wieder hoch und gab ihr zehn Dollar. Das waren ganze acht Dollar mehr, als sie zuvor abgemacht hatten, aber der Amerikaner empfand plötzliche Schuldgefühle für das, was er da gerade getan hatte.

Er wünschte ihr alles Gute und verließ schleunigst den Schauplatz.
Im Moment lag Todd in seinem Dreidollarzimmer in einer Herberge in Nairobi und hatte Todesangst, er könnte sich Aids eingefangen haben. Mary hingegen sah wirklich dem Tod ins Auge, denn statt das Geld des Amerikaners komplett an Michael Kili abzugeben, hatte sie drei Dollar davon für sich behalten, um Essen und Kleider für ihre Mutter und ihre sechsmonatige Tochter zu kaufen.
Ein Jammer, dass Mary sterben musste, überlegte Kili, denn sie hätte noch ein paar gute Jahre gehabt. Für sie wäre es allerdings ein Segen, denn traditionell bestrafte man Mädchen, die ihren Anteil nicht ordnungsgemäß an den Gangsterboss von Mombasa ablieferten, indem man ihnen das Gesicht zerschnitt und die Hände amputierte – und so eine Nutte würden nicht mal die Matrosen aus Uganda ficken.
Nein, dachte Kili, während er auf ihren kleinen auf und ab wippenden Kopf hinunterblickte, er tat Mary einen Gefallen, indem er sie umbrachte. Und um zu zeigen, dass er ihr nichts nachtrug, würde er ihrer Mutter ein paar Dollar aus eigener Tasche zahlen. Damit sie und das Kind keine Not leiden mussten.
Es war den wenigsten Leuten bekannt: Doch obwohl Michael Kili nach außen schonungslos tun musste, war er zu wirklich barmherzigen Taten fähig. Das unterschied ihn von seinen Rivalen, dachte er immer, das verlieh ihm echte Größe. Seine Forderung nach absolutem Gehorsam ging Hand in Hand mit einer Kultur der Loyalität.

»Sehr gut, Mary«, grunzte er.
Und sie war wirklich gut. Eine der besten in ganz Mombasa. Umso bedauerlicher, dass sie sterben musste. Aber indem er ihr eine Lektion erteilte, erteilte er *allen* eine Lektion, tröstete sich Kili.
Er griff ins Futter seiner Lederjacke und zückte ein Kukri-Messer mit kurzer Klinge. Gleich würde er kommen, und in dem Moment wollte er Marys Kopf an den Haaren zurückreißen und ihre entblößte Kehle durchschneiden – doch plötzlich begann sein Handy die Titelmelodie von *Rocky* zu spielen. Er fluchte, weil seine Erregung wieder in sich zusammenfiel, steckte das Messer wieder zurück, zog Mary noch näher an sich heran und ging ans Telefon.
»Jouma ist in Flamingo Creek.«
Die Stimme war so leise, dass er einen Moment brauchte, bevor er begriff, dass Jacob Omu am Apparat war.
»Jouma? Warum das denn?«
»Er ist unterwegs zu Dennis Bentleys Bootshaus«, antwortete Omu.
»Wer ist Dennis?«
»Der Skipper mit dem Sportangelboot.«
Kili schüttelte gereizt den Kopf. *»Warum?«*
»Wegen George Malewe. Weil er Verdacht geschöpft hat.«
»*Dah!* Jouma weiß überhaupt nichts!«
»Das vielleicht nicht. Aber es könnte ganz gut sein, jetzt schon etwas zu unternehmen, bevor er etwas herausfindet.«
»Was meinst du damit, Jacob?«

»Es wäre ziemlich einfach, ihn vom Fall Malewe abziehen zu lassen. Das könnte man sehr diskret einfädeln. Gleich heute, mit einem einfachen Anruf.«
Kili merkte, wie sein Schwanz in Mary Olunbiyes Mund zusammenschrumpfte, ganz im Gegensatz zu seiner Wut.
»Dann tu es, Jacob!«, rief er. »Dafür bezahl ich dich schließlich, oder?«
»Gut, Michael.«
Stirnrunzelnd steckte Kili sein Handy wieder ein. *»Gut, Michael.«* Irgendetwas an Omus Unterwürfigkeit nervte den Gangster kolossal. Alles musste immer so *diskret*, so *geräuschlos* ablaufen. Dieser Mann konnte über Sand gehen, ohne Fußabdrücke zu hinterlassen. Und trotzdem lag in dieser ganzen Leisetreterei ein Hauch von Herablassung, als hielte Omu ihn insgeheim für einen Trottel. Dieser Mann begriff einfach nicht, dass Michael Kili sein Reich in Mombasa schon aufgebaut hatte, bevor Omu gekommen war. Und er hatte es auf die harte Tour aufgebaut, mit Hilfe von brutaler Gewalt und Angst, nicht, indem er den Leuten etwas ins Ohr flüsterte oder ihnen Umschläge mit amerikanischen Dollars in die Tasche schob.
Kili merkte, wie die Wut erneut in ihm aufwallte, und griff wieder zum Messer in der Tasche. Doch nach kurzem Überlegen ließ er es wieder los. Vielleicht sollte er die Dinge nicht überstürzen. Mary hatte wirklich Talent, und wenn er sie umbrachte … Nein, beschloss er, während er sein erschlafftes Glied aus ihrem Mund zog und es in seine Trainingshose schob, vielleicht wäre es diesmal ausreichend, sie einmal ordentlich durchzu-

prügeln. Aber das musste noch warten. Jetzt musste er erst mal Jacob Omu zeigen, wer der Boss war. Es würde keine diskreten Anrufe geben. Kili hatte schon immer die Meinung vertreten, dass man eine Wespe totschlug, wenn sie anfing, einen zu ärgern. Man machte nicht das Fenster auf, in der Hoffnung, sie würde einfach davonfliegen.

Kili blickte auf Mary Olunbiye herab und lächelte. »Ich hab noch etwas Geschäftliches zu erledigen, Mary«, verkündete er und setzte seine Sonnenbrille auf. »Aber ich komme später wieder.«

25

Jouma hasste das Meer. Irgendetwas an seiner schier unermesslichen Größe ging ihm auf die Nerven. Unten am Hafen von Kilindini ragten die Frachter über den Lagerhallen und Ölcontainern auf wie gigantische, rostige Riesen auf, größer als jedes Gebäude im Stadtzentrum von Mombasa, größer als alles, was Jouma jemals gesehen hatte. Doch auf dem Ozean, der sich hinter dem Hafen auftat, waren auch sie nur noch bedeutungslose Kleckschen. Die See konnte sie im Handumdrehen verschlucken, ohne dass es jemand merkte. Auch jetzt, als er den Flamingo Creek hochtuckerte, einen gutmütigen, schmalen Kanal aus schlammigem Wasser, fühlte sich der Inspector verletzlich. Die einzigen Lebewesen, die ins Wasser gehörten, dachte er, waren Fische.

»Worum geht es denn nun eigentlich, Inspector?«, wollte Jake wissen. Sie waren mittlerweile außer Sichtweite des Bootshauses, und er fand, dass Jouma ihm nun ruhig sagen konnte, was er auf dem Herzen hatte. »Arbeiten Sie jetzt plötzlich am Fall Bentley?«

Jouma spitzte die Lippen. »Nicht offiziell«, antwortete er. »Aber es gibt da gewisse Aspekte, die mich interessieren.«

»Ihr Freund von der Polizei Malindi erzählt jedem, der es hören will, dass der Fall gelöst sei. Anscheinend war alles ein schrecklicher Unfall.«

»Sie müssen Chief Inspector Mugo meinen«, nickte Jouma. »Tja, wenn er sagt, dass der Fall gelöst ist, dann ist er es höchstwahrscheinlich auch.«
Jake lachte glucksend. »Ich nehme an, Sie schließen sich dieser Theorie nicht unbedingt an.«
»An der Theorie an sich ist nichts auszusetzen, Mr. Moore«, erwiderte Jouma diplomatisch. »Aber vielleicht habe ich ein kleines Problem damit, wie schnell diese Theorie zur Tatsache erklärt worden ist.«
Einen Moment schwiegen beide, dann sagte Jake: »Okay, sagen Sie schon: Wenn Sie nicht glauben, dass es ein Unfall war, was glauben Sie dann?«
»Ich weiß nicht, was ich glauben soll«, gab Jouma zu.
»Ich auch nicht.« Jake hielt den Blick auf den Fluss gerichtet, während sich hinter seinem ausdruckslosen Gesicht die Gedanken überschlugen.

Dennis Bentleys Bootshaus lag an einem seichten Nebenarm nahe der Mündung des Flamingo Creek. Während die *Yellowfin* anlegte, starrte Jake auf den splitternden hölzernen Überbau, die billigen Platten aus hässlichem Porenbeton, die das Büro bildeten, auf die Ölfässer und die leeren Proviantkisten, die überall verstreut lagen.
»Da wären wir, Inspector.«
Nachdenklich kratzte Jouma sich die Nase. »Danke, Mr. Moore.«
Jake merkte am Ton seiner Stimme, dass der Inspector aus Mombasa den Verfall in der stickigen, insektengeschwängerten Luft genauso riechen konnte wie er selbst. Irgendwann einmal hatte in stolzen, halbmeterhohen

Buchstaben DENNIS BENTLEY FISHING auf dem Wellblechdach gestanden. Jetzt war die Beschriftung, wie alles andere auf diesem Gelände, fast bis zur Unkenntlichkeit verblasst. Selbst aus der Entfernung war offensichtlich, dass das Krebsgeschwür der Rezession, das allen selbständigen Skippern das Leben schwermachte, hier das Endstadium erreicht hatte.

Doch beide Männer wussten, dass die Beweise auf andere Umstände hindeuteten.

Vor gerade einmal sechs Wochen hatte Dennis zehntausend Dollar in bar für die neu eingebauten Benzinleitungen der *Martha B* hingeblättert, hatte Jake dem Inspector mitgeteilt. Jouma wiederum erzählte, dass in den letzten acht Monaten vier Einzahlungen von jeweils fünfundzwanzigtausend Dollar auf das Konto des kenianischen Skippers getätigt worden waren. Erstaunlicherweise besaß Dennis Bentley am Tage seines Verschwindens also über neunzigtausend Dollar – und mit einem Vermögen dieser Größenordnung hätte er sich ein neues Bootshaus und eine ordentliche Anzahlung für ein neues Boot leisten können.

Jake war verblüfft. Doch Jouma hatte noch mehr in petto, zum Beispiel einen Gelegenheitsdieb aus Mombasa namens George Malewe, dessen zerfleischte Leiche das Meer am Vortag am Strand von Bara Hoyo ausgespuckt hatte. Und dass die Pathologie deutliche Hinweise dafür sah, dass Malewe auf der *Martha B* gewesen war, als sie in die Luft flog – obwohl die einzige Person, die neben Dennis Bentley auf dem Boot hätte sein dürfen, ein dreizehnjähriger Schiffsjunge namens Tigi Eruwa war.

»Ich sehe die Teile eines Puzzles, Mr. Moore«, erklärte der Inspector. »Aber ich weiß nicht, wie ich sie zusammensetzen soll.«

»Dann sehen wir doch mal nach, was wir hier so finden«, meinte Jake.

In einem durchschnittlichen Monat reichte das Gehalt des Inspectors, um die Miete für seine Wohnung in Mombasa zu zahlen und seiner Frau Winifred genug Haushaltsgeld zu geben, dass sie davon essen konnten. Er wusste, dass er den Betrag durch Schmiergelder mit Leichtigkeit hätte verdreifachen können, und er wusste, dass ihn am Mama Ngina Drive so mancher mit Misstrauen beäugte, weil er es nicht tat. Der Haken war nur, dass Jouma sich nicht so viel aus Geld machte. Was ihn anging, war es einfach ein notwendiges Übel. Sobald man zuließ, dass es einem die Lebensweise diktierte, war das Leben nicht mehr lebenswert.

Welche Rolle hatte das Geld im Leben und beim Tod von Dennis Bentley gespielt? Gute Frage. Während er durch das heruntergekommene Bootshaus schritt, dachte Jouma an den Stapel Kontoauszüge, den er am Abend zuvor sorgfältig durchgesehen hatte, und an die Spalten mit den fettgedruckten mehrstelligen Zahlen, die besser als Worte beschrieben, dass Bentleys Geschäft langsam, aber sicher auf den Ruin zulief – bis zu diesem Moment vor acht Monaten eben, als es nach einer Injektion von fünfundzwanzigtausend Dollar in bar plötzlich von den Toten auferstand. Fünfundzwanzigtausend, die wenig später zu fünfzigtausend und schließlich sogar hunderttausend anwuchsen.

Das Geld war der Schlüssel zu allem. Es konnte einen schier wahnsinnig machen, dass sich ums Verderben nicht herausfinden ließ, woher diese Summen gekommen waren.

Fast eine ganze Stunde stellten Jouma und Jake gemeinsam Bentleys Büro und Bootshaus auf den Kopf, um irgendwo Logbücher, Quittungen oder Auftragsbücher zu finden – irgendetwas, das eine Spur zum gesuchten Wohltäter des Skippers hätte liefern können.

Aber noch während ihrer Suche wurde ihnen klar, dass sie zu spät gekommen waren.

»Alles weg«, stellte Jake fest und trat frustriert einen Stuhl um. »Hier liegt ja nicht mal mehr eine lächerliche Tankquittung rum.«

»So etwas hatte ich erwartet, Mr. Moore. Ich hatte befürchtet, dass unser Ausflug Zeitverschwendung sein könnte.«

»Mugo?«

»Der war wohl gründlicher, als ich dachte.«

»Können Sie nicht die Unterlagen von ihm anfordern? Gibt es denn keinen offiziellen Dienstweg? Wie funktioniert das in Kenia?«

»Nicht so wie in England«, erwiderte Jouma traurig. »Mugo wird seine Ermittlungen als persönlichen Triumph betrachten. Wenn er die Papiere von Mr. Bentley beschlagnahmt hat, wird er sie hüten wie Goldbarren. Für den Fall, dass jemand ihm seinen Ruhm streitig machen will.«

»Es *muss* doch irgendetwas geben.«

Hätte Nyami ihm bei der Suche geholfen, hätte Jouma

ihn gebeten, noch einmal genauer nachzusehen. Doch er vertraute auf Jakes Gründlichkeit. Und was noch wichtiger war: Er wusste, dass der Engländer genauso frustriert war wie er. Sie hatten ihre Informationen geteilt, aber das Puzzle blieb unlösbar. Doch auf der kurzen Fahrt bis zur Mündung des Flamingo Creek hatten sie sich in den Gedanken, diesen Fall zu lösen, so verbissen wie ein Marlin in den Angelhaken.
»Ich seh noch mal im Bootshaus nach«, schlug Jake vor.

Jouma gab gerne zu, dass Jake Moore ihn faszinierte. Bis zu dem Vorfall mit der Kindesentführung in Mombasa war ihm nicht einmal bewusst gewesen, dass es überhaupt einen englischen Skipper gab, der in Flamingo Creek seine Firma betrieb – und erst recht keinen, dessen Akte eine Empfehlung von einem Inspector der Metropolitan Police in London enthielt. Vielleicht war der Beamte des britischen Konsulats in Mombasa deswegen so wenig bereit zur Zusammenarbeit gewesen, als Jouma bat, ihm Details über Moore zuzufaxen. Das sei höchst ordnungswidrig, hatte er eingewendet, in einem Ton, der nahelegte, dass jegliche offizielle Anfrage von Seiten der kenianischen Polizei die reinste Unverschämtheit war.
In typisch stumpfsinniger Beamtensprache erzählte das Schreiben der Metropolitan Police die Geschichte einer vielversprechenden Karriere, die durch eine Kugel ihr jähes Ende fand. Moore war damals neunundzwanzig, Detective Sergeant in einer Sondereinsatztruppe. Jouma las von einem verpfuschten bewaffneten Raubüberfall in einem Londoner Vorort, von dem er noch nie gehört

hatte, und wie der junge Polizist im Dienst angeschossen wurde. Ferner wurde geschildert, wie Moores selbstloses Handeln und seine Tapferkeit dazu beigetragen hatten, weiteres Blutvergießen zu verhindern und eine ganze Bande hinter Gitter zu bringen. Doch ein Detail blieb ärgerlicherweise verschwommen: Es gab keinerlei Hinweise auf Moores Motiv, warum er sechs Monate später den Polizeidienst quittiert hatte. Kein Hinweis, warum er seine Rente und seine gesamten Ersparnisse nehmen und in ein Flugzeug nach Kenia hätte steigen sollen. Alles, was Jouma von Moores Leben nach diesem Vorfall wusste, hatte er sich mühsam aus dem ermüdenden Kompendium von Sportfischerlizenzen, Anmeldeformularen, Kontoauszügen und Versicherungspolicen zusammenreimen müssen, die in der Akte des Konsulats abgelegt waren. Mit anderen Worten: Er war nur zu der Schlussfolgerung gelangt, dass Britannia Fishing Trips Ltd. genauso schlecht dastand wie Dennis Bentley Fishing vor den geheimnisvollen Finanzspritzen.

Jouma setzte sich auf einen schmuddeligen Bürostuhl und stützte die Ellbogen auf Dennis Bentleys Schreibtisch. An der Wand vor ihm hing ein Schwarzes Brett, aber auch hier war alles entfernt worden, was dort angepinnt gewesen sein mochte. Hier hatte Bentley – was wohl? Rechnungen? Erinnerungen? Fotos seiner Lieben? – gesammelt. Geblieben waren jedoch nur ein paar Schmutzränder. Alles, was Dennis Bentley jemals gewesen war, war brutal ausgelöscht worden, dachte Jouma. An dem Tag, an dem er verschwunden war, war auch jede Spur seiner vorherigen Existenz ausradiert worden.

Das war nicht Mugos Werk, dachte er. *Mugo wäre niemals so gründlich gewesen.*

»Inspector.« Jake stand auf der Schwelle des Büros. »Wir haben Gesellschaft bekommen.«

26

Tug Viljoen nahm einen tiefen Schluck aus seinem angelaufenen silbernen Flachmann, rülpste übertrieben geräuschvoll und verkündete: »Eines musst du dir hinter die Ohren schreiben, wenn du mit Krokodilen zu tun hast, Harry: Es gibt dreiundzwanzig Arten, allesamt hinterfotzige Kreaturen, und jede von ihnen kann dich aufs Kreuz legen.«

Harry Philliskirk spähte durch einen Maschendrahtzaun in die Düsternis einer Süßwasserlagune und lupfte eine Augenbraue. Er konnte ein gutes Dutzend Reptilien erkennen, die sich entweder im braunen Wasser suhlten oder friedlich auf flachen Felsvorsprüngen sonnten. »Ich werd's mir merken«, versicherte er.

»Und noch was kannst du dir merken: Diesen Viechern ist alles egal«, fügte Viljoen hinzu und hob den Arm, auf dem sich das bleiche Narbengewebe auf seiner gebräunten Haut abzeichnete wie der Fettrand an einem Rindersteak. »Wenn die miteinander kämpfen, reißen sie sich Gliedmaßen und Schwänze ab, aber das ist ihnen egal. Sie verkriechen sich und schmollen ein bisschen, und dann kommen sie wieder raus. Ich hab schon welche weiterkämpfen sehen, nachdem ihnen der Gegner den Kiefer abgerissen hatte. *Es ist ihnen einfach egal.* Vielleicht überleben sie deswegen schon seit fünfundsechzig Millionen Jahren.«

Viljoen hörte sich selbst gern reden, das wusste Harry.

Aber nach allem, was er bisher von Croc World gesehen hatte, war die größte Gefahr, die auf die arglosen Besucher des südafrikanischen Reptilienparks lauerte, der Tod durch Langeweile. Es gab zwei künstlich angelegte Lagunen und vielleicht zwanzig Krokodile, die reglos wie Statuen im Wasser lagen und ein bisschen so aussahen wie Hundescheiße. Soviel er sehen konnte, war die einzige andere Unterhaltung ein heruntergekommener Kinderspielplatz und ein Imbissstand mit einer Speisekarte auf einer Kreidetafel: Croc Burgers, Croc Ice und Croc-a-Cola.

Nicht zum ersten Mal fragte er sich, warum Viljoen ihn zu diesem Treffen gebeten hatte. *Vielmehr, warum er sich darauf eingelassen hatte.* Der Südafrikaner gehörte zu der Sorte Mensch, dem man nicht mal am helllichten Tag auf einer Sommerwiese begegnen wollte, geschweige denn in einem Sumpfland voller menschenfressender Reptilien. Dass Viljoen auf Geheimhaltung bestanden hatte, verstärkte Harrys ungutes Gefühl, sich auf eine gefährlich isolierte Situation eingelassen zu haben. Mittlerweile bedauerte er, dass er Jake nicht gesagt hatte, wo er tatsächlich hinging. In den blöden *Elephant Club?* Was für eine Scheißausrede war das denn? Der Elephant Club hatte ihm die Mitgliedschaft vor einem halben Jahr gekündigt, nachdem er seine Beiträge nicht mehr gezahlt hatte.

»Nur mal das Terrain sondieren, Harry«, hatte Viljoen erklärt, als er ihm am Abend zuvor auf den Toiletten in Suki Los Bar beiseitegenommen hatte. »Ein kleiner Deal, der für alle Beteiligten was abwerfen könnte.«

Tja, Harry war nicht unbedingt uninteressiert an einem kleinen Deal, der etwas für alle Beteiligten abwerfen könnte, vor allem nicht angesichts seiner momentanen finanziellen Misere. Aber je länger er hier war, umso unwohler wurde ihm zumute.

»Kommen viele Besucher her, Tug?«, erkundigte er sich.

»Im Durchschnitt um die hundert pro Tag – aber wie du siehst, ist im Moment keine Saison«, erklärte Viljoen fröhlich. Harry mutmaßte allerdings, dass diese Auskunft nicht unbedingt den Tatsachen entsprach.

»Prima.«

»Tja – ich hab ja gerade erst angefangen. Da ist noch viel Spielraum für Entwicklungen.«

Viljoens Park lag acht Kilometer südlich von Flamingo Creek. Man musste vom Highway abfahren und im Zickzack über einen staubigen Pfad durch die Mangrovensümpfe Richtung Küste kurven. Der Park war eine künstliche Lichtung, die mit einem Drahtgitter eingezäunt worden war, innen befanden sich die Lagunen, ein zementierter Hof und ein Haufen hässlicher Verwaltungsgebäude und Schuppen in einer Ecke des Geländes. Das Ganze besaß das Flair eines Konzentrationslagers.

Tug nahm noch einen Schluck aus seinem Flachmann. Sogar Harry konnte sehen, dass Viljoen bereits gut hingelangt hatte. Selbst wenn man den Alkoholdunst nicht wahrnahm, der ihm aus sämtlichen Poren stieg, wusste man spätestens nach einem Blick auf die verquollenen roten Augen und die fahle Haut Bescheid.

»Da drüben zieh ich ein Besucherzentrum hoch«, prahlte Viljoen und zeigte mit einem Wurstfinger auf die halb ausgehobene Grube für das Fundament. »Dort kann man sich dann Diashows ansehen, Souvenirs kaufen …«

»Schuhe und Handtaschen?«
Viljoen musterte ihn aus zusammengekniffenen Augen, dann lächelte er und klopfte ihm auf den Rücken. »Ich mag dich, Harry. Ich mag deinen englischen Humor.«
Wie um es zu beweisen, reichte er ihm seinen Flachmann. Harry spürte das Brennen von billigem Rum in der Kehle.
»Warum eigentlich Krokodile, Tug?«
»Krokodile, Fische, ist doch egal. Am Ende ist alles Geschäft. Wichtig ist eben, was man draus macht. Vielleicht sieht das hier für dich nicht nach einer großen Sache aus, Harry, aber ich sag dir eins, demnächst werd ich hier die ganz große Kohle machen.«
In diesem Moment dämmerte Harry, worum es hier gehen sollte. Tug wollte *Geld!* Eine dicke Finanzspritze, um Croc World so richtig auf die Sprünge zu helfen! Er schien tatsächlich anzunehmen, dass Harry irgendwo noch einen Batzen Geld gehortet hatte. Harry fluchte innerlich, dass er nicht früher darauf gekommen war, und er hoffte, Tug würde verstehen, dass sich die Zeiten geändert hatten. *Um genau zu sein, Tug, ich habe buchstäblich keinen Cent mehr in der Tasche. Wenn Jake und ich nicht ganz fix unsere eigene Geldspritze organisieren, dann können wir unseren Laden dichtmachen und das Boot verkaufen.*
Doch Tug machte nicht in der erwarteten Richtung weiter. Stattdessen setzte er den Flachmann wieder an die Lippen und nahm einen tiefen Schluck.
»Ich hab gehört, dass ihr neulich mit dem Araber zusammengerasselt seid.«
Es überraschte Harry nicht, dass sich diese Neuigkeit schon herumgesprochen hatte. Der Araber hatte eine

Klappe, so groß wie der Hafen von Mombasa. Er zuckte mit den Schultern und nahm einen kontemplativen Zug von dem dicken Joint, den er sich mitgenommen hatte.
»Hier liegt ein kleines Missverständnis vor, Tug, mein Guter. Das demnächst richtiggestellt werden wird, wie immer. In der Zwischenzeit müssen wir es dem Araber nachsehen, dass er sich hämisch über unsere Misere freut, mehr nicht.«
Sie waren mittlerweile bei Viljoens Büro angelangt, wie er es nannte, obwohl es in Wirklichkeit nur ein notdürftig hergerichteter Wohnwagen war, der neben den anderen Verwaltungsgebäuden geparkt stand. Viljoen streckte seine dürren Beine auf einer Bank aus und begann, verdrossen an dem Schaumgummi herumzurupfen, das aus der zerfetzten Polsterung herausquoll.
»Weißt du, was mich an der Sache mit dem Öl so anpisst?«, sagte er. »Dass diese schmierigen Araber neunzig Prozent davon besitzen.«
»Das ist wirklich ein Zankapfel«, stimmte Harry zu. Gleichzeitig fragte er sich, worauf dieses Gespräch hinauslief. Er war seit einer Stunde hier, und Tug hatte immer noch nicht verraten, warum er ihn herbestellt hatte. Aber Harry wollte nicht drängeln, denn der Südafrikaner wirkte schon angespannt genug.
»Der wertvollste Rohstoff der Welt gehört ausgerechnet dem Volk, das immer noch seine Frauen steinigt und sich die Ärsche mit bloßen Händen abwischt. Du bist doch ein gebildeter Mann, Harry – wenn das Öl nicht wäre, würde sich doch kein Mensch mit denen abgeben, oder?«
»Da könntest du recht haben.«

Tugs Augen blitzten, während er sich in Fahrt redete, und Harry kam es vor, als könnten sie dem aufgeregten Südafrikaner jeden Moment aus den Höhlen treten.
»Ich meine … hey, die haben der Welt doch immer nur Kummer gemacht, sonst nichts«, fuhr Tug fort. »Schau dir doch bloß mal den armen Dennis Bentley an. Fünfundzwanzig Jahre reißt er sich den Arsch auf, um sich eine anständige Rente zusammenzuscharren, nur um dann von den Arabern abgezockt zu werden. Erst verschrecken sie seine Kunden, indem sie Flugzeuge ins World Trade Center lenken, und als er sich dann wieder gefangen hat, erhöhen sie die Ölpreise, so dass er sich den Treibstoff für sein Boot nur leisten kann, wenn er die Wartungskosten senkt. Ergebnis? Tja, wir zwei wissen, wie das beschissene Ergebnis aussah, Harry. Und er wird nicht der Letzte bleiben, das kann ich dir sagen. Erzähl mir nicht, dass ihr es nicht zu spüren bekommt, Jake und du.«
»Ich habe vorerst nicht vor, in einer blauen Stichflamme aufzugehen, Tug«, versicherte Harry.
»Nein – bis dahin habt ihr euern Laden nämlich schon längst dichtmachen müssen.«
Viljoen schnappte Harry den Joint aus den Fingern und inhalierte tief. Einen Moment schien ihn die Wirkung des Grases völlig aus dem Gleis zu werfen, wie ein Betäubungspfeil, der ein rasendes Nashorn getroffen hat.
»Weißt du, es gäbe da schon einen Weg, wie wir einander helfen könnten, Harry«, verkündete er.
Jetzt kommt's. »Wenn du auf der Suche nach Investoren bist, Tug …«
»Nein, ich rede doch nicht von diesem Park. Croc World

ist ja noch in der Aufbauphase. Ich rede von einer Möglichkeit, ganz schnell Geld zu machen. Und zwar nicht zu knapp.«
Harry zog eine Augenbraue hoch. »Tja, du kennst mich ja, Tug. Ich bin zu allem bereit.«
»Echt, Harry? Du bist echt zu allem bereit?«
»Kommt natürlich drauf an, was es ist.«
»Ein Job. Und es ist nicht gerade ein angenehmer Job, da will ich dich gar nicht erst anlügen. Aber sagen wir mal so – wenn du Gefallen daran findest, dann wärst du nicht mehr von Arschlöchern wie dem Araber abhängig.«
»Ich bin es Jake schuldig, uns aus dieser Scheiße wieder rauszuziehen«, meinte Harry. »Von was für Summen reden wir denn hier?«
»Fünfundzwanzigtausend Dollar.«
»Heilige Scheiße!«, rief Harry, doch trotz Gras und billigem Rum war ihm sofort klar, dass bei so einer unverschämt hohen Summe auf jeden Fall irgendwelche illegalen Handlungen im Spiel sein mussten. Trotzdem konnte er ja erst mal so tun, als würde er sich dafür interessieren. »Erzähl mir mehr.«
»Kann ich nicht, Harry. Nicht, wenn du nicht hundert Pro sicher bist, dass du mitmachen willst.«
»Soll heißen, du könntest es mir erzählen, aber hinterher müsstest du mich töten, stimmt's?« Harry schlug einen verschwörerischen Ton an, nahm Tug den Joint wieder aus der Hand und nahm einen tiefen Zug von der kräftigen Mischung.
Tug sah ihn seltsam an. »So was in der Art, Harry. So was in der Art.«

27

Während das Twin-Turbo-Fountain-Schnellboot nordwärts jagte, spürte Martha, wie sie einen klaren Kopf bekam. Fast vergessen war dieser frustrierende Morgen, an dem sie sich damit herumgeplagt hatte, Dokumente vom Buchhalter ihres Vaters in Mombasa sich zusenden zu lassen. Oder dieser ölige Conrad Getty. Seit ihrem ersten Tag hatte sie jedes Mal, wenn sie das Hotel betrat, den Inhaber am Hals. Er war so lästig wie ein hartnäckiger Ausschlag.

Nun saß sie auf der Achterbank und hielt sich mit beiden Händen am gepolsterten Sitz vor ihr fest. Wann immer das Boot mit der schmalen Nase über die nächste Woge zischte, schien sein Rumpf einen Moment in der Luft zu schweben. Nach einer Zeitspanne, die Martha unwahrscheinlich lang vorkam, klatschte es wieder aufs Wasser und ließ eine schneeweiße Wand aus feinen Tröpfchen hoch in den blauen Himmel steigen.

Sie spürte den Wind im Haar und lächelte zum ersten Mal an diesem Tag. O Gott, das war die reinste Therapie. Für Martha war das Meer wie ein Zuhause, auch nach all den Jahren in der Großstadt mit ihren Hochhäusern. Die langen, scheinbar endlosen Tage mit ihrem Vater – wenn sie von der Morgen- bis zur Abenddämmerung unterwegs sein konnten, ohne einer Menschenseele zu begegnen – hatten ihr tiefen Respekt vor den Launen der See, ihrer Größe und vor allem ihrer Kraft eingeflößt. Sehr früh brachte ihr Vater ihr bei, dass das Meer gerade solche Leute mit Freuden einkassierte, die behaupteten, es souverän beherrschen zu können.

Das Fountain-Boot gehörte dem Marlin Bay und wurde von einem verdrießlich dreinblickenden Angestellten namens Harold gesteuert, einem weißen Kenianer, der das Hochgefühl des Schnellbootfahrens als reines Berufsrisiko zu betrachten schien. Seit sie vom hoteleigenen Yachthafen gestartet waren, hatte er kaum ein Wort gesagt, und jeder höfliche Versuch ihrerseits war nur mit einem Knurren beantwortet worden. Trotzdem bemerkte Martha, dass Harold sich auf seine Arbeit verstand, auch wenn er sie nicht mochte. Fachmännisch manövrierte er das Boot durch die Wellen, und er schien die tückischen Riffe und Sandbänke zu kennen, als wären sie alte Freunde.

Als Harold nun die Geschwindigkeit drosselte, veränderte sich das Motorengeräusch. Vor ihnen lag die breite Mündung des Flamingo Creek, und wo das Süßwasser aufs Salzwasser traf, verfärbte die Strömung des schlammigen Flusses die See. In diesem Moment empfand Martha das erste Mal eine gewisse Angst, eine plötzliche Atemlosigkeit und das Pochen ihrer Halsschlagader. Das Schnellboot beschrieb einen flachen Bogen in den Kanal, und sie ballte die Fäuste, so dass sich ihre Fingernägel in die Handflächen bohrten.

Wenige Augenblicke später wies Harold auf die linke Uferseite. »Dort ist es, Missy«, erklärte er.

Martha blickte auf eine jämmerliche Ansammlung von schäbigen Baracken, die sich um einen brüchigen Holzsteg scharten, und erneut spürte sie, wie ihr die Tränen in den Augen stachen.
Ach, Daddy …

»Freunde von Ihnen, Mr. Moore?«, erkundigte sich Jouma, als er das Fountain-Boot erblickte, das jetzt langsamer wurde und in den Seitenarm einbog.
»Gerade wollte ich Sie dasselbe fragen.«
Traurig schüttelte der Inspector den Kopf. »Ich befürchte, keiner meiner Freunde besitzt so ein teures Schnellboot.«
»Meine Freunde auch nicht«, erwiderte Jake düster. Dabei kam ihm der Gedanke, dass der Preis für eine fünfzehn Jahre alte Schüssel wie die *Yellowfin* heute wahrscheinlich so hoch sein dürfte wie einer der beiden Turbos dieses Fountain-Bootes.
Langsam schaukelte das Boot auf den Steg zu, und Jake fing das Tau auf. Der Steuermann kam ihm vage bekannt vor, aber nur, weil er so aussah wie ein Steuermann. Er hatte dasselbe unerbittliche, wettergegerbte Aussehen wie einer von Suki Los Stammgästen.
Von seinem Passagier konnte man das allerdings nicht behaupten.
Die junge Frau hatte das honigblonde Haar unter eine Baseballkappe geschoben, versteckte ihre Augen hinter einer teuer aussehenden Sonnenbrille und verströmte die Coolness des Großstädters. Entsprechend war er überrascht, als sie seine ausgestreckte Hand ignorierte und geschmeidig und geschickt auf den Steg sprang.

»Guten Tag«, sagte sie, als sie federnd auf den Zehenballen gelandet war. Obwohl sie lächelte, konnte Jake keine Freundlichkeit entdecken. Es war der harte, kompromisslose Gesichtsausdruck eines Menschen, dessen erster Instinkt grundsätzlich Misstrauen ist. »Mein Name ist Martha Bentley. Das hier ist das Bootshaus meines Vaters.«

Jake war perplex. Dennis hatte eine Tochter?

»Darf ich fragen, was Sie hier tun?«, erkundigte sich das Mädchen.

Jouma räusperte sich und stellte sich vor.

»Man hat mir mitgeteilt, dass die Polizei die Ermittlungen bereits abgeschlossen hat«, kam es in scharfem Ton von Martha.

»Das dürfte die Polizei Malindi gewesen sein, Miss Bentley«, klärte Jouma sie auf. »Ich bin von der Kriminalpolizei Mombasa.«

»Und Sie?«

»Ich habe ihn nur hergefahren«, erklärte Jake und wies auf die *Yellowfin*.

»Ach, tatsächlich? Tja, sobald Sie mit dem Schnüffeln fertig sind, wäre ich sehr froh, wenn ich ein bisschen für mich sein dürfte.«

»Selbstverständlich«, nickte Jouma, der dankbar die Gelegenheit ergriff, sich dieser Inquisition zu entziehen. Er wandte sich an Jake. »Vielleicht sollten wir jetzt gleich zurückfahren, Mr. Moore. Ich würde gerne vor Einbruch der Dunkelheit wieder in Mombasa sein.«

Aber Jake hörte gar nicht hin. Seine Aufmerksamkeit war völlig in Anspruch genommen von einem zweiten

Schnellboot, einem rot lackierten Christ Craft, das gerade in den Creek eingebogen war und nun mit hohem Tempo auf den Nebenarm zuhielt.
»Erwarten Sie noch jemanden, Miss Bentley?«, wollte er wissen.
In dem Boot befanden sich zwei Schwarze in Lederjacken und Baseballkappen – aber erst als sie ganz nah herangekommen waren, entdeckte Jake, dass einer etwas in der Hand hatte, das ganz nach einer Uzi-Maschinenpistole aussah.
»*Runter, in Deckung!*«, schrie er, und einen Sekundenbruchteil später peitschte auch schon die erste Salve der Automatikwaffe übers Wasser.
Jake sprang mit ausgestreckten Armen über den Steg und riss Jouma und Martha mit einer einzigen Bewegung zu Boden, während die Kugeln über den Pier zischten und die Splitter des dürren Holzes in die Luft wirbelten. Der windschiefe Bau kam ins Schaukeln, als sie landeten, und einen Augenblick dachte Jake, dass er vielleicht sogar unter ihnen zusammenbrechen könnte.
»Jemand verletzt?«, rief er.
Der Steuermann von Marthas Boot fluchte stöhnend. Er lag auf dem Vordersitz des Fountain-Boots mit einer heftig blutenden Kopfwunde. Aber da er noch äußerst lebendig war, durfte man annehmen, dass ihn eher ein herumfliegendes Fragment des Landungsstegs getroffen hatte als eine Kugel. Martha und Jouma schienen unversehrt.
»Was geht hier vor?«, wollte Martha wissen und starrte mit fast kindlicher Faszination auf eine der Holzplanken

keine zwei Handbreit neben ihr, die von den Kugeln zertrümmert worden war.
Jake wusste, dass sie keine Zeit hatten, sich mit dem Warum und Wieso aufzuhalten. Er blickte auf und sah, wie das Chris-Craft-Boot in hundert Meter Entfernung eine flache Haarnadelkurve beschrieb. Der Steuermann war erkennbar kein Experte und das Boot war ein altes Modell, das ganz offensichtlich schon bessere Tage gesehen hatte – aber trotzdem kam er zu der Erkenntnis, dass sie nur wenige Sekunden hatten, bevor das Fahrzeug ein zweites Mal vorbeikam, um ihnen endgültig den Garaus zu machen.
»Schnell, laufen Sie rein«, rief Jake. »Sofort!«
Aber zwischen dem Steg und dem Gebäude lagen fünfzig Meter, fünfzig schreckliche Meter ohne weitere Deckung, nur ein paar Büsche und alte Ölfässer. Der Schütze im Chris-Craft-Boot war kein Scharfschütze, aber mit einer Uzi war das auch nicht nötig. Man musste einfach nur in die ungefähre Richtung zielen, und dann erledigten die sechshundert Kugeln pro Minute den Rest. Als Martha und Jouma losrannten, fluchte Jake, denn ihm war klar, dass sie sich nicht rechtzeitig aus der Schusslinie bringen konnten.
Er sprang in das Fountain-Boot des Marlin-Bay-Hotels, und nachdem er den blutüberströmten Steuermann von seinem Sitz gezerrt und auf den Boden gelegt hatte, ließ er den Motor an. Die Turbos erwachten sofort brüllend zum Leben, und nachdem er das das Tau über Bord geworfen hatte, manövrierte er das Boot um hundertachtzig Grad herum, so dass es aus dem Nebenarm Richtung Fluss fuhr.

Das Chris Craft schoss inzwischen wieder auf das Bootshaus zu. Der Schütze stand im Heck, hatte ein Bein gegen die Reling gestützt, seine Baseballkappe tief in die Stirn gezogen und fuchtelte mit der Uzi in seiner behandschuhten Hand. Jake drückte den Gashebel nach vorne und gab Vollgas, so dass das Wasser förmlich brodelte. Das Schnellboot schoss in den Kanal hinaus. Dann riss er das Steuer herum, visierte mit dem Bug das Chris Craft an und ließ die PS-starken Motoren alles geben, so dass sie lautstark aufheulten.

Der Mann am Steuer riss die Augen auf, während das Fountain in direktem Kollisionskurs auf ihn zuschoss. Kurz vor dem Zusammenstoß riss er das Steuer nach links, gerade als der Schütze hinter ihm mit der Uzi eine Salve auf Jakes Kopf loslassen wollte. Der Schütze plumpste hilflos hintüber, und Jake hörte, wie die Waffe ihr Magazin ausspie.

Dann war er wieder im offenen Wasser und steuerte sich im Zickzackkurs über das schäumende Kielwasser des Chris-Craft-Bootes. Als er sich auf seinem Sitz umdrehte, sah er, dass das andere Boot jetzt gänzlich außer Kontrolle war und mit vollem Tempo aufs andere Ufer zuraste. Der Steuermann, dem offenbar der halbe Schädel weggeschossen worden war, war über dem Steuer zusammengesackt, während der Schütze panisch versuchte, sich vom Boden aufzurappeln, wo er bei seinem Sturz zwischen der Achterbank und dem Sitz des Steuermanns eingeklemmt worden war. Sein Kopf kam kurz zum Vorschein, aber da pflügte das Boot auch schon durch eine Sandbank und überschlug sich mit einer

Leichtigkeit, als wäre es aus Balsaholz. Dann knallte es gegen eine Palme und explodierte in einem riesigen Feuerball.

»Jesus fucking Christ.« Harold hievte sich mit blutüberströmtem Gesicht auf die Achterbank und starrte auf das flammende Inferno am Ufer. »Was zum Teufel geht hier denn ab?«

»Keine Ahnung«, erwiderte Jake. Aber als er das Boot wendete und wieder auf Dennis Bentleys Bootshaus zuhielt, war er wild entschlossen, es herauszufinden.

28

Irgendetwas an den Krokodilen flößte Tug Viljoen immer ein überwältigendes Gefühl von Unzulänglichkeit ein. Vielleicht war es ihre hypnotische Ruhe, ihr Wissen um ihre Kräfte und die schreckliche Brutalität, zu der sie fähig waren – die aber nur zutage trat, wenn es nötig wurde. Solche Selbstbeherrschung bewunderte er und versuchte, von diesen Tieren zu lernen. Er wusste, dass ihm diese Eigenschaft fehlte und er sie nie erwerben konnte, sosehr er sich auch bemühte.

Trotzdem konnte er sich damit trösten, dass die Krokodile vielleicht schon fünfundsechzig Millionen Jahre existierten – aber im Moment gab es auf diesem gottverdammten Planeten ja wohl nur eine Spezies, die alle anderen dominierte.

Seit drei Tagen beobachtete Viljoen nun schon ein Exemplar von dreieinhalb Metern in der südlichen Lagune. Muskulös und arrogant sonnte es sich auf seinem Felsen, das Maul zu einem wissenden Dauergrinsen verzogen, und reizte Viljoen auf der anderen Seite des Zauns bis aufs Blut. Die anderen Krokodile in der Lagune benahmen sich, wie es sich gehörte: Sie verschafften den wenigen Besuchern von Croc World einen kleinen Nervenkitzel, indem sie miteinander rauften und mit ihren Schwänzen aufs Wasser droschen, wenn er ihnen rohe

Fleischstücke zuwarf. Nicht so jedoch dieses eine Tier. Dieses eine – ausnehmend mächtig, unerbittlich gefährlich – war ganz offensichtlich der Meinung, dass es über solcherlei Zirkusnummern erhaben war.

Weswegen es nun, im Hof hinter den Verwaltungsgebäuden, weit weg von den neugierigen Blicken etwaiger Besucher, an seinem Schwanz von einem Stahlgalgen hing.

Es war gar nicht so leicht gewesen, das Biest zu erwischen. Das Krokodil war zu groß und kräftig, als dass man es einfach mit einer Kette hätte einfangen können. Viljoen musste eine Schlingenfalle aufstellen, ein massives Metallgestell, das er am Rand der Lagune im Boden vergrub und mit einem frisch erlegten Riedbock als Köder bestückte. Es hatte ein Weilchen gedauert, aber schließlich konnte das Krokodil der Versuchung des saftigen Kadavers doch nicht widerstehen und stürzte sich darauf. Als der Mechanismus ausgelöst wurde, zog sich die Schlinge um Vorder- und Hinterbeine zusammen. Viljoen legte dem Vieh einen Maulkorb an, fesselte es mit Ketten und band es hinten an sein Quad-Bike, um es dann langsam über den Pfad zwischen den Lagunen zu schleifen. Er wollte das Tier demütigen und den anderen Krokodilen zeigen, wer hier der Boss war.

Natürlich war das Riesenviech jetzt nicht mehr so arrogant, stellte Viljoen befriedigt fest, als er mit der Rechten in einen steifen Lederhandschuh schlüpfte und einen metallenen Schlagring darüberzog. Über eine Stunde hatte sich das Tier vehement gegen die Fesseln gewehrt, sich gegen den Stahlpfosten geworfen und versucht, mit seinen langen Kiefern die Metallketten an seinem Schwanz zu fassen zu kriegen. Tatsächlich hatte es Riesenkräfte. Doch mittlerweile war es erschöpft und unbeweglich, seine Kiefer standen einen Spalt offen, und die lächerlich kurzen Beine waren seitlich weggesackt.

Viljoen näherte sich dem Krokodil, öffnete und schloss die Finger in dem steifen Handschuh und spürte, wie das Metall stramm auf seinen Fingerknöcheln saß. Der erste Faustschlag landete im ungeschützt entblößten Unterleib, und das Tier krümmte sich vor Schmerzen. Während die Kiefer blindlings nach Viljoen schnappten, schlug er immer und immer wieder zu, bis er in einen metronomartigen Rhythmus verfiel und kaum noch etwas anderes wahrnahm als das Geräusch seiner Fausthiebe auf dem ledrigen Unterleib des Krokodils.

Erst als das Tier tot war, hielt er inne und starrte fasziniert auf die Wunden, die er ihm eigenhändig zugefügt hatte, und das kalte Reptilienblut, mit dem sein nackter Oberkörper, seine Arme und sein Gesicht bespritzt waren.

Jetzt ging es ihm besser.

In den letzten zwei Tagen war Viljoens Laune schauderhaft gewesen. Das war zum Großteil dem unerwarteten Besuch einer arroganten Schlampe von der Zoll- und Steuerbehörde Mombasa zu verdanken, die im Rahmen einer Ermittlung gegen Wilderei detaillierte Unterlagen zu den Einkäufen seiner Tiere sehen wollte. Sie ärgerte ihn kolossal mit ihren Schikanen. Für wen hielt die sich eigentlich, dass sie einfach hier reinspazierte und ihm erzählte, was er zu tun hatte? *Was wusste die denn überhaupt?* Hatte *sie* etwa vierzehn Jahre in der südafrikanischen Armee gedient? Es war ein großer Unterschied, ob man mit einem Klemmbrett in der Hand rumscharwenzelte oder die dünne weiße Trennlinie zwischen Zivilisation und *Kaffern*-Anarchie in Johannesburg bewahrte.

Nein, heutzutage gab es einfach zu viele Schreibtischtäter wie sie, die sich mit ihrer Autorität aufspielten, dachte Viljoen wütend. Sie war kein bisschen besser als die Rotzlöffel, die in Südafrika in den düsteren Jahren nach Mandelas Freilassung, der Einführung der *Kaffern*-Herrschaft und der Bildung der lächerlichen Rainbow Nation die Macht übernommen hatten. Die hatten nämlich auch keinen Schimmer, wie die Welt in Wirklichkeit funktionierte, die lieferten doch nur Alibiaktionen ab und versuchten, eine gute Figur zu machen.

Aber die waren ja auch nicht fünf Jahre nach der großen Revolution in Gauteng, wo Tausende von brüllenden *Kaffern* Fenster einwarfen, Autos abfackelten, Geschäfte plünderten und mit Ziegelsteinen auf jedes weiße Gesicht zielten.

Er *war* jedoch dort gewesen, Sergeant First Class P. T. Viljoen und der Rest der dünnen weißen Linie. Sechsundneunzig von seinen Männern landeten an diesem Tag im Krankenhaus, einer musste künstlich beatmet werden. CCTV filmte Viljoen dabei, wie er einen schwarzen Plünderer vor einem brennenden Elektrogeschäft mit dem Gewehrkolben niederschlug.

Wer hatte da wohl den Zorn der Rainbow Nation zu spüren bekommen?

»Tut uns leid, Viljoen«, hatten die Rotzlöffel zu ihm ge-

sagt, »aber sie haben es gefilmt, das könnte furchtbar unangenehm werden.«
Und das war's: vierzehn Jahre treuer Militärdienst für nichts und wieder nichts, einfach so.
Natürlich hatte man ihm den Abschied ein wenig versüßt. Irgendjemand kannte den Freund eines Freundes, und der wiederum besaß einen heruntergekommenen Krokodilpark, mit dem man nach einer gewissen militärischen Umorganisation ganz nett Geld machen könnte. Ach ja, und dieser Park lag in Kenia – ob ihn das wohl interessierte?
Hatte er denn eine andere Wahl? Die einzige Job-Alternative für weiße südafrikanische Soldaten bestand darin, sich als Bodyguards für *Kaffern* in Anzügen zu verdingen, und das war Viljoen dann doch ein bisschen zu viel. Ja ja, er war durchaus interessiert. Er würde nach Kenia gehen, den Krokodilpark betreiben, und sie konnten ihn allesamt am Arsch lecken.
Nachdem die Schlampe vom Zoll verschwunden war, machte Viljoen seinen fünf Mitarbeitern den restlichen Tag zur Hölle. Danach ging er in ein Bordell in der Mbaraki Road in Malindi, wo er eine Flasche Pusser's Navy Rum konsumierte, während sich eine dünne Mulattin mit Kaiserschnittnarbe abmühte, ihm zu einer Erektion zu verhelfen. Er fühlte sich nicht mal besser, nachdem er sie geschlagen hatte. Dann lag er die ganze Nacht wach in seinem Wohnwagen und haderte mit den Ungerechtigkeiten in seinem Leben.
Ab da war seine Stimmung völlig in den Keller gefallen, noch verschlimmert durch ein dumpfes Pochen in seinem

Hinterkopf, das einfach nicht vergehen wollte. Es machte die Sache auch nicht besser, dass ein Dutzend Krokodile plötzlich Anzeichen einer Hautkrankheit zeigte und zwei Mitarbeiter seinen Ausflug nach Malindi genutzt hatten, um wegzulaufen. Viljoen hatte so viel Tylenol eingeworfen und zahllose Tassen Kaffee mit Schuss hinterhergeschüttet, dass er mit den Nerven völlig am Ende war und gegenüber den verbliebenen Arbeitern bei zwei Anlässen fast die Beherrschung verlor. Einen von ihnen – einen hasenäugigen Teenager, der für den Anstrich der Hütten verantwortlich war – packte er an der Kehle und drückte ihn gegen eine Wand. Nur das erschrockene Flehen der anderen beiden hatte ihn davon abgehalten, dem Jungen den Kopf wegzublasen.

Der morgendliche Besuch von Harry Philliskirk war immerhin eine angenehme Abwechslung gewesen, und er fand, dass er bei seinem dringenden Projekt einen echten Fortschritt gemacht hatte. Aber auch das nette Geplänkel und der Joint hatten ihn nicht davon abgehalten, das arrogante Krokodil zu töten, nachdem Harry gegangen war.

Als er mit dem Biest fertig war, stellte er befriedigt fest, dass sein Kopfschmerz endlich nachließ.

Ja. Jetzt ging es ihm definitiv besser.

Aber diese gute Laune sollte nicht lange vorhalten.

Als Viljoen zu seinem Wohnwagen zurückging, um seine blutverschmierten Kleider auszuziehen, begann das Handy in seiner Gürteltasche zu klingeln. Er meldete sich mit übellaunigem Grunzen.

»Ich vermute, Sie haben schon gehört, was Ihre dressierten Affen angerichtet haben!« Die Stimme des Anrufers klang hysterisch schrill.

»Wovon zum Teufel reden Sie, Captain?«

»Dass sie losgezogen sind und mal eben auf einen Scheißpolizisten aus Mombasa geballert haben!«

Viljoen blieb stehen und zog eine irritierte Grimasse. »Ich frage Sie noch einmal: Wovon zum Teufel reden Sie?«

»Ein Inspector. Jouma heißt er. Hat heute Morgen auf Dennis Bentleys Grundstück rumgeschnüffelt. Zwei von Ihren Affen sind mit dem Schnellboot aufgetaucht und haben mit ihren Maschinenpistolen das Feuer eröffnet. Ich hab es gerade von den Bullen in Malindi erfahren.«

»Ist er tot?«

»Nein.«

»Zu dumm.«

»Dafür sind Ihre Männer tot. Sie haben ihr Boot pfeilgerade gegen einen Baum gesetzt. Völlig verbrannt.«

»Okay, und wo ist jetzt das Problem?«

Man hörte ein deutliches Keuchen, als der Anrufer Luft holte. »Wo das *Problem* ist? Verdammte Scheiße, Viljoen – abgesehen von der Tatsache, dass sich ein Inspector fragt, warum ihn jemand töten will, war auch noch Bentleys *Tochter* vor Ort!«

»Na und?«

»Was, wenn Ihre Männer sie getötet hätten? Sie ist amerikanische Staatsbürgerin, verdammt noch mal! Wir reden hier von einem Vorfall, der internationale Auswirkungen haben könnte! Das Letzte, was wir brauchen können, ist, dass FBI und CIA auch noch hier anrücken und rumschnüffeln.«

»*Meine* Männer?«, blaffte Viljoen. »Entschuldigen Sie meine Unwissenheit, Captain – aber warum nennen Sie sie eigentlich die ganze Zeit *meine* Männer?«
»Sie haben für Kili gearbeitet. Und Kili arbeitet für Sie, oder?«
Viljoen schwieg einen Moment. »Davon weiß ich nichts.«
»Tja, dann würde ich Ihnen raten, dass Sie es rausfinden, und zwar ein bisschen flott.«
»Soll das eine Drohung sein, Captain?«, fragte Viljoen zornbebend.
Schallendes Gelächter war die Antwort. »Das ist in diesem Fall völlig egal. Sobald die Dinge hier irgendwie schiefgehen, sind wir nämlich alle tot. Wir *alle*, Viljoen. Sie eingeschlossen.«
»Sie machen sich zu viele Sorgen.«
»Ach ja? Tja, nur zu Ihrer Information: Unser Freund Whitestone hat sich bei mir gemeldet. Er möchte, dass wir noch eine Lieferung organisieren.«
Damit hatte Viljoen nicht gerechnet. »Aber die nächste ist doch erst nächsten Monat fällig.«
»Ja – aber diese soll in zwei Tagen über die Bühne gehen.«
»Scheißdreck.«
»Sie sagen es. Wie kommen Sie mit dem Ersatz für Bentley voran?«
»Ist in Arbeit, Captain.«
»Wird er rechtzeitig bereitstehen?«
»Da ist noch ein bisschen Arbeit erforderlich – aber ich sorg schon dafür, dass alles klappt.«
»Das will ich Ihnen auch geraten haben.«

Viljoen dachte an das Krokodil, wie es an seinem Haken gehangen hatte und welche Befriedigung es ihm verschafft hatte, das Vieh totzuprügeln. Es gab genügend Menschen, denen er mit Vergnügen dieselbe Behandlung angedeihen lassen würde – und der Mann am anderen Ende der Leitung gehörte dazu.

Der Anrufer wollte gerade noch etwas sagen, aber Viljoen legte einfach auf. Dabei bemerkte er einen dünnen Streifen aus Reptilienblut unter seinem zersplitterten Daumennagel. Geistesabwesend saugte er daran, während er eine andere Nummer eintippte.

»*Salaam*, Abdul«, sagte er, als der andere abnahm. »Entschuldige die Störung, aber du musst mir einen kleinen Gefallen tun.«

29

Flamingo Creek lag gut sechzig Kilometer südlich von Malindi. Doch wenn man Chief Inspector Oliver Mugo fragte, war für den Fall Dennis Bentley und alles, was damit zusammenhing, ausschließlich er verantwortlich. Er würde gewiss nicht zulassen, dass so eine Nebensächlichkeit wie der offizielle Zuständigkeitsbereich ihm einen Strich durch die Rechnung machte.

Zwei Stunden lang sahen Jake und Jouma zu, wie Mugo und ein Dutzend Polizisten aus Malindi vor den verkohlten Überbleibseln des verbrannten Chris-Craft-Schnellboots standen und »aah« und »ooh« machten. Dabei trampelten sie auf den Spuren herum, stießen die Leichen mit Stöcken an und ließen die grundlegendsten Regeln für die Spurensicherung am Tatort außer Acht. Am Nordufer drängelten sich die Schaulustigen und rangelten um den besten Blick auf das zerstörte Boot. Erst waren es nur ein paar neugierige Einheimische, aber manche hatten sich schon seit Tagen nicht mehr gesehen und nutzten die Gelegenheit, um einander die neuesten Neuigkeiten zu erzählen. Mittlerweile waren es über vierzig. Man unternahm ein paar halbherzige Versuche, die Menge zu verscheuchen, aber Mugo und seine Gefolgsleute schienen hauptsächlich daran interessiert, neben den Leichen fotografiert zu werden und Jouma zu zeigen, dass *sie* mit diesem Fall befasst waren, auch wenn der Inspector aus Mombasa Zeuge der Schießerei gewesen war. Irgendwann nahm ein Polizist niederen Ranges eine oberflächliche Aussage auf und erklärte den beiden Männern dann, dass sie gehen könnten. Das ließen sie sich nicht zweimal sagen.

Jetzt standen sie wieder auf der Brücke der *Yellowfin* und fuhren flussaufwärts zu Jakes Bootshaus und Joumas Auto.

»Mugo scheint zu glauben, dass es sich um einen versuchten Raubüberfall handelt«, bemerkte der Inspector ohne eine Spur von Ironie in der Stimme. »Offensichtlich hat es in den letzten Monaten mehrere ähnliche Angriffe in dieser Gegend gegeben. Örtliche Banden, die es auf Touristen abgesehen haben.«

»Mit Uzis und Schnellbooten? Das ist doch Affenscheiße«, erwiderte Jake. Er drehte sich um, um einen letzten Blick auf den dicklichen Polizisten aus Malindi zu werfen, der übereifrig über den Tatort stapfte. »Ich weiß nicht, warum die zwei Freundchen uns umlegen wollten, aber bestimmt nicht wegen unserer Juwelen. Wollen Sie wissen, was ich denke, Inspector? Wir sollten *sie* fragen, was sie meint. Die sind ja ziemlich prompt nach ihrer Ankunft aufgetaucht.«

Er deutete nach hinten, wo Martha Bentley mit einer Decke über den Schultern auf dem Kampfstuhl saß. Sie starrte flussabwärts zum Bootshaus ihres Vaters, wo vor wenigen Minuten ein Notarzthubschrauber Harold, den Steuermann des Marlin Bay, abtransportiert hatte.

»Ich weiß nicht, wie's Ihnen geht, aber ich glaube nicht

an Zufälle«, fuhr Jake fort, doch er sprach so leise, dass seine Stimme im Motorengeräusch der *Yellowfin* unterging.
Jouma schwieg. Er dachte über die beiden Männer in dem Boot nach. Männer, die jetzt nur noch verkohlte Leichen waren. Nicht mehr als Menschen wiederzuerkennen. Doch in jenem Sekundenbruchteil, in dem die Zeit manchmal stehen zu bleiben scheint, hatte er sie erkannt. Für jeden, der die Unterwelt von Mombasa so gut kannte wie Jouma, waren sie zweifelsfrei zu identifizieren.
Er blickte zu Jake. »Der Fahrer des Boots war Stanley Sandara«, erklärte er. »Der Mann mit der Waffe hieß Joshua Punda. Die wollten *mich* töten, Mr. Moore. Nicht Miss Bentley.«

Martha verfolgte, wie das baufällige Bootshaus ihres Vaters hinter einer Biegung des Flusses verschwand. Dann sah man nur noch die schwarze Rauchschwade, die über den Bäumen am anderen Ufer in der Luft hing.
Wieder kämpfte sie mit den Tränen und spürte, dass sie sie nicht zurückhalten konnte. *Die Zickenkönigin von Manhattan ist wohl langsam Geschichte*, dachte sie und musste unter Tränen lächeln.
»Das Leben ist ein großer, ungemütlicher Ozean«, hatte ihr Vater ihr einmal erklärt. »Aber du bist eine Bentley. Und Bentleys lassen sich von der Strömung nicht unterkriegen.«
Bentleys lassen sich von der Strömung nicht unterkriegen. Diese Maxime hatte sie in sich bewahrt wie ein kostbares Erbe. Doch jetzt hatte sie sehen müssen, wie

es vor ihren Augen befleckt wurde, im rostenden Metall und dem angenagten Beton der Gebäude, den verzogenen Holzbohlen des Docks und den verblichenen Kalkbuchstaben seines Namens auf dem Dach.

Warum hatte er ihr nichts gesagt? Warum musste sie es jetzt herausfinden, nach seinem Tod? Jetzt, wo sie nichts mehr tun konnte, um ihm zu helfen?

Das schnitt Martha mehr ins Herz als alles andere. Sie hatten nie Geheimnisse voreinander gehabt. Vom ersten Mal an, als sie zusammen aufs Meer hinausgefahren waren – und ihr Vater sie auf seinen Schoß hob, so dass sie das Boot steuern konnte, das er nach ihr benannt hatte –, hatte zwischen ihnen ein völlig einmaliges Band bestanden.

Sie dachte an ihr letztes Telefongespräch zurück, bei dem er sie wie immer zum Lachen gebracht hatte mit seinen Kommentaren über ihre Wall-Street-Freunde und ihren überzogenen Lebensstil – nur um ihr zum Schluss zu sagen, dass er stolz auf sie sei und sie mehr liebte als alles andere auf der Welt.

»Ich liebe dich auch, Daddy«, hatte sie gesagt, aber dann musste sie aufhören, denn auf der anderen Seite der Insel wartete ein Kunde auf sie.

Und auf der anderen Seite der Erde saß ihr Vater an einem gottverdammten Fluss und versuchte verzweifelt, dem Schicksal die Stirn zu bieten.

»Sandara und Punda sind als Killer angeheuert worden«, berichtete Jouma. »Sie haben für einen Verbrecher in Mombasa namens Michael Kili gearbeitet.«

»Ich seh die Verbindung nicht ganz.«
»George Malewe hat auch für Michael Kili gearbeitet. Als Malewe vermisst gemeldet wurde, habe ich Kili einen Besuch abgestattet. Er hat abgestritten, den Mann zu kennen.«
Jake stieß einen leisen Pfiff aus. »Und anschließend hetzt Kili seine Killer auf Sie. Scheint so, als hätten Sie da den Finger auf die Wunde gelegt, Inspector.«
»Sieht mir auch so aus.«
»Und wenn Sie recht haben und Malewe sich auf der *Martha B* befand, dann gibt es eine Verbindung zwischen Dennis Bentley und einem Gangster aus Mombasa.«
»Eine Verbindung, die das Geld auf Mr. Bentleys Konto erklären könnte«, fuhr Jouma ernst fort. »Kilis bevorzugte Branchen sind Prostitution, Schutzgelderpressung, Waffenschmuggel, illegale Alkoholgeschäfte, Drogenhandel … und so weiter, alles, was Ihnen einfällt, Mr. Moore. Er hat sich sein eigenes Imperium aufgebaut und ein Vermögen gemacht. Aber er braucht immer verlässliche Mitarbeiter, und wenn es nur Auftragsarbeiter sind.«
Das Ganze passte zusammen, dachte Jake. Jeder Schutzgelderpresser war darauf angewiesen, dass seine Leute ihren Job gut machten, und kaum einer kannte die kenianische Küste so gut wie Dennis Bentley. Ein Mann mit Dennis' Fähigkeiten konnte lässig fünfundzwanzigtausend für seine Dienste verlangen, und es klang auch ganz so, als könnte sich Michael Kili diesen Preis leisten.
Wieder warf er einen Blick auf Martha Bentley und fragte sich, wie sie wohl in diese ganze Geschichte ver-

wickelt war. War sie eine trauernde Tochter, die gekommen war, um ihrem Vater die letzte Ehre zu erweisen? Oder eine Verbündete, die dafür sorgte, dass die Dinge korrekt zu Ende gebracht wurden?
Langsam wuchs sich diese Sache zu einem gottverdammten Puzzle aus.

30

Genau in dem Moment, als ihn ein Fausthieb auf den Kiefer traf und von seinem Stuhl schleuderte, träumte Harry davon, die British Open in Carnoustie mit einem letzten genialen Putt zu gewinnen. Das ärgerte ihn viel mehr als die Prügel, die er nach dem unsanften Erwachen bezog. In den letzten zehn Jahren waren Harrys Träume um Juliet und die Jungs gekreist, das große Haus, das sie gemeinsam in England bewohnt hatten, und sein sechsstelliges Gehalt, das fast ein siebenstelliges wurde, wenn man die Bonuszahlungen und die jährlichen Dividenden dazuzählte. Diese Träume begannen als strahlende Schnappschüsse einer glücklichen Familie – bevor sie unerbittlich in den immergleichen Alptraum übergingen. Jene dunkle Nacht, in der Juliet die Jungs von ihrem Schultheaterauftritt abholte, weil Harry Überstunden machen musste, und frontal mit einem kleinen Wichser zusammenstieß, der sich mit Hasch zugenebelt und Papis teuren Sportwagen auf die falsche Straßenseite gelenkt hatte.

Eine Zehntelsekunde. Drei Leben ausgelöscht. Vier, wenn man Harrys mitzählte.

Sein Niedergang verlief rasch und spektakulär. Es dauerte nicht einmal ein Jahr, bis sein Job weg und das Haus verkauft waren, und eine Welle aus Alkohol und Schuldgefühlen schwemmte ihn zu dem einzigen Ort auf Erden, an den er nur gute Erinnerungen hatte: Kenia. Hier hatte er als Junge mit seinen Diplomateneltern gewohnt.

Es hatte Jahre gedauert, aber neuerdings hatte Harry angefangen, auch mal von anderen Dingen zu träumen. Doch der Araber war nicht für seine rücksichtsvolle Art bekannt. Vor allem nicht, wenn es um unbezahlte Schulden ging.

»Hallihallo, Mr. Philliskirk, aufwachen!«, säuselte er, während einer seiner Schläger Harrys Nieren mit seinen stahlkappenbewehrten Springerstiefeln traktierte.

»Sind Sie das, Abdul?«, stöhnte Harry auf dem Betonboden des Büros. »Sie hätten doch nur klopfen müssen.«

»Das habe ich auch – aber Sie haben fest geschlafen. Und dazu geschnarcht wie ein Schwein. Sie sollten mittags nicht so viel trinken, das schmälert Ihre Produktivität. Ach, das hab ich ganz vergessen zu erwähnen – wenn Sie in Ihrer Branche erfolgreich sein wollen, brauchen Sie Diesel.«

Der Araber begann ein Wiegenlied zu summen, als der Stiefel auf Harrys Mund landete und seine Unterlippe auf den Schneidezähnen explodierte. Er hörte den Araber etwas sagen, und das Nächste, woran er sich erinnerte, war, dass er vom Boden gezerrt und auf seinen Stuhl geworfen wurde. Auf seiner Netzhaut explodierten Supernovä, und als die Lichtgarben erloschen, stellte er fest, dass seine Arme auf seinem Rücken gefesselt waren und das schweißglänzende Gesicht des Arabers nur einen Fingerbreit von seinem entfernt war.

»Haben Sie das Geld aufgetrieben, das Sie mir schulden, Mr. Philliskirk?«
»Machen Sie sich nicht lächerlich«, erwiderte Harry mit aller Empörung, die er in seiner Situation aufbringen konnte. »Sie hatten gesagt, dass ich fünf Tage Zeit habe, bei einem Zinssatz von zwölf Prozent.«
»Ja. Aber als ich an die Ausreden dachte, die ich mir nach fünf Tagen anhören muss, wenn Sie mich wieder nicht bezahlen können, war ich es auf einmal so leid. Deswegen frage ich Sie jetzt noch einmal: *Haben Sie die siebzehntausend Dollar, die Sie mir schulden?*«
»Nein.«
Der Araber nickte und richtete sich wieder auf. »Dachte ich's mir doch«, sagte er.
Harry machte sich auf die nächsten Faustschläge gefasst, wenn nicht sogar die kalte Liebkosung einer Revolvermündung auf seiner Stirn. Doch als er vorsichtig die Augen öffnete, sah er nur, wie der Araber eine seiner überdimensionalen Hinterbacken auf den Schreibtisch schob.
»Ich erzähle Ihnen jetzt mal eine Geschichte aus der Zeit, als sich noch ein junger Mann im Jemen war«, begann er.
Harry stöhnte. »Es wäre mir lieber, wenn Sie mich gleich umbrächten, Abdul.«
Die fleischige Faust des Schlägers zischte durch die Luft und landete auf Harrys Solarplexus.
»Ich erzähle Ihnen jetzt eine Geschichte aus der Zeit, als ich noch ein junger Mann im Jemen war«, wiederholte der Araber, während Harry kehlige Würgelaute von sich

gab. »Darin kommt auch ein Cousin von mir vor, Karim. Er besaß eine ganze Reihe von Ständen auf dem Markt von Sanaa, an denen Gemüse und Gewürze verkauft wurden. Das Geschäft lief gut, und er konnte seine Familie bequem davon ernähren. Wir alle waren sehr zufrieden mit ihm.«

»Bitte, Abdul … hören Sie auf.«

»Eines Tages kam Karim zu mir und fragte, ob er sich mein Auto ausleihen dürfte, um Freunde im Nachbarort zu besuchen. ›Natürlich‹ sagte ich. ›Auch wenn mein Auto ein deutscher BMW ist, du bist mein Cousin, Karim, und was mir gehört, gehört auch dir.‹ Leider wurde Karim in einen Unfall verwickelt – er blieb zwar unverletzt, aber das Auto hatte einen Totalschaden. Es tat ihm furchtbar leid, und er versprach, mir monatlich hundert Rial zurückzuzahlen, bis er seine Schuld beglichen hatte. Aber ich sagte zu ihm: ›Karim, selbst wenn du mir monatlich tausend Rial zahlen würdest, würde es Jahre dauern, bis du deine Schuld beglichen hast.‹ Wissen Sie, was ich dann getan habe, Mr. Philliskirk?«

»Ich bin sicher, Sie werden's mir gleich erzählen.«

»Ich habe sein Geschäft an seinen Rivalen verkauft. Obwohl er mein Cousin war, habe ich Karim das angetan, um ihm eine wertvolle Lektion zu erteilen, nämlich wie wichtig es ist, Schulden bis auf den letzten Cent zu begleichen.«

»Ich hoffe, Sie haben ihn auch ordentlich zusammengeschlagen, Abdul«, warf Harry ein. »Nur um Ihren Standpunkt ganz deutlich zu machen.«

Der Araber lächelte. »Karim war ein Verwandter von mir.

Sie, Mr. Philliskirk, sind es nicht. Da liegt der Unterschied.« Er nickte kurz, und der Mann hinter Harry ließ erneut Fausthiebe auf ihn niederprasseln. Als er fertig war, war Harrys Nase gebrochen und sein linkes Auge fast vollkommen zugeschwollen.

»So«, fuhr der Araber fort, »und nun zum Geschäft. Sie schulden mir siebzehntausend Dollar, nicht wahr? Ihr Boot muss weit mehr wert sein als siebzehntausend Dollar. Vielleicht fünfzig, obwohl es schon ziemlich heruntergekommen ist. Aber ich lasse ja mit mir reden. Ich werde Ihr Boot nehmen und Ihnen zehn Prozent vom Verkaufserlös geben – abzüglich der Zinsen, die sich bereits angesammelt haben. Einverstanden?«

»Verpissen Sie sich«, erwiderte Harry.

Der Araber machte eine abwehrende Handbewegung. »Ich dachte schon, dass Sie so etwas sagen würden. Aber es ist schon alles arrangiert. Ich habe in Malindi einen Käufer gefunden.«

»Ihr Käufer kann sich auch verpissen. Die *Yellowfin* steht nicht zum Verkauf.«

Abdul rollte mit den Augen, wie ein Lehrer, der einen besonders begriffsstutzigen Schüler vor sich hat. »Es ist aber schon alles *arrangiert*, Mr. Philliskirk. Ich habe das Geschäft per Handschlag besiegelt, und ich bin ein Mann, der zu seinem Wort steht. Also – ich nehme an, Ihr Partner Mr. Moore ist gerade mit dem Boot unterwegs. Wann erwarten Sie ihn zurück?«

»Ich werde Ihnen das Geld beschaffen.«

Der Araber schnalzte missbilligend mit der Zunge. »Das erzählen Sie mir doch ständig …«

»Ich sagte, ich werde es Ihnen beschaffen.«
»Wann?«
»Geben Sie mir eine Woche.«
»Und dann? ›Geben Sie mir noch eine Woche!‹ Ich bin Geschäftsmann, Mr. Philliskirk. Kein Vollidiot. Und meine Geduld ist am Ende.«
»Ich werde Ihnen das verdammte Geld beschaffen. Alles. Hören Sie – im Bodensafe liegen zweitausend, und da drüben liegen die Schlüssel von meinem Landrover. Betrachten Sie das als Anzahlung.«
Der Araber funkelte ihn unter seinen buschigen Augenbrauen an. »Das ist Ihre letzte Chance, Mr. Philliskirk. Wenn Sie diese Abmachung nicht einhalten, werde ich Sie töten lassen, glauben Sie mir.«

31

Als die *Yellowfin* anlegte, wurde es langsam dunkel, nicht jedoch am Nordufer des Flamingo Creek, wo die Lichter des neuen Hafenkomplexes immer noch taghell strahlten. Die drei Passagiere sprachen nur das Nötigste, als sie aus dem Boot in das Dingi kletterten. Jeder hing seinen Gedanken über die Ereignisse der letzten Stunden nach. Auf dem Landungssteg brannte kein Licht, und Jake verfluchte Harry, während er das Beiboot Richtung Steg steuerte. Er fluchte noch mehr, als er sah, dass das Bootshaus genauso dunkel war und die Tür zum Gebäude der Britannia Fishing Trips weit offen stand. Allzu viele Wertgegenstände befanden sich zwar nicht darin, aber sie brauchten alles, was sie hatten. Offensichtlich hatte sein Partner vergessen abzuschließen, bevor er aufbrach, um mit seinen Landsleuten im Elephant Club sein flüssiges Abendessen einzunehmen. Ein Glück, dass Jake zurück war, denn diese Feiern zogen sich gerne bis weit in den nächsten Morgen.

»Warten Sie hier«, bat er und ließ Jouma und Martha auf dem Landungssteg zurück, während er auf das Gebäude zuging.

Er tastete eine Weile im Dunkeln herum, bis seine Hand den Lichtschalter streifte und die grellen Leuchtröhren flackernd ansprangen. Ein schneller Blick verriet ihm, dass wohl nichts gestohlen worden war, aber er bemerkte, dass die Bürotür offen stand. Eine gründlichere Untersuchung des Gebäudes musste jedoch noch einen Moment warten.

Er kehrte zurück nach draußen, wo der Steg jetzt von mehreren nackten Glühbirnen erleuchtet wurde. Jouma und das Mädchen gingen gerade auf das Auto des Polizisten zu.

»Das Marlin Bay ist nicht weit von hier«, meinte Jouma. »Ich kann Miss Bentley auf dem Rückweg nach Mombasa absetzen.«

»Sicher?«

»Kein Problem«, versicherte Martha. Sie sah aus, als wäre sie zum Umfallen müde.

»Okay.« Es entstand eine unangenehme Schweigepause, dann sagte Jake: »Wissen Sie – ich weiß nicht, ob Ihnen das viel hilft, aber es tut mir wirklich sehr leid, was mit Ihrem Vater passiert ist.«

Sie nickte. »Danke, Mr. Moore. Und danke für alles, was Sie heute getan haben. Das war sehr mutig von Ihnen.« Sie kletterte auf den Beifahrersitz des Panda.

»Und jetzt?«, wollte Jake von Jouma wissen.

Der Polizist zuckte mit den Schultern. »Ich glaube, ich sollte Michael Kili wohl noch einen Besuch abstatten.«

»Soll ich mitkommen?«

»Nein. Ich denke, das regle ich am besten selbst.«

»Dann seien Sie bitte vorsichtig, Inspector.«

Jake meinte es ernst. In der kurzen Zeit, die er Jouma jetzt kannte, war ihm der kleine Inspector aus Mombasa sympathisch geworden.

»Das werde ich tun, Mr. Moore«, versprach Jouma und streckte ihm die Hand hin. »Und vielen Dank auch.«
»Ich glaube, nach diesem Tag können Sie mich gerne Jake nennen.«
Jouma lächelte. »Danke – Jake.« Dann packte er den Engländer am Arm und sah ihn eindringlich an. »Wir haben bis jetzt zwar nur Puzzleteile, aber sie werden sich zu einem Gesamtbild zusammensetzen.«

Als die Rücklichter des Panda in der Dunkelheit verschwunden waren, ging Jake zurück ins Gebäude. Auf einen Schlag überkam ihn die Erschöpfung, und er wollte nur noch duschen und etwas essen. Er hatte gehofft, dass Harry auf ihn warten und ihn zu Suki Los Bar mitnehmen würde, aber jetzt war er weg und der Landrover auch. Das bedeutete einen gefährlichen Fußweg in der Dunkelheit und, was noch schlimmer war, einen noch gefährlicheren Fußweg zurück.
Verdammte Hacke, Harry!
Da hörte er plötzlich ein Geräusch aus dem Büro, und in der nächsten Sekunde schloss sich seine Hand um einen dreißig Zentimeter langen Universalschraubenschlüssel, der auf der Werkbank neben ihm gelegen hatte. Langsam bewegte er sich vorwärts, bis er den Türrahmen erreicht hatte, neben dem er sich flach an die Betonwand drückte. Dann warf er sich mit voller Wucht mit der Schulter voran gegen die Tür und drückte den Lichtschalter.
Er war nicht sicher, was er erwartet hatte, aber ganz sicher nicht Harry, der als blutiges Häufchen Elend neben dem Schreibtisch auf dem Boden lag.

Harrys Augenlider flatterten, und er sah Jake durch die violett geschwollenen Schlitze an.
»Jake«, sagte er. »Da bist du ja wieder.« Aus seinem zerschlagenen Mund tropfte ein dicker Klumpen scharlachroter Schleim auf den Boden.

32

Im Speisezimmer des Kenyatta-Yachtclubs hatte Conrad Getty sich einen Lunch aus Möweneiersuppe, Kalbsterrine mit Roquefort, angebrannter Ente mit Tamarinden-Chutney und einer Timbale aus vertrocknetem Gemüse mit Guavenrinden-Götterspeise gegönnt, das Ganze heruntergespült mit zwei Flaschen Veuve Cliquot. Jetzt war er wieder im Hotel, und die Uhr an seiner Bürowand zeigte kurz nach sieben. Der Besitzer des Marlin Bay kauerte auf allen vieren über dem Papierkorb und erbrach die Überreste seines Abendessens in den leeren Papierkorb unter seinem Schreibtisch.

Stöhnend wischte er sich mit dem Handrücken den Mund ab und stützte sich dann an der Tischecke ab, um sich wieder auf die Füße zu hieven. Dann warf er einen Blick in den runden Spiegel an der Wand, um zu überprüfen, ob Spritzer von Erbrochenem auf seinem Hemd, Schlips oder Jackett gelandet waren.

Lieber Gott, dachte er. Dieses Scheißgeschwür würde ihn noch mal umbringen. Vorausgesetzt, dass er nicht schon eher ums Leben kam. Und das lag mittlerweile durchaus im Bereich des Möglichen.

In diesem Moment klopfte es eindringlich an der Tür, und Loftus, der Concierge, trat ein, auf seinem Gesicht den üblichen Ausdruck bodenlosen Grauens.

»Was willst du?«, fragte Getty, starrte sein Spiegelbild an und versuchte, so gut wie möglich Haltung zu bewahren.

»Die Dame – Miss Bentley …«

Getty wirbelte herum und sah ihn an. *»Ja?«*

»Sie ist wieder da, Sir.«

Der Hotelbesitzer spürte, wie eine Welle der Erleichterung seinen Körper durchlief, fast so heftig wie gerade eben noch seine Übelkeit.

»Sie ist von einem Polizisten aus Mombasa gebracht worden«, fuhr Loftus fort, und Getty krümmte sich vor Schmerz. »Geht es Ihnen gut, Sir?«

»Aus dem Weg«, schnauzte der Hotelbesitzer ihn an und stieß Loftus beiseite, um die Treppe in den Innenhof hinunterzulaufen. Der Concierge folgte ihm wie ein begossener Pudel.

Gott sei Dank!, dachte Getty und sprühte sich eine üppige Portion Pfefferminz in den Mund. Er hatte erwartet, eine völlig derangierte, blutverschmierte und grenzhysterische Martha Bentley vorzufinden – stattdessen stand sie an der Rezeption, wirkte zwar müde, wartete aber seelenruhig auf ihren Zimmerschlüssel. Neben ihr stand ein kleiner schwarzer Mann in einem schlecht sitzenden Anzug, der in den Innenhof starrte wie ein kleines Kind in einen Bonbonladen.

»Miss Bentley!«, rief Getty und begann fast zu rennen. »Die Polizei hat mich angerufen. Man hat mir erzählt, was passiert ist!«

Martha blickte auf. »Guten Abend, Mr. Getty. Das ist Inspector Jouma von der Polizei Mombasa. Er hat mich nach Hause gefahren.«

Getty schüttelte Jouma die Hand. »Gott sei Dank ist Ihnen nichts passiert.«
»Ja, wir sind so weit unversehrt«, erwiderte Martha. »Wie geht es Harold? Seine Kopfverletzung sah übel aus.«
»Er wird es überleben«, antwortete Getty, doch dann fiel ihm auf, wie gleichgültig sich das anhören musste, und er fügte hastig hinzu: »Er erhält natürlich die bestmögliche Behandlung. Aber ich kann immer noch nicht glauben, was Ihnen da passiert ist! Dass Sie Opfer eines versuchten Raubüberfalls geworden sind!«
»Leider werden solche Dinge immer häufiger«, sagte der Polizist. »Sobald die Gesetzlosigkeit einmal Fuß gefasst hat, springen plötzlich alle auf diesen Zug auf.«
Getty schnaubte. »Tja, aber zumindest diese beiden haben ihre Quittung bekommen! Als ich erfuhr, was passiert ist, habe ich natürlich sofort eines von unseren Booten nach Flamingo Creek geschickt, um Sie abzuholen, Miss Bentley. Ich dachte … aber egal, das Wichtigste ist, dass Sie wohlbehalten zurück sind. Vielleicht möchten Sie heute mit mir zu Abend essen? Das ist das mindeste, was ich für Sie tun kann.«
»Das ist sehr freundlich von Ihnen, Mr. Getty«, erwiderte Martha. Sie nahm ihren Schlüssel von dem Mädchen hinter dem Empfangstresen entgegen. »Aber ich bin ehrlich gesagt ganz schön fertig. Wenn es Ihnen nichts ausmacht, würde ich lieber gleich auf mein Zimmer gehen.«
Sie bedankte sich bei Jouma, und Getty sah hilflos zu, wie sie auf die Türen zuging.
»Alles in Ordnung, Mr. Getty?«, erkundigte sich der Polizist. »Sie sehen wirklich nicht gut aus.«

Marthas Handy zeigte drei Anrufe in Abwesenheit an, und als sie die Nummer sah, spürte sie, wie sich alles in ihr verkrampfte. Patrick hatte ihr als Erstes eine Nachricht hinterlassen, mit der Bitte, ihn zurückzurufen. Bei der dritten Nachricht hörte sie seiner Stimme an, wie gekränkt er war, und sie konnte sich lebhaft vorstellen, wie er das Telefon anstarrte und sich fragte, was er ihr nur getan hatte. Ihr Liebster war in vieler Hinsicht so erfahren und weltgewandt, aber manchmal benahm er sich wie ein kleiner Junge, der ständige Bestätigung von seiner Mami brauchte. Außerdem war er extrem besitzergreifend. Martha wusste das – deswegen beschloss sie auch, ihn nicht sofort zurückzurufen. Erst, wenn sie sich überlegt hatte, was sie ihm erzählen wollte. Erst, wenn sie selbst begriffen hatte, was ihr heute passiert war. Sie zog sich aus, duschte und legte sich in dem knielangen T-Shirt, das er ihr einmal von einer Europareise mitgebracht hatte, aufs Bett. Erst dann wählte sie seine Nummer.

»Wo bist du gewesen, Schatz?«, fragte Patrick.

»Ich bin erst spät von Daddys Bootshaus zurückgekommen.«

»Ist alles in Ordnung? Du klingst so angespannt. Warum hast du mich nicht angerufen?«

»Heute war einfach so ein Tag …«

»*Martha*. Ich hör es dir doch an der Stimme an. Erzähl mir, was passiert ist.«

Da erzählte sie es ihm. Als sie fertig war, brachte er erst mal kein Wort heraus. »Patrick?«, sagte sie.

»Du lieber Himmel«, stöhnte er. »Und dir ist bestimmt nichts passiert?«

»Mir geht's gut.«
»Ich komme sofort zu dir.«
»Nein, Patrick – das ist völlig unnötig. Das waren einfach bloß zwei durchgeknallte Typen ...«
»Verdammt, Martha! Die Kerle waren bewaffnet!«
»In New York sind sie auch bewaffnet. Bitte. Patrick. Die Polizisten haben gesagt, dass die beiden sich hoffnungslos mit *Chang'aa* abgefüllt hatten.«
»Was zum Teufel ist *Chang'aa*?«
»Ein alkoholisches Getränk aus Kenia. Wie Scotch, aber mit Methanol verschnitten.«
»Ach du Scheiße.«
Wieder Schweigen. Sie konnte sich vorstellen, wie sich sein Gesicht vor Wut verfinsterte.
»Und der Typ mit dem Boot?«, wollte er wissen. »Was ist mit dem?«
»Das war bloß ein englischer Skipper, der sein Geschäft am selben Creek betreibt. Er kannte Dad.«
»Klingt nach Captain America.«
»Bist du eifersüchtig, Patrick?«
»Habe ich einen Grund?«
Er lachte, und Martha spürte, wie sich die Verspannungen in ihrem Körper lösten.
»Bist du sicher, dass ich nicht rüberkommen soll, Schatz? Ich mach mir Sorgen um dich.«
»Mir geht's bestens«, versicherte sie. »Lass mich einfach meine Angelegenheiten hier regeln. Und wer soll Chico füttern, wenn du auch noch wegfährst?«
»Ich bin sicher, du denkst mehr an den verdammten Kater als an mich.«

»Chico kenne ich schon wesentlich länger als dich.«
»Und, kauft Chico dir Karten fürs U2-Konzert? Führt Chico dich an deinem Geburtstag ins Sardi's aus?«
»Lässt Chico seine Klamotten überall auf dem Schlafzimmerboden rumliegen? Lässt Chico nach dem Pinkeln die Klobrille hochgeklappt?«
Er lachte wieder.
»Du hältst dich immer für die coole Karrierelady aus Manhattan, Martha, aber tief in deinem Innersten bist du einfach nur typisch Frau.«
»Und du bist ein alter Klugscheißer.«
»Kann schon sein«, gab er zurück. »Aber ich bin der alte Klugscheißer, der deinen Kater füttert.«
Er lachte immer noch, als sie auflegten. Martha war froh, denn sie wollte nicht, dass Patrick sich zu viele Gedanken um sie machte. Denn wenn er sich zu viele Gedanken machte, konnte es gut passieren, dass er in den nächsten Flieger Richtung Kenia stieg – und das wollte Martha auf keinen Fall. Patrick war ein netter, rücksichtsvoller Mann, aber seit sie in Kenia war, war ihr plötzlich aufgegangen, dass er eigentlich nur eine periphere Rolle in ihrem Leben spielte. In der kurzen Zeit, die sie jetzt in Kenia war, hatte Martha sich mehr zu Hause gefühlt als jemals im oberflächlichen New York. An diesem Ort stieß sie auf Fragen, die eine Antwort verlangten.
Und je mehr Zeit verging, umso mehr wurde Patrick einfach nur zu dem Mann, der ihren Kater fütterte.

Sechster Tag

33

Die Präsidentensuite des Hotels Tanzania mit ihrem gigantischen Panoramablick auf den Tanganjikasee und die Bergzüge des Kongo war viel zu protzig für Whitestones Geschmack. Dabei war er dem Luxus nicht abgeneigt. Im Gegenteil. Wenn man in einem Elternhaus groß geworden war, das betäubende Mittelmäßigkeit als echte Errungenschaft betrachtete, verlangte man nach den raffinierteren Dingen des Lebens, sobald sie in Reichweite kamen. Doch wäre es nach ihm gegangen, hätte das Frühstück mit Colonel Augustus Kanga an einem weniger aufdringlichen Ort stattgefunden, an dem man seine Geschäfte diskret besprechen konnte, ohne unnötige Aufmerksamkeit auf sich zu ziehen.

Aber Diskretion war nie Kangas Stil gewesen. Der fette Angolaner schien in der Opulenz der Louis-Philippe-Möbel und dem spektakulären Seeblick zu schwelgen. Leicht angewidert beobachtete Whitestone, wie sein Gegenüber sich den Belugakaviar auf eine Scheibe Toast löffelte, diese in seinen riesigen, rosaroten Schlund schob und dabei vor Behagen grunzte.

Kaviar zum Frühstück. Wie haarsträubend war das denn? Fast genauso haarsträubend wie die Angewohnheit, sich »Colonel« zu nennen, obwohl man seit über einem Jahrzehnt nicht mehr in der Armee gewesen war.

»Unserem russischen Freund hat die Kostprobe also gefallen«, stellte Kanga mit vollen Backen fest, und seine langsame, polternde Stimme hörte sich durch das halbgekaute Essen noch dämlicher an. »Sehr gut. Und wer sind diese neuen Freunde, die sich so für unsere Ware interessieren?«

»Diese Frage kann nur er Ihnen beantworten«, erwiderte Whitestone.

So eine blöde Frage war mal wieder typisch Kanga, dachte er. Nach all den Jahren hatte er die grundlegenden Regeln seiner Branche immer noch nicht gelernt.

Kanga klaubte mit den Fingern ein bisschen Kaviar von der Serviette, die er sich in den Hemdkragen gesteckt hatte, um seine Seidenkrawatte zu schützen. Dann steckte er die Finger in den Mund und leckte sie gierig ab. Nachdem er seinen Teller beiseitegeschoben hatte, machte er es sich mit seinem voluminösen Oberkörper auf den üppigen Polstern der Chaiselongue bequem. Er sah aus wie ein vollgefressener, dekadenter römischer Kaiser, fand Whitestone. Fehlte nur noch die Toga statt des maßgeschneiderten Anzugs.

»Ich habe mir Ihre Liste mit der neuesten Bestellung angesehen«, eröffnete Kanga und zerquetschte eine Fliege, die es auf die Überreste auf seinem Teller abgesehen hatte, »und ich sehe keine Probleme mit der Beschaffung der gewünschten Ware.«

»Gut. Dann müssen wir nur noch über den Zeitplan reden. Wir haben keine Zeit zu verlieren.«

Kanga hob die Hand. »Moment, Mr. Whitestone. Nicht so schnell. Da wäre immer noch die Frage der Bezahlung.«

Whitestone kniff die Augen leicht zusammen. »Unsere Abmachung ist seit Jahr und Tag die gleiche.«
»Ich weiß, ich weiß. Es kommt mir nur so vor, als ob diese *Abmachung* vielleicht mal auf einen neueren Stand gebracht werden sollte.«
»Was wollen Sie damit sagen, Colonel?«
»Damit will ich sagen, Mr. Whitestone, dass unsere derzeitige Abmachung sehr zu Ihren Gunsten ausfällt. Und immerhin sind es meine Leute, die für die Beschaffung der Ware verantwortlich sind. Wenn ich das richtig sehe, besteht Ihre Aufgabe nur darin, die Verteilung an unsere europäischen Freunde zu organisieren.«
Whitestone grinste. »Ist das so?«
»Das ist so.« Kanga steckte sich eine kubanische Zigarre als zweites Frühstück an und blies eine dicke, blaue Rauchwolke in Whitestones Richtung. »Ich respektiere Sie, Mr. Whitestone. Aber vielleicht wäre es langsam an der Zeit, unsere Geschäftsbeziehung etwas zu rationalisieren.«
»Sprechen Sie weiter.«
»Ich rede über eine Partnerschaft. Fifty-fifty. Ich weiß, dass Sie ein guter Unternehmer sind. Der beste. Aber um ehrlich zu sein – das bin ich auch. Und so, wie die Dinge derzeit liegen, spiegeln sich diese Verhältnisse nicht in unserer Abmachung wider.«
Whitestone legte die Fingerspitzen beider Hände aneinander und musterte den Angolaner eine geraume Weile. »Fifty-fifty, sagen Sie?«
»Fifty-fifty.«
»Sie wissen genau, dass diese Forderung völlig indiskutabel ist.«

Kanga blies den Rauch aus und hob resigniert die Hände. »Wissen Sie, Mr. Whitestone, ich dachte mir schon, dass Sie so etwas sagen würden. Und es bricht mir das Herz. Aber sehen Sie, ich glaube, dass Ihr Erfolg ohne mich und meine Leute überhaupt nicht möglich wäre. Ein Zuhälter ist im Endeffekt auch nur so gut wie seine Nutten.«

Whitestone zuckte mit den Schultern. »Was schlagen Sie also vor?«

»Ich schlage vor, dass Sie den Mittelsmann einsparen«, meinte Kanga. »Und die Ware direkt vom Lager an den Kunden liefern, wenn Sie verstehen, was ich meine. Ich bin sicher, unsere russischen Freunde würden die deutliche Ersparnis zu schätzen wissen.«

»Verstehe.« Whitestone fuhr sich mit den Fingern durchs Haar und fragte sich, wie viele Klischees er noch über sich ergehen lassen musste, bis diese endlose Frühstücksbesprechung überstanden war. »Sie nennen meine Kunden immer *Ihre* Freunde, Colonel Kanga.«

Kanga lachte. »Das ist doch nur noch eine Frage der Zeit, oder? Hören Sie, Mr. Whitestone, ich biete Ihnen eine echte Chance. Wir kennen uns schon ziemlich lange, und ich möchte Sie ungern hintergehen.«

»Das freut mich.«

»Colonel Augustus Kanga ist in erster Linie ein Ehrenmann. Ich respektiere meine Geschäftspartner.«

»Selbstverständlich.«

»Ich frage Sie also noch mal. Eine Partnerschaft. Sie und ich. Fifty-fifty. Was sagen Sie?«

Whitestone lächelte. »Sie haben Ihr Anliegen überzeugend vorgetragen, Colonel. Aber ich werde diesbezüglich noch einmal Rücksprache mit meinen Vorgesetzten halten müssen.«

Kanga schien überrascht. Er zog sich die Serviette aus dem Kragen und legte sie neben seinen Kaviarteller. »Ich bin höchst erfreut, dass Sie die Dinge genauso sehen wie ich, Mr. Whitestone. Sie wissen, dass ich niemals Ihre Stellung unterlaufen würde.«

»Gott behüte.«

»Um Ihnen zu zeigen, dass ich ein Mann bin, der zu seinem Wort steht, werde ich meine Leute die neue Bestellung sofort bearbeiten lassen.« Kanga stemmte sich hoch und streckte seinem Gegenüber die Hand hin. »Es ist mir nach wie vor ein Vergnügen, mit Ihnen zusammenzuarbeiten, Mr. Whitestone.«

Whitestone erwiderte das Lächeln. »Das Vergnügen ist ganz meinerseits, Colonel.«

34

Es war zehn Uhr morgens, und Harry leckte seit zwölf Stunden seine Wunden in Suki Los Bar. Er war nur unwesentlich betrunkener als Jake. Als Jake ihn abends gefunden hatte, hatte er ihn ins Krankenhaus bringen wollen, doch Harry behauptete steif und fest, er habe nur oberflächliche Verletzungen. Nichts, was ein paar Flaschen Jack Daniel's und eine Schüssel von Sukis Chilinudeln nicht kurieren könnte. Sie konnten ihn ja sowieso nicht ins Krankenhaus bringen, argumentierte er, denn die Banditen, die ihn zusammengeschlagen und zweitausend Dollar aus dem Safe mitgenommen hatten, waren in seinem Landrover davongefahren.

»Aber mit dem alten Ding werden sie sowieso nicht weit kommen«, fügte er hinzu. »Es ist nämlich eine echte Kunst, ohne Kupplung zu fahren.«

Der gestohlene Landrover lieferte ihnen auch die dünne Ausrede, warum sie die ganze Nacht in Suki Los Bar bleiben mussten. Wegen Harrys gebrochenen Rippen und geschwollenen Knien hatten die beiden Männer fast zwei Stunden für den Weg gebraucht. Die Aussicht auf einen entsprechenden Rückweg fanden beide einfach zu grässlich, um ihn ernsthaft in Erwägung zu ziehen.

»Aber im Grunde darf ich mich nicht beklagen«, erklärte Harry der Barbesitzerin, die sich ihrem Marathontrinken begeistert angeschlossen hatte und unerklärlicherweise immer noch völlig klar wirkte. »Meine Schläger waren immerhin nur mit Baseballschlägern bewaffnet. Jakes Besucher hatten Kanonen!«

»Scheiß-*Uzis*«, unterstrich Jake.

»Bitte, da hast du's! Verstehst du, Suki-Schätzchen, es ist eben alles relativ.«

»Manche Mal reden du einfach Scheiße, Harry«, gab Suki zurück und steckte sich eine Zigarette an, ungefähr die sechzigste seit Mitternacht. »Nein, eigentlich erzählen du immer Scheiße.« Sie nahm einen Schluck von ihrem Bacardi Cola und torkelte in die Küche.

»Du solltest der Polizei eine Beschreibung geben«, schlug Jake vor. »Bevor du vergisst, wie sie ausgesehen haben.«

»Nimm's mir nicht übel, Kumpel, ich weiß, dass du dich mit dem Inspector aus Mombasa angefreundet hast, aber ich hatte nie besonders viel Vertrauen zu den Bullen. Vor allem nicht zu diesen. Außerdem würde Chief Inspector Mugo bloß wieder behaupten, dass das Ganze ein Unfall war.« Harry lachte und zuckte im nächsten Moment vor Schmerz zusammen.

»Du könntest ihm immer noch sagen, dass diese Arschlöcher uns den letzten Cent geklaut haben. Ganz zu schweigen von unserem einzigen Transportmittel auf dem Festland.« Trübsinnig stierte Jake in sein Glas. »Gib's doch zu, Harry – der Film ist gelaufen. Wir sind am Ende.«

Harry funkelte ihn wütend an. »Jetzt hör mir mal gut zu. Der Ausdruck *am Ende* kommt in Harry Philliskirks Wortschatz nicht vor. Das ist unser Unternehmen, wir haben verdammt hart dafür gearbeitet, und eher fahre ich zur Hölle, als dass ich uns erlaube, wegen lächerlicher zweitausend Dollar und einem Landrover das Handtuch zu werfen.«

»Wir schulden dem Araber aber siebzehntausend Dollar«, gab Jake zu bedenken. »Plus zwölf Prozent Zinsen.«

Suki kam mit einem Eimer Eis und einer besorgten Miene aus der Küche zurück.

»Dein Auge is' jetzt ganz schön geschwoll'n«, gurrte sie und betastete behutsam Harrys verquollenes Gesicht. »Oh, die ham wirklich schlimm zugeschlagen, Harry-Schatz.«

»Ich finde, das verleiht mir eine gewisse Würde«, behauptete Harry. »Ich sehe aus wie Gentleman Jim.«

Jake verzog das Gesicht. »Hat Jim Corbett seinen Lebensunterhalt etwa mit Tellerwaschen verdient?«

Suki sah die beiden Engländer verblüfft an.

»Weißt du, Suki«, begann Harry, »ich glaube, ich hab es dir nie gesagt, aber Jake war der Einzige, der auf meine Anzeige geantwortet hat, als ich damals einen Partner für mein Projekt suchte. *Der Einzige*. Ich weiß noch, wie ich ihn vom Flughafen abgeholt und hierhergebracht habe. Ihm die alte Hütte zeigte und ihm versprach, dass wir eines Tages so ein Ding wie diese eingebildeten Saftsäcke in Malindi haben würden. Jeder andere Mensch mit einem Quentchen Verstand hätte auf dem Absatz kehrtgemacht und sofort das erste Flugzeug zurück nach Heathrow genommen. Aber Jake hat mir die Treue gehalten. Und das werde ich ihm nie vergessen.«

»Jake ist ein guter Junge«, bestätigte Suki.
Harry sah ihn an. »Und deswegen bitte ich dich, mir jetzt noch mal die Treue zu halten, Kumpel.«
»Mach ich, Harry«, versprach Jake. »Aber wo zum Henker sollen wir die siebzehntausend Dollar hernehmen?«

35

An diesem Morgen war die Luft voller Staub aus dem Masai-Mara-Naturschutzgebiet. Wegen der Hitze und dem Trubel von Mombasas Altstadt blieben die Touristen lieber in ihren Hotels. Das verdarb Kenneth Kariuku so gründlich das Geschäft, dass sechs von den acht Schillingen in seinem Gitarrenkoffer die Münzen waren, die er selbst hineingelegt hatte, um die Spendierlaune der Passanten anzuregen.
Während er an den Wirbeln der verbliebenen fünf Saiten herumdrehte und das Ohr an sein ramponiertes Instrument hielt, um es trotz Verkehrslärm stimmen zu können, verfluchte er im Stillen den Geiz der Touristen in Mombasa. Okay, er war nicht der tollste Gitarrenspieler – aber was erwarteten sie eigentlich? Seine selbst geschriebenen Folksongs waren kulturell immer noch wertvoller als die geschmacklosen Holzelefanten und gefälschten Rolex, die hier an jeder Ecke verkauft wurden.
Nein, Mombasa war nicht das, was er erwartet hatte, als er vor zwei Tagen mit dem wöchentlich verkehrenden *Matatu*-Kleinbus aus seinem Heimatdorf in der Taru-Wüste gekommen war.
»Geh nach Mombasa und spiel deine Lieder auf der Straße, Kenneth«, hatte seine Mutter ihm geraten. »Nach einer Woche hast du ein Vermögen beisammen!«
Da hatte sie sich schwer getäuscht. Nach zwei Tagen hatte

er genau drei Schilling verdient – das reichte gerade mal, um den Fahrschein für den nächsten *Matatu* nach Hause zu bezahlen.
Na gut, dachte Kenneth, wenn sie Touristenscheiße haben wollten, dann konnten sie sie haben. Nachdem er sein Instrument fertig gestimmt hatte, hängte er es sich wieder um den Hals und begann zu singen.

Kenya ni nchi nzuri, hakuna matata
Nchi ya kupendeza, hakuna matata
Nchi ya maajabu, hakuna matata
Nchi yenye amani, hakuna matata

Noch bevor er das Lied zu Ende gesungen hatte, sank Kenneth das Herz in die Hose. So weit war es also schon mit ihm gekommen? Er sang tatsächlich populäre kleine Liedchen, die auf Millionen Kassetten als »traditionelle kenianische Musik« verkauft wurden? Das war einfach nicht gut. Morgen würde er sich nach Nairobi aufmachen. Er hatte da von einem Club gehört, dessen Besitzer angeblich junge Folksänger wie ihn unterstützte.
»Das ist aber ein schönes Lied, mein Junge.«
Kenneth nahm die Finger von den Saiten. Er war so in seinen Frust versunken, dass er die zwei Männer auf dem Gehweg gar nicht bemerkt hatte, die seine Darbietung aufmerksam verfolgt hatten. Der Sprecher war untersetzt, trug eine verspiegelte Sonnenbrille und eine teure Lederjacke. Er war mindestens dreißig Zentimeter kleiner als der andere, ein schlanker Mann mit Brille und weißem Baumwoll-*Khanzu*.

Kenneth bekam prompt Herzklopfen. Von solchen Momenten hatte er schon gehört – manchmal wurden unbekannte Sänger von zufällig vorübergehenden Plattenfirmenbossen auf der Straße entdeckt und über Nacht zu Superstars.

»Danke, Sir«, sagte er.

»Hakuna matata«, wiederholte der Dicke. »›Keine Probleme.‹«

»Natürlich nicht, Sir!«, strahlte Kenneth.

»Falsch, mein Junge.«

Kenneth stutzte. Den Text von *Jambo Bwana* kannte er vor- und rückwärts. Das Lied hatte seine eigene Mutter ihm immer vorgesungen, als er noch ganz klein war.

»Falsch?«

Der Mann mit der Sonnenbrille hob einen Finger und zeigte auf das Schild über Kenneths Kopf. »Siehst du dieses Schild?«

Kenneth drehte den Kopf. Hinter ihm war eine schwarze, metallverkleidete Tür und darüber ein Neonschild, das aber nicht leuchtete.

»Baobab Club«, las er laut.

»Ich bin der Besitzer des Baobab Club«, erklärte Michael Kili. »Und wenn ich eins hasse, dann sind es Bettler, die vor meinem Club Musik machen, ohne mich um Erlaubnis zu fragen. Wie du siehst, liegst du falsch mit deinem Song: Wir haben hier sehr wohl ein Problem.«

Kenneth spürte, wie seine Gedärme rebellierten. »Ich … ich bitte um Entschuldigung für meinen Fehler, Sir«, stotterte er.

Der Mann lächelte ihn an. »Normalerweise würde ich

dich umbringen lassen«, erklärte Kili. »Aber heute habe ich gute Laune.«
Er streckte die Hand aus und riss Kenneth die Gitarre vom Trageriemen, dann hielt er sie mit ausgestrecktem Arm in die Höhe und jagte seine rechte Faust direkt durch den Korpus aus billigem Buchsbaumholz. Dann ließ er das Instrument auf den Boden fallen und trampelte mit der dicken Gummisohle seines Reebok-Sneakers darauf herum, bis nur noch tausend Holzsplitter übrig waren.

»Bitte, Jacob«, krähte Kili, als er mit Omu die Treppen zu seinem Büro hochging. »Ich habe nicht nur Mary Olunbiye am Leben gelassen, ich habe auch noch einen Bettler verschont. Beweist das nicht, was für ein barmherziger Mensch ich bin?«
»Barmherzig und weise«, bestätigte Omu respektvoll und dachte bei sich, dass Mary Olunbiye ihm sicher zustimmen würde. Es war immer noch besser, wenn einem mit einem Kukri-Messer der kleine Finger abgeschnitten wurde, als dass einem dieselbe Klinge die Kehle aufschlitzte.
Kili lachte. »*Barmherzig und weise*. Du hörst dich an wie ein Prediger, Jacob. Ein Mann Gottes.« Er griff nach einer Falte von Omus Baumwoll-*Khanzu*. »Und du ziehst dich auch so an. Wirklich, Jacob, ich kapier nicht, warum du dir nicht mal ein paar anständige Klamotten leistest. Was Modernes! Und diese Wohnung, in der du immer noch wohnst! Überall Hafenratten. Da leben ja Nutten in der Hutambo Road noch luxuriöser!«

Omu lächelte nachsichtig, als sie das Büro im ersten Stock betraten. Aber kaum waren sie über die Schwelle getreten, erstarrten die beiden Männer.

Auf Kilis Stuhl, die Füße auf dem Schreibtisch und *The Daily Nation* in der Hand, saß Tug Viljoen.

»Morgen, Gentlemen«, begrüßte sie der Südafrikaner und entblößte seine Zähne zu etwas, was wohl ein Lächeln sein sollte. »Ich wusste nicht, wie lange es dauern würde, da dacht' ich, ich mach's mir einfach mal gemütlich.«

»Was willst du?«, fragte Kili und plusterte sich auf wie ein Gockel, der sein Revier verteidigt. »Wer hat dich in mein Büro gelassen?«

»Zerbrich dir darüber mal nicht den Kopf. Weißt du, wir haben nämlich ein Problem, Michael.«

»Ein Problem?«

»Du hast die Dinge mal wieder selbst in die Hand nehmen wollen. Und wir haben darüber gesprochen, was ich davon halte, wenn du die Dinge selbst in die Hand nimmst, das weißt du genau …«

Kili wandte sich an Omu. »Ruf Christopher, damit er diesen Hund aus meinem Büro schmeißt«, befahl er in unbekümmertem Ton.

Doch Omu trat neben Viljoen und legte die Hände auf den Rücken.

»Jacob!«, schrie Kili entgeistert. »Was hat das zu bedeuten?«

»Tut mir leid«, sagte Omu in seinem respektvollen Ton, »aber ich befürchte, in dieser Frage muss ich mich Mr. Viljoen anschließen.«

Kilis Unterkiefer sackte noch ein Stückchen weiter nach unten. »Bist du wahnsinnig geworden? Wovon zum Teufel redest du eigentlich?«

»Er versucht dir so höflich wie möglich klarzumachen, dass du eine echte Gefahr fürs Geschäft bist, Michael«, verdeutlichte Viljoen. »Er sagt, dass er nicht mehr für jemand arbeiten will, der so scheißenblöd ist, am helllichten Tag zwei Killer loszuschicken, um einen Inspector von der Polizei Mombasa abknallen zu lassen.«

»Aber Joshua ...«

»Joshua ist tot. Ebenso wie der andere Trottel, den du gestern nach Flamingo Creek geschickt hast. Und ich fürchte, jetzt ist die Zeit reif, dass sich mal jemand um ihren Chef kümmert.«

Kili stieß einen Wutschrei aus und umklammerte sein Kukri-Messer, als er auf den Schreibtisch zuging. Aber kaum hatte er zwei Schritte gemacht, als Viljoen die vollautomatische Glock mit dem Schalldämpfer abfeuerte, die er hinter seiner Zeitung verborgen hatte. Er traf Kili direkt ins linke Auge.

»Ich gehe davon aus, dass Sie sich um alle anderen Dummheiten dieses Wichsers gekümmert haben, die uns Schwierigkeiten machen könnten«, sagte Viljoen ruhig, während er den Schalldämpfer abschraubte und die Waffe wieder in den Bund seiner Shorts schob.

Omu starrte auf den zuckenden Körper auf dem Boden.

»Alles ist geregelt, Mr. Viljoen.«

»Gut. Dann lassen Sie diese Schweinerei schleunigst aufräumen. Und vielleicht können wir jetzt zur Abwechslung mal wieder etwas ruhiger schlafen.«

36

Fünf Minuten später trat Viljoen aus dem Baobab Club und sprang in einen staubigen Jeep, der im Parkverbot auf dem Gehweg stand. Jouma hatte seinen Fiat Panda in fünfzig Meter Entfernung geparkt und schnalzte leise mit der Zunge, als er den Südafrikaner mit einer uralten Kodak Instamatic fotografierte.

»Nummer elf«, sagte er und warf einen Blick auf seine Armbanduhr. »Hat das Gebäude um exakt zehn Uhr zwölf verlassen.« Er zog das unentwickelte Foto aus der Kamera und legte es zu den anderen zweiundzwanzig aufs Armaturenbrett.

Neben ihm zog Sergeant Nyami ein langes Gesicht. »Höchstwahrscheinlich war er einfach da, um sich die Tänzerinnen anzusehen. Wie alle anderen auch.«

»Notieren Sie einfach das Kennzeichen, Sergeant«, befahl Jouma.

»Wie viele Bilder wollen Sie denn noch machen?«, fragte Nyami ungeduldig und kritzelte etwas auf seinen Spiralblock.

»Nyami, hat Ihnen schon mal jemand gesagt, dass die Observierung ein grundlegendes und höchst effektives Mittel ist, um Informationen zu sammeln?«

»Natürlich! Halten Sie mich für blöd?«

»Dann wird Ihnen auch bewusst sein, dass dieser Prozess

langwierig und mühsam sein kann und man die fragliche Person oft stundenlang geduldig beobachten muss.«

»Aber wonach *suchen* wir denn?«

»Das wird sich noch herausstellen, Nyami«, erwiderte Jouma. Er war zuversichtlich, dass er irgendwo zwischen den Schnappschüssen und Autokennzeichen etwas finden würde, was die zwei Stunden in seinem glühend heißen Auto rechtfertigte.

»Inspector, schauen Sie! Da!«, zischte Nyami plötzlich. Die Tür des Baobab öffnete sich noch einmal, und diesmal kam die unverwechselbare Gestalt von Jacob Omu heraus, der einen ledernen Diplomatenkoffer in der Hand hielt. Kilis Adjutant warf einen misstrauischen Blick nach links und einen nach rechts, bevor er sich mit großen Schritten entfernte.

»Runter, Nyami«, befahl Jouma ruhig, und die beiden Polizisten ließen sich auf ihren Sitzen nach unten rutschen, als Omu vorbeilief.

»Er ist weg«, verkündete Nyami erleichtert, während er übers Armaturenbrett spähte. »Können wir jetzt wieder fahren?«

»Im Gegenteil«, erwiderte Jouma fröhlich. »Wir haben soeben eine seltene Gelegenheit erhalten: die Chance, uns ungestört mit Michael Kili zu unterhalten.«

Nyami zuckte zusammen und erbleichte. »Uns mit *Kili* unterhalten? Sind Sie wahnsinnig? Wozu soll das denn gut sein? Er wird nichts sagen!«

»Kili sagt nichts, weil Omu ihm das empfiehlt. Wenn die Katze weg ist, kommt die Maus vielleicht ein Stückchen aus ihrem Loch heraus.«

»Aber *warum*? Das ist doch nicht immer noch wegen George Malewe? Sie sind ja wie besessen von dieser Likoni-Kakerlake.«
»Ich habe meine Gründe, Nyami. Und jetzt kommen Sie. Wir sind Polizisten und haben hier einen Job zu erledigen.«

Nachdem er sich den zugeknöpften Regenmantel glattgestrichen hatte, klopfte Jouma energisch an die metallverkleidete Tür des Baobab Club. Wenige Augenblicke später ging die Tür einen Spaltbreit auf und ein schmales Augenpaar spähte heraus.
»Was?«, sagte eine körperlose Stimme.
Jouma ließ das Lederetui aufklappen, in dem seine Dienstmarke steckte, und hielt sie zwei Zentimeter vor das Augenpaar. »Machen Sie auf.«
Langsam schwang die Tür auf, und Jouma konnte feststellen, dass die Augen zu einem dicklichen Rausschmeißer mit kahl rasiertem Schädel gehörten, der das typische Muskelshirt und eine Trainingshose trug.
»Oh, guten Tag, Christopher. Wie geht's deiner Mutter?«
»Sehr gut, Inspector Jouma«, antwortete der große Mann verlegen.
»Du musst ihr sagen, dass ich mich nach ihrer Gesundheit erkundigt habe.«
»Wird gemacht, Inspector.«
»Gut. Und jetzt sei bitte so nett und bring mich zu Kilis Büro.«
Christophers Gesicht erstarrte. »Mr. Kili ist nicht hier.«
»Es ist noch keine halbe Stunde her, da hab ich ihn hier

reingehen sehen«, beharrte Jouma liebenswürdig. »Vielleicht hat er das Haus ja durchs Fenster verlassen – aber das bezweifle ich.«

»Aber, Inspector Jouma …«, winselte Christopher.

Jouma drohte ihm mit dem Finger. »Christopher Kalinki, wenn deine arme Mutter wüsste, mit was für Leuten du Umgang hast, dann hätte sie dazu sicher ein, zwei Worte zu sagen – und wie wir alle wissen, versteht deine Mutter keinen Spaß, stimmt's?«

Christopher wägte das Für und Wider ab, nur um verzweifelt festzustellen, dass er in der Patsche saß.

»Wenn irgendjemand was sagt, behauptest du einfach, dass ich darauf bestanden habe«, beruhigte ihn Jouma und tätschelte dem kläglichen Rausschmeißer väterlich den Arm.

Er trat ein, machte ein paar Schritte und drehte sich dann um. »Na – worauf warten Sie denn noch, Nyami?«, erkundigte er sich gereizt.

Sergeant Nyami, der immer noch auf der Straße stand, räusperte sich nervös und folgte seinem Vorgesetzten dann ins Schummerlicht des Clubs.

Es sah genau so aus, wie Jouma sich das Vorzimmer zur Hölle vorstellte. Es war noch nicht einmal halb elf am Vormittag, und doch waren alle Tische von zwielichtigen Afrikanern, Asiaten und Europäern besetzt, die von ängstlich dreinblickenden Mädchen im Teenie-Alter bedient wurden. Die Tische mit den anzüglich grinsenden Betrunkenen standen vor einer winzigen Bühne, auf der eine alternde, pockennarbige Nutte zum wummernden Beat unidentifizierbarer Musik einen lustlosen Striptease hinlegte. Nicht zum ersten Mal spürte Jouma beißende Scham darüber, wie weit seine Geburtsstadt mittlerweile gesunken war. Manche Viertel von Mombasa müsste man bis auf die Grundmauern abbrennen und neu wieder aufbauen. Das wäre der einzige Weg, dieser Seuche und dieses Abschaums Herr zu werden.

Hinter der Bar gab es eine Tür, die mit rissigem Leder gepolstert war. ZUTRITT STRENGSTENS VERBOTEN stand darauf. Jouma sah, wie Christopher nach Luft schnappte, bevor er sie aufstieß.

»Danke, Christopher. Ich glaube, ab hier finden wir uns allein zurecht.«

37

Omus Wohnung lag in unmittelbarer Nähe des Dhau-Hafens, direkt am Wasser, und war sehr schlicht eingerichtet: ein Feldbett, ein Nachttisch, ein Kleiderschrank, ein Waschbecken und ein Koran. Kili hatte ihm ständig in den Ohren gelegen, sein derart sparsames Leben aufzugeben, aber für einen Mann mit Jacob Omus mönchischem Anspruch war es perfekt.

Materieller Wohlstand bedeutete Omu nichts, nicht jetzt und auch nicht früher. Er zog sein Vergnügen aus Macht. Ihre Mechanismen faszinierten ihn – wie man unweigerlich eine Reaktion hervorrief, wenn man etwas tat, und wie man diese Reaktion im Sinne der eigenen Interessen manipulieren konnte. Was ihm ebenfalls großes Vergnügen bereitete, war die Allwissenheit, die für die totale Macht unerlässlich war. Omu brauchte Informationen wie ein Süchtiger – diese Droge verschaffte ihm einen unübertreffbaren Rausch. Deswegen pflegte er eifrig seine Verbindungen in alle Schichten Mombasas, vom Kneipengänger bis zum Hotelbesitzer, an jeder Straßenecke, aber auch in den Korridoren der Macht.

Und deswegen war bis vor kurzem auch Michael Kili so wichtig für ihn gewesen. Dessen vielfältige verbrecherische Aktivitäten interessierten Omu nicht im Geringsten, aber er fand Gefallen daran, die Fäden in der Hand

zu halten, und durch Kilis Machtstellung war es im Prinzip Omu, der das Sagen in Mombasa hatte.
Doch alles nahm einmal ein Ende.
Omu fühlte keine Loyalität zu Kili. Kili war dumm und gierig. Noch bevor sich die Dinge so entwickelt hatten, wie sie heute lagen, war es nicht allzu schwer gewesen, die Zukunft dieses Gangsters vorherzusagen: Er würde immer dümmer und immer gieriger werden, bis er eines Tages den entscheidenden Fehler zu viel beging und ihm irgendjemand von hinten die Kehle durchschnitt.
Oder ins Auge schoss.
Das war das Schicksal zweitklassiger Gangster, die an chronischer Selbstüberschätzung litten. Nur dass Kilis Fall schneller gekommen war, als Omu geahnt hatte.
Glücklicherweise hatte er immer daran gedacht, für den Notfall einen Ersatzplan in der Schublade zu haben. Als der Moment kam, mit dem er früher oder später gerechnet hatte, war er vorbereitet.
Jetzt wandte er seine Aufmerksamkeit wieder seinem halb gepackten Koffer und den säuberlich zusammengelegten Kleidern zu. Wenig später drückte er den Koffer zu und verließ das Zimmer. Er ging die Steintreppe hinunter und verließ das Gebäude durch einen Hintereingang, der auf eine widerlich stinkende Nebenstraße führte, über die man direkt ans Wasser gelangte. Als er hier eingezogen war, hatte sich in dieser Gasse eine Handvoll widerlicher Bettler herumgetrieben, die eines Nachts einen schlecht organisierten Raubüberfall auf ihn versuchten. Nachdem Omu zwei von ihnen erstochen hatte, verlief sich der Rest im Handumdrehen in

den Schatten. Offensichtlich hatten sie weitererzählt, was ihnen widerfahren war, denn seitdem beschränkte sich das Ungeziefer dieser Straße auf Wasserratten.
Am Ende der Straße befand sich ein Anlegesteg, der mit einem Zaun und einem Vorhängeschloss gesichert war. Dort lag ein Schnellboot, eine Sea Ray 220. Omu musste lächeln, als er die eleganten Linien betrachtete. Obwohl ihn das gute Stück zwanzigtausend Dollar gekostet hatte, hatte er vor, es nur einmal zu benutzen und dann zu entsorgen. Genau die Art gedankenlosen Konsums, der Kili beeindruckt hätte. Welche Ironie des Schicksals.
Omu verstaute sein Gepäck und den Diplomatenkoffer in einem kleinen Fach am Bug des Bootes, dann lenkte er seine Schritte wieder zu seinem Haus und verließ es durch den Vordereingang. Als er auf die belebte Hauptstraße trat, warf er einen Blick auf seine Armbanduhr. Noch eine lästige Pflicht hatte er zu erfüllen, bevor er abreisen konnte. Eine letzte Pflicht, die er für seinen ehemaligen Arbeitgeber verrichten musste. Es gab keinen logischen Grund, warum man nicht einen von Kilis eigenen Handlangern damit betrauen sollte, dessen Leiche zu entsorgen – schließlich hatten sie so etwas schon Hunderte von Malen gemacht. Doch solange Omu die Vorgänge nicht überwachte, bestand immer ein Restrisiko, dass die Dinge nicht nach Plan liefen. Da brauchte man sich doch bloß anzusehen, was geschehen war, als Kili meinte, die Dinge selbst in die Hand nehmen zu müssen.
Nein, Omu wollte sicher sein, dass wirklich alles abgeschlossen war. Alles andere war völlig undenkbar für einen Mann, der dafür lebte, die Fäden in der Hand zu haben.

38

Jouma entdeckte Michael Kili im ersten Moment gar nicht. Als er das Büro betrat, sah er im Großen und Ganzen, was er erwartet hatte: den Schreibtisch, das abgewetzte Ledersofa an der Wand, das angeschmuddelte Poster von Anna Kournikowa in Lederunterwäsche, die den Griff ihres Tennisschlägers äußerst suggestiv zwischen Daumen und Zeigefinger hielt, ein abgenutzter Teppich, ein kleines Tischchen, nicht dazu passende Stühle, ein verschmiertes Fenster, das auf die Seitenstraße ging, und ein metallener Aktenschrank neben einem billigen Sperrholzregal für Büromaterial.

Doch dann bemerkte er das Blut. Eine große, dunkle Pfütze mitten auf dem Teppich. Spritzer an der Decke, an der Wand und den Möbeln.

Und dann sah er Kili.

»Machen Sie die Tür zu, Nyami«, sagte er ruhig.

Der Gangster war in sitzender Stellung zwischen dem Aktenschrank und dem Sperrholzregal an die Wand gelehnt worden. Was von seinem zerschmetterten Kopf noch übrig war, ruhte auf seinen Knien, rechts und links von seinem Körper lagen die Hände schlaff auf dem Boden.

»Nyami, machen Sie die Tür zu.«

Als keine Antwort kam, drehte er sich um und stellte fest, dass sein Sergeant bis an die Wand zurückgewichen war. Die Augen traten ihm aus den Höhlen, und auf seinem schweißbedeckten Gesicht malte sich das blanke Grauen.

»Nyami!«

Der Sergeant erwachte aus seiner Lähmung.

»Machen Sie bitte die Tür zu!«, wiederholte Jouma.

Nyami bewegte sich zur Tür, ohne Kilis Leiche eine Sekunde aus den Augen zu lassen.

»Danke«, sagte Jouma und versuchte, sich so sachlich wie möglich zu geben, obwohl er selbst zitterte. »Vergessen Sie nicht, Nyami, wir sind dienstlich hier. Und obwohl dieses Büro jetzt der Schauplatz eines Verbrechens ist, dürfen wir nicht aus den Augen verlieren, warum wir eigentlich gekommen sind. Ich möchte, dass Sie sich die Schreibtischschubladen ansehen, während ich den Aktenschrank durchsuche.«

»Wir sollten lieber gehen«, widersprach Nyami.

»Wir gehen nirgendwohin, Sergeant.«

»Aber wir müssen doch jemandem mitteilen, dass …«

»Wem? Der Polizei? Wir *sind* die Polizei, Nyami! Und jetzt reißen Sie sich gefälligst zusammen und tun Sie Ihre Arbeit!«

Während er sich selbst bemühte, die Beherrschung zu behalten, trat Jouma an den Aktenschrank und öffnete nacheinander sämtliche Schubladen. Sie waren leer, und die Unordnung unter den Hängeregistern legte die Vermutung nahe, dass ihr Inhalt in großer Eile entfernt worden war.

»In den Schreibtischschubladen ist nichts«, meldete Nyami.

»Sehen Sie noch mal genauer nach.«
»Wonach soll ich denn suchen?«
»Irgendetwas.«
Irgendetwas, was beweisen könnte, dass Michael Kili gestern Joumas Ermordung in Auftrag gegeben hatte. Irgendetwas, das erklären könnte, warum Kili jetzt mit halb weggeblasenem Schädel auf dem Boden zusammengesackt war.
Der Inspector dachte an den Diplomatenkoffer in Omus Hand und fluchte. Während er in fünfzig Meter Entfernung Bilder von lüsternen alten Männern geschossen hatte, fiel Michael Kili, der Herrscher von Mombasa, einem blutigen Putsch zum Opfer. Und die Beweise waren vor Joumas Augen abtransportiert worden! Ohnmächtige Wut wallte in ihm auf, und er drosch mit der Faust gegen die Metallseite des Aktenschranks.
»Suchen Sie etwas Bestimmtes, Inspector?«, hörte man eine Stimme von der Tür. »Wie Sie sehen, ist Mr. Kili unpässlich. Kann ich Ihnen vielleicht helfen?«
Jacob Omu klang wie ein höflicher Bibliothekar, der den Polizisten anbot, bei der Suche nach einem Buch behilflich zu sein. Er hatte die Hände auf den Rücken gelegt und lehnte sich leicht gegen den Türrahmen.
»Was hat das zu bedeuten, Mr. Omu?«, fragte Jouma.
Omu wirkte amüsiert – was man ihm kaum verübeln konnte, dachte Jouma. In den Augen des Mannes mit dem weißen *Khanzu* musste er wirklich eine klägliche Figur abgeben, wie er da neben den leeren Schubladen des Aktenschrankes in den Blutpfützen stand.
»Was das zu bedeuten hat?«, wiederholte Omu. »Sie

fragen mich, was der Tod zu bedeuten hat, Inspector? Das ist eine sehr esoterische Frage, selbst für einen gebildeten Mann wie Sie.«

Jouma wies auf Kilis Leiche, brachte es aber nicht über sich, sie anzusehen. »Sind Sie hierfür verantwortlich?«

»Ich? Nein.«

»Wer dann?«

»Ich habe keine Ahnung.«

»Dann nehme ich Sie hiermit fest, Mr. Omu.«

Omu schob sich lässig die Brille hoch. »Was wird mir zur Last gelegt?«

»Wo soll ich anfangen?«, erwiderte Jouma. »Drogenhandel, Erpressung, Prostitution, Schmuggel, Mord ...«

»Und, haben Sie irgendwelche Beweise, um diese empörenden Anschuldigungen zu untermauern?«, erkundigte sich Omu seelenruhig.

»In Mombasa gibt es mehr als genug anständige Leute, die bereit sind, Zeugenaussagen zu Ihren illegalen Aktivitäten zu machen«, erklärte Jouma.

Omu durchblickte die leere Drohung und lächelte wieder. »Inspector, wir wissen beide, dass Sie mich und Mr. Kili schon längst verhaftet hätten, wenn das der Fall wäre.«

»Nyami, legen Sie dem Verdächtigen bitte Handschellen an.«

»Dürfte ich vorschlagen«, sagte Omu sanft, »dass Sie beide jetzt zurück zum Mama Ngina Drive fahren und alles vergessen, was hier vorgefallen ist?«

»Sergeant, haben Sie gehört? *Sergeant!*«

Doch Nyami blieb schwitzend hinter dem Schreibtisch

stehen, trat nervös von einem Fuß auf den anderen und vermied Joumas Blick.

»O nein, Nyami«, seufzte Jouma zutiefst enttäuscht.

»Sie sollten dem Sergeant nicht die Schuld geben«, mischte sich Omu ein. »So, wie die kenianische Polizei ihre Mitarbeiter bezahlt, kann man von ihnen nicht erwarten, Recht und Gesetz aufrechtzuhalten.«

»Ich bin immer zurechtgekommen«, gab Jouma ruhig zurück.

Omu zuckte mit den Schultern. »Dann tue ich Ihnen sicher einen Gefallen, wenn ich Sie von Ihrem Elend erlöse, Inspector.«

Als Jouma das dünne Sägemesser sah, das urplötzlich aus den Falten der *Khanzu* aufgetaucht war, hatte Omu das Zimmer bereits mit einem einzigen, katzenartigen Sprung durchquert. Jouma spürte keinen Schmerz, nur den dumpfen Aufprall, als Omu ihm das Messer in den Brustkorb rammte.

39

Colonel Augustus Kanga hatte in seinem Leben schon viele Männer ermorden lassen. Während des Krieges gegen die UNITA-Rebellen in Angola konnte man mit einem einzigen Befehl ein ganzes Dorf liquidieren lassen. Was für glückliche Zeiten das doch gewesen waren, dachte er trübselig. Damals war alles noch so viel einfacher.

Kanga schämte sich nicht zuzugeben, dass er die Welt heutzutage ziemlich frustrierend fand. Es verging kein Tag, an dem er sich nicht wünschte, er könnte seine frisch gewaschene und gebügelte Uniform anziehen statt seines italienischen Anzugs aus Merinowolle. Oder dass er es mit einem Regiment disziplinierter Soldaten zu tun hätte statt mit diesen anmaßenden Geschäftsleuten, deren einzige Triebfeder die Gier war.

Doch seine Tage beim Militär waren längst Geschichte. Im Moment hatte Kanga dringendere Sorgen.

Als Erstes musste er sich um Whitestone kümmern. Selbst das war problematisch im Vergleich zu den Zeiten, in denen er jederzeit tödliche Sturmtrupps in beliebiger Stärke zur Verfügung gehabt hatte. Nein, in dieser frustrierenden Geschäftswelt musste man Mörder anheuern, ihnen Anweisungen geben und Geld zustecken. Keine Spur mehr von der *Spontaneität*, der *Promptheit*, an die er sich in der Armee gewöhnt hatte.

In gewisser Weise bedauerte er, dass es so weit gekommen war. Schließlich hatte Whitestone in entscheidendem Maße dazu beigetragen, dass Kanga in dieser Branche einen Fuß in die Tür bekam, und er hatte ihm die Grundlagen des Geschäfts beigebracht, in dem sie jetzt tätig waren.

Aber eine Lektion musste Kanga nicht erst lernen, nämlich wie wichtig es war, jederzeit skrupellos zuschlagen zu können. Als er Whitestone die Fifty-fifty-Partnerschaft vorschlug, war er mehr als großzügig gewesen, und Whitestones unverbindliche Antwort kam in Kangas Augen einer Ablehnung gleich.

Deshalb blieb ihm gar keine andere Wahl. Whitestone musste ausgeschaltet werden.

Auf dem Rücksitz seiner Limousine tippte Kanga eine Nummer in das Satellitentelefon, das in die Lederpolsterung eingelassen war. Während er darauf wartete, dass die Verbindung sich aufbaute, bewunderte er zum wiederholten Male diese Technologie. Hätte er so ein Gerät schon gehabt, als er noch in der Armee war, wäre der Krieg lange vorbei gewesen, bevor man auch nur begann, vom Waffenstillstand zu reden.

Deswegen war er jetzt auch reichlich verblüfft, um nicht zu sagen irritiert darüber, dass die Verbindung offensichtlich nicht zustande kommen wollte.

Er lehnte sich vor und klopfte an die Glasscheibe, die ihn vom Fahrer trennte.

»Robert! Das Satellitentelefon funktioniert nicht.«

Robert, ein Mann mit einem kugelrunden, kleinen Kopf, war früher Kangas Offiziersbursche gewesen. Als der

Colonel den Dienst quittiert hatte, war ihm Robert aus Loyalität gefolgt.

»Vielleicht haben wir in dieser Gegend keinen Empfang, Sir«, sagte er.

Kanga blickte aus dem Fenster und sah, dass sie über eine Straße fuhren, die zu beiden Seiten von niedrigen, mit Buschwerk überwucherten Hügeln gesäumt war. Trotzdem dürfte dieses Gelände die Funktion des Telefons eigentlich nicht beeinträchtigen, dachte er.

Er wollte gerade etwas sagen, da erwachte das Telefon plötzlich piepsend zum Leben.

»Na endlich!«, rief Kanga und drückte den Freisprechknopf. »Djali, mein Lieber! Wurde aber auch Zeit, dass du mal nach deinem Akku guckst. Ich versuche schon die ganze Zeit, dich zu erreichen.«

»Ich habe meinen Akku heute Morgen aufgeladen, Colonel Kanga«, tönte Whitestones körperlose Stimme aus den Lautsprechern. »Gleich nach unserem Treffen.«

Kanga verbarg seine Überraschung. »Mr. Whitestone! Schön, von Ihnen zu hören. Haben Sie über mein Angebot nachgedacht?«

»Ja«, sagte Whitestone. »Und ich befürchte, meine Antwort lautet nein.«

»Das hatte ich mir schon gedacht«, nickte Kanga. »Unendlich schade. Dabei habe ich immer sehr gern Geschäfte mit Ihnen gemacht. Ich glaube, es ging Ihnen genauso.«

Noch während er sprach, merkte er, dass Robert das Tempo der Limousine drosselte und an den rechten Straßenrand fuhr. Der Colonel lehnte sich wieder vor und klopfte gegen die Trennwand, aber sein Fahrer schien ihn nicht zu hören.

»Es ist immer schade, wenn eine profitable Geschäftsbeziehung ein Ende nimmt«, bedauerte Whitestone. »Vor allem, wenn die verbohrte Ignoranz eines der Partner daran schuld ist.«

Kanga war einen Moment so abgelenkt, dass er die Beleidigung beinahe überhört hätte: »Ich bin sicher, Sie reden gerade von sich selbst, Mr. Whitestone.«

Whitestones Gelächter schallte durchs ganze Auto. »Colonel, Sie sind so dumm, dass Sie nicht mal merken, wer Ihr Freund und wer Ihr Feind ist. Sie haben sich bestimmt schon gewundert, warum Robert angehalten hat.«

Kanga drehte sich erschrocken um und sah durch die Heckscheibe, doch die Straße war leer. Auf einmal hörte man das satte Geräusch der Zentralverriegelung, und als er sich wieder nach vorne drehte, zielte sein Fahrer durch einen Spalt in der Trennscheibe mit einer schweren Automatikwaffe mit Schalldämpfer auf ihn.

»Robert?«, sagte er verblüfft. Dann wurde er wütend: »Sie können mich nicht umbringen, Mr. Whitestone. Wo wollen Sie denn dann Ihre Ware herbekommen?«

»Sie scheinen dem Irrtum zu erliegen, dass Sie der einzige Lieferant in ganz Afrika sind«, erklärte Whitestone. »Tatsächlich könnte ich Sie aber noch heute Nachmittag durch zehn andere ersetzen. Das ist eine Lektion unserer Branche, die Sie nie gelernt haben.«

Kanga hatte immer noch seinen zornigen Gesichtsausdruck, als Robert den Abzug betätigte und die Hirnmasse seines Chefs über die kugelsichere Heckscheibe verteilte.

»Danke, Robert«, tönte Whitestone über die Lautsprecher. »Das war sicher nicht leicht für Sie.«
Robert antwortete nicht, als er die Waffe wieder ins Holster steckte und die Scheibe zuschob. Nein, im Gegenteil, es war überraschend leicht gewesen. Eigentlich kein Wunder, denn Whitestones Angebot war wirklich extrem großzügig gewesen. Und Colonel Kanga selbst hatte ihn ja immer wieder daran erinnert, dass sie nicht mehr in der Armee waren.

40

Nachdem sich das Telefon im Büro von Britannia Fishing Trips Ltd. über zwei Tage hartnäckig ausgeschwiegen hatte, begann es nun zu klingeln.
»Mann, das wurde aber auch Zeit!«, rief Harry. »Ich war schon drauf und dran, die Techniker anzurufen, um überprüfen zu lassen, ob das Ding kaputt ist.«
Nach einem Marathonmarsch von Suki Los Bar zurück durch den Dschungel waren sie nun nur noch knapp hundert Meter von ihrem Bootshaus entfernt.
»Na, jetzt steh doch nicht so blöd rum! Lauf und nimm ab!«
Jake nahm dankbar Harrys Arm von seinen Schultern und sprintete zum Telefon.
»Wie der Wind!«, lachte Harry, der ihm im Schneckentempo folgte und sein Gewicht auf den Hickoryholzgriff eines zusammengeklappten Regenschirms stützte. Aller entschlossenen Tapferkeit und dem Restalkohol zum Trotz musste er nun doch zugeben, dass er beträchtliche Schmerzen hatte. Er hatte es nicht für nötig befunden, sämtliche blutrünstigen Details der Prügel darzulegen, die er von den Handlangern des Arabers bezogen hatte – er hatte ihm ja nicht mal verraten, dass der Araber hinter dieser Attacke gesteckt hatte. Er wollte um jeden Preis vermeiden, dass Jake wieder zu einem seiner Selbst-

justizkreuzzüge aufbrach. Ein Überfall musste als Erklärung reichen, bis er diese ganze Bescherung in Ordnung gebracht hatte. Doch das unablässige dumpfe Pochen und die stechenden Schmerzen, die seinen Körper durchfuhren, sagten ihm, dass seine inneren Verletzungen genauso ernst sein mussten wie die Blutergüsse und Hautabschürfungen. Sie hatten ihn wirklich mehr als heftig in die Mangel genommen. Wenn die Schmerzen gar nicht nachließen, würde er vielleicht irgendwann seinen Stolz runterschlucken und auf die andere Uferseite zu Dr. Markham gehen. Der widerliche alte Quacksalber würde zumindest so gnädig sein, ihm ein paar Paracetamol zu geben, um die Schmerzen zu betäuben.

Aber das musste noch warten. Denn im Moment hatte Harry dringendere Geschäfte zu erledigen. Geschäfte, die sein eigenes Geschäft retten sollten.

Mittlerweile hatte er den Landungssteg erreicht und schaffte es gerade noch, sich in den klapprigen Regiestuhl fallen zu lassen, in dem er immer gern Siesta hielt. Auf dem Wasser schaukelte die *Yellowfin* träge in der Strömung. Harry musterte sie mit väterlichem Stolz, und ihn überkam eine ganz uncharakteristische Wut, als er daran dachte, dass der Araber sie in einem zwielichtigen Deal an einen Käufer in Malindi hatte verschachern wollen. Sie mochte ihre besten Tage schon hinter sich haben, aber sie war alles, was er noch hatte – und niemals würde er tatenlos zusehen, wie sie jemand einfach verkaufte.

In diesem Moment kam Jake mit verdutztem Gesichtsausdruck zurück.

»Das war Cyril aus Malindi«, sagte er. »Er behauptet, er hätte Kundschaft für uns.«

Harry hätte kaum überraschter sein können. »Cyril? Bist du sicher, dass er die richtige Nummer gewählt hat? Der kleine Wichser macht doch sonst nur Geschäfte mit Leuten, die ihn entsprechend schmieren.«

»Die Ernies haben aber ausdrücklich nach Britannia Fishing Trips verlangt, meinte er.«

»Auf welchen Namen soll die Buchung laufen?«

»Cruickshank«, antwortete Jake.

Er sah, wie sein Partner angestrengt überlegte, ob jemand dieses Namens irgendwann mal auf der Forbes-Liste der Milliardäre aufgetaucht war.

Schließlich zuckte Harry mit den Achseln. »Kommt mir absolut nicht bekannt vor«, stellte er fest. »Fahr lieber gleich hin, bevor sie sich's wieder anders überlegen.«

»Okay«, meinte Jake. »Ich lade gleich mal das Bier und den Proviant ein und hol unterwegs Sammy ab.«

»So gefällst du mir, Jake. Und wenn ich du wäre, würde ich mir vorher noch einen starken Kaffee genehmigen.«

Harry sah ihm vom Landungssteg nach, bis die *Yellowfin* um die Landzunge verschwunden war, dann klemmte er sich selbst ans Telefon. Eine halbe Stunde später humpelte er über den Schotterweg, der zum Mombasa-Highway führte. Was sonst fünfzehn Minuten dauerte, beanspruchte jetzt eher vierzig, aber das muss man eben in Kauf nehmen, wenn man halb verkrüppelt war und dem Araber in einem verzweifelten Versuch, Zeit zu gewinnen, die Schlüssel zum Landrover gegeben hat. Doch mit etwas Glück konnte er ein so gutes Geschäft machen, dass er die Schrottkarre hinterher sowieso nicht mehr brauchte, dachte Harry. Okay, sich mit Tug Viljoen einzulassen, bedeutete zweifellos, dass er bei diesem Geschäft die eigene Seele verkaufen musste – aber nachdem er in der City of London gearbeitet hatte, war er das ja gewohnt. Und wie illegal konnte Viljoens Plan schon sein?

Wie abgemacht, parkte der Jeep am Straßenrand. Harry humpelte darauf zu und stieg auf der Beifahrerseite ein.

»Mein Gott, Harry«, rief Tug Viljoen. »Was ist denn mit deinem Gesicht passiert, Mann?« Der Südafrikaner lehnte sich vor und musterte fasziniert die Blutergüsse.

»Ich hatte gestern Nacht eine außerplanmäßige Besprechung mit dem Araber.«

»Dieses Arschloch!« Viljoen schlug sich mit der fleischigen Faust in die Handfläche der anderen Hand.

»Tja. Gestern war überhaupt so ein komischer Tag. Ich schätze, du hast schon gehört, was gestern bei Dennis Bentleys Bootshaus los war, oder?«

»Allerdings«, bestätigte Tug. »Diese Scheiß-*Kaffern* mit ihren Uzis. Das wird ja langsam das reinste Johannesburg hier. Immerhin – sie haben ja gekriegt, was sie verdient haben. Hörte sich so an, als wären sie ordentlich gegrillt worden.«

»Weiß Gott. Wie auch immer, noch mal zurück zum Araber: Du hattest da ein Geschäft erwähnt, bei dem ich einsteigen könnte und das uns beiden finanziell sehr guttun würde. Irgendwas in der Größenordnung von fünfundzwanzigtausend Dollar?«

»Interessiert?«

Harry zuckte mit den Schultern. »Ich komm nicht drum rum. Was muss ich denn tun?«

Viljoen überlegte kurz. »Hast du irgendjemandem davon erzählt?«, wollte er wissen.

»Nein.«

»Sicher nicht? Auch Jake nicht?«

»Keiner Menschenseele, Tug. Wie du gesagt hast.«

Viljoen starrte eine ganze Weile geradeaus auf die Straße. Dann nickte er, offensichtlich zufrieden, startete das Auto und fuhr auf den Highway.

41

Das Vasco da Gama Pillar ist ein großes weißes Monument, das sich am südlichen Rand des Hafens von Malindi auf einem Felsvorsprung erhebt. Es soll an die Ankunft des großen Entdeckers erinnern, der hier 1498 vom Sultan mit Ziegen, Orangen und Zuckerrohr als Geschenken empfangen wurde. Der Sultan wusste allerdings nicht, dass sein Reich innerhalb von zehn Jahren von portugiesischen Kaufleuten und europäischen Sklavenhändlern überrannt werden würde, die die Stadt langsam, aber sicher ihrer Ressourcen und ihrer strategischen Bedeutung beraubten, um sie Mitte des sechzehnten Jahrhunderts für den lukrativeren Hafen Mombasa zu verlassen, der knapp hundert Kilometer weiter südlich lag. Heute ist das Pillar eine Orientierungshilfe für die Sportfischerboote und die Touristenkreuzschiffe, während die Stadt selbst von einer neuen Einwanderungswelle überrollt worden ist – den wohlhabenden Exil-Italienern von Malindi.

Die Ernies warteten startklar im Touristenbüro in der Beach Road neben ihren Kühltaschen und Ghettoblastern. Es waren Amerikaner, wahrscheinlich Collegestudenten, ihrem Aussahen nach zu urteilen. Jake hörte ihre affenartigen Jubelschreie und das Klatschen ihrer High-fives schon aus hundert Metern Entfernung auf der Brücke der *Yellowfin*.

»Sieht ganz so aus, als würden heute echte Herausforderungen auf dich warten, Sammy«, stellte er fest.
Der Schiffsjunge saß unten, lächelte nur und fuhr fort, seine Köderfische zu filetieren. Wieder mal war Jake beschämt und verärgert über seine eigene Egozentrik – mittlerweile war fast eine Woche vergangen, aber Sammy glaubte immer noch, dass sein Bruder zurückkommen würde. Jake fürchtete den Moment, in dem er ihm die Wahrheit sagen musste. Was auch immer die Wahrheit sein mochte. Nicht zum ersten Mal an diesem Tag fragte er sich auch kurz, wie weit Jouma wohl mit Michael Kili gekommen war. Und er spürte – ebenfalls nicht zum ersten Mal – einen Anflug von Verdruss, dass er nicht dabei sein konnte.
Er ging über die Mole und warf begehrliche Blicke auf die glänzenden Luxusyachten, die in der Bucht vor Anker lagen. Manche von ihnen waren an die sechzig Meter lang und wirkten wie elegante schwimmende Hotels, inklusive Fünfsternesuiten, Restaurants, Bordkinos und Fitnessstudios. War es verwunderlich, dass Kleinunternehmen wie ihres vor die Hunde gingen, wenn so die Konkurrenz aussah?
»Sind Sie die Cruickshank-Gruppe?«
Die Ernies musterten ihn mit bierseliger Verständnislosigkeit.
»Was ist los, Kumpel?«, fragte einer von ihnen zurück.
»Ich suche die Cruickshank-Gruppe. Die eine Tour mit Britannia Fishing Trips gebucht hat.«
»*Crockshank?* Was?«
»Ich hab *Shawshank* verstanden. Du meinst *Shawshank*, oder?«

Jake lächelte ohne große Überzeugungskraft und ging zur Touristeninformation – eine etwas großspurige Bezeichnung für eine Holzkiste von den Ausmaßen eines Eisstandes. Darin saß ein junger Afrikaner mit einer riesigen Schirmmütze und einem Schild am Revers, auf dem CYRIL TAYARI stand.
»*Jambo*, Mr. Moore!«, rief er grinsend. »Mann, wie geht's denn so?«
»Ich suche meine Gruppe, Cyril. Gebucht auf den Namen Cruickshank. Sechs Teilnehmer.«
Cyril runzelte die Stirn und ließ den Finger über eine Namensliste wandern, die er in das Auftragsbuch auf seinem Tisch gekritzelt hatte. »Crook Shank, Crook Shank …«
»Du hast heute Morgen selbst angerufen«, sagte Jake gereizt. »Ich war am Apparat.«
»Natürlich, natürlich«, nickte Cyril und leckte sich nervös über die Lippen.
»Tja, diese Buchung war von mir«, ertönte plötzlich eine bekannte Stimme, und zu Jakes Überraschung trat Martha Bentley hinter dem Kiosk hervor.
»Ah! Mrs. Crook Shank!« Cyril klatschte in die Hände. »Jetzt weiß ich's wieder.«
»Mrs. Cruickshank, ja?« Jake verschränkte die Arme und lehnte sich gegen das Holzhäuschen »Sieht so aus, als hätten Sie die anderen fünf Teilnehmer Ihrer Tour verloren.«
Martha hielt ein Bündel Dollarscheine hoch, das von einem silbernen Geldclip zusammengehalten wurde. »Keine Sorge«, erwiderte sie. »Ich habe dafür gesorgt, dass sie alle im Voraus zahlen.«

42

Der Mann am Empfangstresen des Marlin Bay Hotel strahlte das ungebrochene jugendliche Selbstvertrauen aus, das auf Gesundheit, teurer Ausbildung und zu viel Geld aufbaut. Ein Anblick, der bei Conrad Getty nicht nur enorme Gereiztheit auslöste, sondern auch den blanken Neid in ihm aufwallen ließ. Dieser Mann in der beigen Hose, dem Leinenhemd und der Fliegersonnenbrille, die er lässig nach oben in sein dickes Haar geschoben hatte, verkörperte alles, was Getty verachtete – denn das war alles, was der leichenhaft aussehende, kranke Hotelbesitzer mit dem schütteren Haar selbst gern gehabt hätte.

»Wie heißt er?«, zischelte er und starrte den Mann mit leicht zusammengekniffenen Augen an.

»Mr. Noonan, Sir«, antwortete Loftus.

»Ist er Gast bei uns?«

»Er hat vor zwanzig Minuten eingecheckt, Sir.«

»Und, was hat er dann für ein Problem? Stimmt irgendwas nicht mit seinem Zimmer?«

»Nein, Sir. Er meint, er sollte hier jemanden treffen, kann die Person aber nirgends finden.«

»Wen denn, verdammt noch mal? *Wen?*«

»Miss Bentley, Sir.«

Mist! Hatte er diesen Moment nicht die ganze Zeit gefürchtet? Hatten amerikanische Investoren plötzlich Interesse an dieser kleinen Ecke von Kenia entwickelt? Während er den Innenhof überquerte, verwandelte sich Gettys ganzes Gebaren im Handumdrehen von dem eines verbitterten Kobolds in das eines liebedienernden Gastgebers.

»Mr. Noonan?«

Der junge Mann blickte auf und lächelte, wobei er – wie Getty schon erwartet hatte – eine Reihe perfekter weißer Zähne entblößte.

»Patrick Noonan«, stellte er sich vor. »Angenehm.«

»Conrad Getty. Ich bin der Besitzer des Marlin Bay. Mein Concierge hat mir mitgeteilt, dass Sie ein Problem haben?«

»Ein Problem nicht unbedingt, Mr. Getty. Ich stehe nur vor einem kleinen Rätsel, das ist alles.«

Getty gefror das Blut in den Adern, und zu seinem Ärger begann ihm ein Muskel im Augenwinkel nervös zu zucken.

Noonan senkte die Stimme. »Ganz unter uns: Ich bin gerade aus New York gekommen, um meine Freundin zu überraschen. Sie kennen doch Martha Bentley? Ihre Empfangsdame hat mir gesagt, dass sie hier wohnt, aber ich habe schon überall gesucht und kann sie nicht finden. Deswegen dachte ich, möglicherweise wissen Sie, wo sie sein könnte? Vielleicht hat sie ja eine Nachricht hinterlassen oder so?«

»Natürlich. Miss Bentley.« Getty gab sich äußerlich ganz gelassen, obwohl ihm die Galle hochkam bei dem Gedanken, dass dieser Scheißemporkömmling Marthas

Freund war. Warum nicht gleich ein CIA-Agent? Ihm schoss ein Bild durch den Kopf, wie Noonans perfekt durchtrainierte Hinterbacken zwischen Martha Bentleys Schenkeln auf und ab wippten – zwar nur kurz, aber nichtsdestoweniger eine sehr unangenehme Vorstellung.

»Sie ist nach Malindi gefahren«, erklärte Getty und genoss Noonans überraschten Gesichtsausdruck.

»Nach Malindi?«

»Sie ist heute Morgen mit einem unserer besten Boote gestartet. Wenn ich nicht irre, hatte sie dort etwas zu erledigen, in Zusammenhang mit dem Grundstück ihres verstorbenen Vaters.«

»Okay. Kann ich auch eines von Ihren Booten mieten? Ein schnelles? Ich hätte gern ein richtig schnelles.«

Arroganter Arsch. »Überhaupt kein Problem, Mr. Noonan. Wenn Sie sich bitte an den Concierge wenden. Es wird ihm ein Vergnügen sein, Ihnen ein entsprechendes Fahrzeug zu besorgen.«

»Danke, Kumpel. Wirklich sehr nett.«

Kumpel? »Kein Problem, Sir. Genießen Sie den Tag. Und ich darf doch davon ausgehen, dass ich Sie heute zum Abendessen sehe?«

»Verlassen Sie sich drauf«, erwiderte Noonan und machte eine Geste, bei der er mit den Fingern eine Pistole imitierte.

Getty spürte eine Patina aus kaltem Schweiß auf der Stirn. Als Noonan davonschlenderte, fragte er sich, wie zum Teufel er sich nur auf dieses Gewerbe hatte einlassen können. Wie immer war ihm die Antwort nur zu gut bewusst.

Seine Gier. Seine Dummheit.

Sein Handy klingelte.

»Was?«, bellte er, ohne einen Blick auf die Nummer im Display zu werfen.

»Captain!«, rief die Stimme am anderen Ende der Leitung. »Wie geht es Ihnen?«

»Verdammt noch mal!« Getty eilte die Treppe zu seinem Büro hinauf, in dem er ein Festnetztelefon hatte. »Wo zum Henker waren Sie die ganze Zeit? Seit zwei Tagen versuche ich schon, Sie zu erreichen!«

»Kann gerade schlecht reden, Captain. Ich sitz am Steuer.«

»Wir *müssen* aber reden.«

»Keine Sorge, das werden wir auch.«

»Wann, zum Teufel?«

»Schneller, als Sie glauben. Sind Sie in Ihrem Büro?«

»Ja.«

»Dann sehen Sie doch mal kurz aus dem Fenster.«

Getty ließ den Hörer sinken und eilte ans Fenster. Sein Büro lag im ersten Stock des Hotels, und von hier aus konnte er über die gläserne Säulenhalle der Rezeption und bis hinter die Tore des Hotelgeländes blicken. Ein widerlich ungewaschener Jeep schoss in die asphaltierte Auffahrt, ohne sich um die Schwellen zu kümmern, die normale Autos zwangen, ihre Geschwindigkeit zu drosseln. Auf dem Weg nahm er gleich noch ein paar Eckchen des manikürten Rasens mit, den Getty für fünfhundert Dollar pro Quadratmeter aus Irland importiert hatte.

Fluchend griff er wieder zum Hörer. »Was zum Teufel machen Sie hier?«

Unten bremste der Jeep gerade direkt vorm Eingang. Der Fahrer, der sich immer noch das Handy ans Ohr hielt, stieg aus.
»Soll ich den Zündschlüssel stecken lassen oder diesem *Kaffer* geben?«, erkundigte sich Tug Viljoen, wobei er durch die Glasscheibe blickte und Getty zuwinkte.
»Und wen zum Teufel haben Sie da mitgebracht?«, wollte Getty wissen.
Viljoens Beifahrer hievte sich gerade vorsichtig aus dem Auto und stützte sich dabei auf einen Regenschirm. Mit der verlotterten Kleidung und dem zerschlagenen Gesicht sah er aus wie einer der heruntergekommenen Penner, die die Wachleute pausenlos vom Hotelstrand verscheuchten.
»Das ist Harry aus Flamingo Creek«, verkündete Viljoen. »Er steht als Kurier zur Verfügung.«
»Sind Sie jetzt völlig verrückt geworden?«
»Immer langsam, Captain«, sagte Viljoen seelenruhig, aber seine Augen brannten durch das Glas wie Laserstrahlen. »Ich muss Sie sicher nicht erst dran erinnern, dass wir unterbesetzt sind und uns eine Deadline ins Haus steht.«
Getty beobachtete, wie Viljoen seinen Autoschlüssel verächtlich in die Hand des afrikanischen Portiers fallen ließ. »Tut mir leid, aber ich …«
»Schon gut, schon gut. Aber jetzt rufen Sie doch bitte Ihren Barmann an und sagen ihm, dass er das Bier klarmachen soll. Das heißt, wenn ich's mir recht überlege, sagen Sie ihm, er soll einen doppelten Bourbon dazustellen. Unser Harry braucht was gegen seinen Kater.«

43

In Joumas Spind im Mama Ngina Drive befand sich ein Holzkästchen mit einem Vorhängeschloss. Darin wiederum lag ein Achtunddreißiger und sechs Kugeln. Es war die Standardwaffe für jeden Polizisten, der den Rang eines Inspectors oder darüber innehatte. Jouma hatte seine vor zehn Jahren bekommen. Seitdem hatte sie unberührt in diesem Kästchen gelegen, denn Jouma war immer der Meinung gewesen, dass ein Polizist, der mit einer Waffe in der Tasche rumlief, nicht besser als jeder beliebige Gangster in Mombasa sei.

Als er an diesem Morgen die Kugeln in die Kammer seines Achtunddreißigers lud, gestand sich der Inspector jedoch betrübt ein, dass solch edle Gesinnung nur jämmerlicher Selbstbetrug war. Gestern hatte Michael Kili ihm zwei Auftragskiller auf den Hals gehetzt. Sie waren gescheitert, doch Kili würde dafür sorgen, dass ihm derselbe Fehler nicht zweimal passierte. Deswegen war Jouma auch so vorsichtig gewesen, sich eine kugelsichere Zylonweste geben zu lassen. Die war zwar sperrig und unbequem, doch unter seinem Burberry-Regenmantel – zwei Nummern zu groß, aber dennoch Joumas ganzer Stolz – verschwand sie ganz gut.

Wie sich noch am gleichen Tag herausstellte, war Michael Kili selbst der Kugel eines Mörders zum Opfer gefallen.

Doch die Zylonweste hatte ihren Zweck erfüllt. Ebenso der Achtunddreißiger. Seltsamerweise konnte sich Jouma ganz genau an diesen surrealen Moment in Kilis Büro erinnern, als Omu völlig verblüfft die mörderische Spitze seiner Messerklinge anstarrte – sie war so verbogen, als hätte er versucht, sie in eine Steinmauer zu rammen. Als er den stupsnasigen Revolver entdeckte, der plötzlich in Joumas Hand aufgetaucht war, weiteten sich seine Augen hinter den Brillengläsern.

In Kilis Büro dröhnte der Schuss des abgefeuerten Achtunddreißigers so laut, als wäre eine Bombe detoniert. Als Omu einen Satz zur Tür machte, schlug das Geschoss in den entblößten Streifen zwischen dem Saum seiner *Khanzu* und seiner Leinensandale. Blut und Knochensplitter aus seinem Fußknöchel spritzten gegen die Wand. Omu stieß einen gequälten Schrei aus, drehte sich zweimal um die eigene Achse und sackte dann neben Kilis Leiche zu Boden. Jouma zeigte mit dem immer noch rauchenden Revolverlauf auf den sprachlosen Nyami, der sich unter dem Anna-Kournikowa-Poster zusammengekauert hatte und sich die Ohren zuhielt.

»Na, was ist, Sergeant Nyami?«, sagte der Inspector, während er sich bemühte, seine Atemlosigkeit und das Zittern seiner Hand zu verbergen. »Legen Sie dem Gefangenen jetzt Handschellen an oder muss ich auch noch auf *Sie* schießen?«

Auf seinem Krankenbett in einem bewachten Zimmer des Hospitals von Mombasa hörte Omu geduldig zu, während Jouma ihm genüsslich auseinandersetzte, wie sich die Lebensbedingungen für einen gebildeten Mann in einem kenianischen Hochsicherheitsgefängnis gestalten dürften.

Der Inspector schilderte zunächst den obligatorischen Mangel an Lebensmitteln, sauberem Trinkwasser und Kleidung, die Überbelegung der Zellen und die nicht existierende Krankenversorgung. Dann erklärte er, dass jedes dieser Gefängnisse eine Latte von Verstößen gegen die Menschenrechte zu bieten hatte, inklusive Folter und Vergewaltigung bis hin zum institutionell gebilligten Mord.

»Wollen Sie mir Angst machen, Inspector?«, erkundigte sich Omu müde. Er zuckte schmerzlich zusammen, als er versuchte, die Zehen zu bewegen, die aus dem voluminösen Gips an seinem zerschmetterten Knöchel herausschauten.

»Ich lege nur Tatsachen dar, Mr. Omu«, erwiderte Jouma. »Diese Gefängnisse existieren, und in nicht allzu ferner Zukunft werden Sie in einem landen. Wie man dort mit Ihnen umgehen wird, steht allerdings auf einem anderen Blatt.«

»Verstehe. Und wenn ich Ihnen jetzt alles sage, was ich weiß, kann ich eine Vorzugsbehandlung erwarten – stimmt's?«

»Sie können überhaupt nichts erwarten«, schnauzte Jouma ihn an. »Sie vergessen wohl, dass ganz oben auf der umfangreichen Liste Ihrer Verbrechen der versuchte Mord an einem Polizisten steht.«

Omu winkte verächtlich ab. »Wenn eine Anklage zu einem Urteil führen soll, braucht es schon mehr, Inspector Jouma.«

»Sie bezahlen also nicht nur Polizisten, sondern auch Richter?«
»Ich lege nur Tatsachen dar. Da fällt mir ein – wie geht es Sergeant Nyami?«
»Er hilft uns bei unseren Ermittlungen.«
Omu lachte. »Nyami ist so dämlich, der muss sich doch morgens von seiner Frau die Schnürsenkel binden lassen. Ich weiß alles, was er weiß, und ich kann Ihnen versichern, Sie verschwenden Ihre Zeit und Ihre Energie. Lassen Sie ihn in Ruhe, Jouma. Versetzen Sie ihn zur Verkehrspolizei, aber bestrafen Sie ihn nicht als Verräter. Er kann eben nicht aus seiner Haut.«
»Sehr großherzig von Ihnen, Mr. Omu. Ich werde selbst dafür Sorge tragen, dass Ihre Empfehlungen an Superintendent Teshete weitergeleitet werden.«
»Teshete!«, zischte Omu verächtlich. »Wenn Sie nach den Gründen suchen, warum Kenia bis ins Mark verrottet ist, dann brauchen Sie sich nur Teshete anzusehen oder die tausend anderen in diesem Land, die so sind wie er. Untätig, selbstgefällig, gierig, ignorant – wegen Menschen wie Teshete kommen solche Leute wie Kili doch erst an die Macht.«
Ungläubig starrte Jouma ihn an. »Wie bitte? Auf einmal sind Sie also der große Patriot? Sie distanzieren sich einfach so von Kili? Wie eine Schlange, die ihre alte Haut abstreift?«
»Verschonen Sie mich mit Ihrer moralischen Entrüstung, Inspector. Kili war ein gemeiner Straßenräuber, der wie ein Hund gestorben ist. Ich habe genauso wenig mit ihm gemeinsam wie Sie, und das wissen Sie auch.«

»Vergleichen Sie sich nie wieder mit mir.« Jouma konnte seinen Zorn kaum im Zaum halten, und richtete seinen Zeigefinger drohend auf den Mann im Bett. »Vergleichen Sie sich ...«

»Warum? Weil Sie *Polizist* sind? Weil Sie geschworen haben, über das Gesetz zu wachen und das Volk zu beschützen? Da schätzen Sie Ihre Berufung wohl ein bisschen zu hoch ein, Jouma. Sie haben doch gesehen, was passiert, wenn man das Volk an die Wahlurnen lässt. Chaos. Anarchie. Tod. Die Menschen sind Tiere, und so muss man sie auch behandeln. Nein, Inspector, in Kenia geht es immer nur um eines: das Überleben des Stärkeren. Ganz egal wie, Hauptsache, man überlebt. Glauben Sie denn allen Ernstes, dass ich mehr als die tiefste Verachtung für Michael Kili übrig gehabt hätte? Dass ich ihn für irgendetwas anderes als ein Tier gehalten habe? Nein – Kili war für mich nur ein Mittel zum Zweck, das mein Überleben sicherte – so wie für Sie dieses Dienstabzeichen, das Sie mit solchem Stolz tragen.«

»Ja«, gab Jouma zurück, »aber auch ich bin immer noch unter den Überlebenden.«

Omu zuckte mit den Schultern. »Vielleicht. Aber wie lange noch.«

Langsam begriff Jouma, dass es sinnlos war, Omu Informationen entlocken zu wollen. Ein Mann wie er würde niemals reden, es sei denn, es sprang irgendein Vorteil für ihn dabei heraus. Und bis jetzt konnte ihm Jouma nicht mehr anbieten als vage Drohungen mit dem Gefängnis. Er brauchte etwas anderes, eine Art Köder, den er Omu vor die Nase halten konnte.

Jouma drehte sich um und ging zur Tür.
»Inspector!«
»Mr. Omu?«
»Könnten Sie die Wache vor der Tür wohl bitten, mit dem Pfeifen aufzuhören? Ich bekomme schon Kopfschmerzen davon.«

Nachdem er das Krankenhaus verlassen hatte, machte sich der Inspector auf den Weg zu der Polizeistation im Zentrum von Mombasa, in der Nyami inhaftiert war.
Der Sergeant, der nur seine zerlumpte Unterwäsche trug, winselte wie ein geprügelter Hund und wich in die Ecke seiner Zelle zurück. Zitternd und schluchzend sackte er zusammen und kauerte sich gegen die Wand.
»*Warum*, Nyami?«, hatte Jouma ihn gefragt. »War es das Geld? Haben Sie mich deswegen verraten? Haben Sie *sich* deswegen verraten?«
Nyami ließ den Kopf hängen. »Ich hatte Angst. Omu hat gesagt, er würde meine Frau umbringen, wenn ich ihm nicht die Informationen gebe, die er verlangt.«
»Sie haben Omu gestern also von meinem Besuch in Flamingo Creek in Kenntnis gesetzt?«
Der Sergeant nickte.
»Hat Omu auch Kili umgebracht?«
»Ich weiß es nicht!«, schrie Nyami. »Ich schwöre, ich weiß nichts davon«, beteuerte er.
»Hm. Ich glaube, Sie wissen tatsächlich nichts.«
»Was wird jetzt mit mir geschehen, Inspector?«
Jouma zuckte mit den Schultern. »Ich weiß es wirklich nicht, Nyami.«

Bei seiner Rückkehr ins Krankenhaus suchte Jouma einen kleinen, mit Vorhängen abgeteilten Bereich in der Notfallaufnahme auf, wo ein etwas überheblicher Angestellter an ihm herumdrückte und knuffte und schließlich feststellte, dass nichts gebrochen war.

»Sie werden den Rest der Woche noch einen netten Bluterguss auf der Brust haben«, erklärte er, »aber es könnte schlimmer sein.«

Beunruhigenderweise war Joumas nächster Besucher Christie, der Pathologe.

»Ich habe gehört, dass Sie hier sind«, sagte der mit einem Zwinkern.

»Sie sind falsch informiert«, erwiderte der Inspector, kletterte rasch von der Liege und griff nach seinem Hemd. »Ich bin nicht tot.«

»Nein«, stellte Christie wahrheitsgemäß fest und betrachtete Joumas Krankenakte. »Aber wenn er auf Ihre Kehle gezielt hätte, wären Sie es.«

»Dann hatte ich wohl Glück, dass er es nicht getan hat.« Jouma zuckte schmerzlich zusammen, als er das gezackte Loch in seinem Burberry-Regenmantel entdeckte.

Doch der Pathologe schüttelte den Kopf. »Ich weiß ja nicht, Jouma. Da sind Sie nun ein Mann fortgeschrittenen Alters, und plötzlich geraten Sie in Messerstechereien mit Gangstern … Was haben Sie sich nur dabei gedacht?«

»Ich glaube, ihn hat es schlimmer erwischt«, erwiderte Jouma.

Christie grinste, was nicht unbedingt ein angenehmer Anblick war. »Ja – das hab ich auch schon gehört. Wie auch immer, meinen Sie nicht, Sie sollten sich mal eine Weile ausruhen? Das war doch ein ziemlich traumatisches Erlebnis.«

»Danke für Ihre Besorgnis – aber ich habe Arbeit zu erledigen.«

Christie nickte. »Ich auch. Auf meinem Tisch liegt ein Kerl, dem man fast den ganzen Kopf weggeschossen hat.«

»Dann dürfte es ja wohl nicht allzu lange dauern, bis Sie seine Todesursache festgestellt haben.«

»Kommen Sie, Inspector«, seufzte Christie. »Ich begleite Sie. Und wenn Sie unterwegs Ihr Leben aushauchen sollten, werde ich sanft mit Ihren sterblichen Überresten verfahren.«

Sie verließen die Notaufnahme und gingen durch einen labyrinthischen Kaninchenbau aus Korridoren, bis sie die bewachte Station erreichten, auf der Omu lag. Mittlerweile war eine Stunde vergangen, vielleicht hatte Kilis Vertreter seine Meinung ja geändert und wollte jetzt reden. Wenngleich Jouma sich keine großen Hoffnungen machte.

»Diese ganzen Morde und Verstümmelungen«, sagte Christie, als sie nebeneinander durch die Gänge liefen. »Ich nehme an, das alles hat mit der Leiche zu tun, die neulich am Strand angeschwemmt worden ist, oder?«

»Wie kommen Sie darauf?«

»Sagen wir einfach mal, ich habe gut geraten. Zum einen das, zum anderen stelle ich fest, dass sich seit diesem ersten Fund die Leichen plötzlich bis zur Decke stapeln. Mein Kollege Mr. Gikonyo in Malindi ist die ehrenvolle

Aufgabe zugefallen, die Überreste der zwei Kerle zu untersuchen, die ihr Schnellboot gestern bei Flamingo Creek gegen einen Baum gesteuert haben. Wo immer Sie hingehen, Inspector, folgen Ihnen Tod und Zerstörung auf dem Fuße, will mir scheinen. Vielleicht riskiere auch ich gerade mein Leben, wenn ich mich so unbekümmert in Ihrer Nähe aufhalte.«

»Dann möchte ich Sie wirklich nicht länger aufhalten.«

»Pech für Sie. Die Abkürzung zur Pathologie führt durch die bewachte Station.«

Als sie um die Ecke bogen, sank Jouma das Herz in die Hose. Die Wache, die vor Omus Zimmer postiert gewesen war, war jetzt nirgends mehr zu sehen. Der Inspector setzte sich in Trab, aber als er sah, dass die Tür offen stand, wusste er bereits, dass er zu spät kam.

»O nein!«

»Du liebe Güte, Jouma«, rief Christie, als er an Jouma vorbei ins Zimmer lief. »Sie sind ja *wirklich* ein Unglücksrabe.«

Die Leiche lag in halb sitzender Position auf dem Boden neben dem Bett. Jemand hatte einen Stoffstreifen aus Omus *Khanzu* gerissen und an die Metallstangen des Kopfendes geknotet. Das andere Ende war fest um den Hals des Toten geschlungen, direkt unter dem Unterkiefer. Und das Mittelstück hing ihm einfach schlaff auf der Schulter.

Mit geringschätziger Miene hob Christie diesen Teil mit dem Zeigefinger an. »Lächerlich«, stellte er fest, schüttelte den Kopf und stand mit knackenden Kniegelenken wieder auf. »Ich hätte gedacht, noch der blödeste Mörder von Mombasa müsste wissen, dass das Seil zumindest gespannt *aussehen* muss, wenn ein Mord als Selbstmord getarnt werden soll.«

Jouma sah ihn verständnislos an.

»Um sich mit diesem Stoffstreifen zu erdrosseln«, führte Christie aus, »hätte der gute Mann sich erst auf den Kopf stellen und nach dem Tod diese sitzende Haltung einnehmen müssen. Kaum praktikabel, Inspector – vor allem bei einem Mann, der einen relativ großen Gips am Fuß hat.«

»Woran ist er gestorben?«

Unsensibel wie immer, stupste Christie Omus vorstehenden Augapfel an. »Oh, erstickt ist er tatsächlich. Und die Male an seinem Hals deuten auch darauf hin, dass er mit ebendiesem Stoffstreifen erwürgt wurde. Aber ich schätze, dass er sich noch auf dem Bett befand, als es geschah, und auch nicht viel davon mitbekam. Höchstwahrscheinlich hat er geschlafen. Das werde ich natürlich herausfinden.« Er seufzte. »Da macht sich einer die ganze Mühe … und dann benutzt er einen Stoffstreifen, der mindestens fünfzehn Zentimeter zu lang ist. So ein Fehler würde höchstens zu einem Schuljungen passen.«

»Vielleicht«, nickte Jouma.

Oder vielleicht auch nicht. Es war offensichtlich, dass Jacob Omu nicht Selbstmord begangen hatte – aber das war ja auch nicht das Entscheidende.

Das Entscheidende war, dass sie ihn in die Finger bekommen hatten. Und wenn sie Omu schon so einfach fassen konnten …

44

Cruickshank?«

»Das war der Mädchenname meiner Mutter«, erklärte Martha.

»Und warum diese List?«

»Ich dachte, dass Sie sich nicht die Mühe machen würden, für einen einzigen zahlenden Gast nach Malindi rauszufahren.«

Jake lachte bitter. »So, wie es in letzter Zeit läuft, würde ich sogar nach Sansibar fahren, wenn ich dort einen zahlenden Gast vorfinden würde. Was haben Sie denn in Malindi gemacht?«

»Hier wohnte ein Bootsbauer, zu dem mein Vater immer ging. Ich habe versucht, ihn ausfindig zu machen – weil ich glaubte, dass er mir vielleicht die eine oder andere Frage beantworten könnte. Aber in der Zwischenzeit hat man aus seiner Werkstatt einen Souvenirshop gemacht. Da dachte ich mir, scheiß drauf. Ich bin seit Jahren schon nicht mehr auf einem Sportangelboot mitgefahren.«

»In Malindi muss es ungefähr hundert Skipper geben.«

»Ich vermute aber, Sie sind der Einzige, der mich ans Steuer lässt.«

Martha gab langsam Gas und wendete das Boot in einem weichen Bogen, so dass der schmale, verschwommene

Streifen Land am Horizont nun auf der Steuerbordseite lag. Jake stand neben ihr auf der Brücke, betrachtete die saubere Linie ihres Kielwassers und war beeindruckt. Dieses Mädchen wusste eindeutig, wie man ein Boot steuerte – andererseits war das ja auch kein Wunder. Soweit er wusste, war sie quasi auf Fischerbooten aufgewachsen. Er fing Sammys Blick auf, der sich unten um die Angeln kümmerte, und der Junge nickte anerkennend.

»Ich war neun, als mein Vater mich zum ersten Mal unbeaufsichtigt so ein Boot steuern ließ«, erzählte sie und kicherte. »Er hatte einen Freund namens Howard Miller, irgend so ein Investmentberater aus Nairobi, und der versuchte ihn zu überreden, in ein neues Boot zu investieren. Der gute alte Howard saß jedenfalls auf der Reling und redete gerade über Geschäftliches, da beschloss ich, mal auszuprobieren, wie fix so ein Zehnmeterboot beschleunigt, wenn man mit beiden Motoren Vollgas gibt. Kaum hatte ich mich versehen, da schrie Dad mir zu, ich solle sofort anhalten, und Howard Miller lag im Wasser.«

»Und, was ist aus der Investition geworden?«

»Leider hat Howard es nicht mit Humor genommen.«

»Dennis muss ganz schön wütend auf Sie gewesen sein.«

»Dad wurde nie wütend auf mich. Ich war seine Tochter, die einfach nichts falsch machen konnte.«

Eine Gruppe von Dhaus tuckerte langsam auf Mombasa zu. Sie waren strahlend weiße Kleckse auf dem kräftigen Blau des Meeres.

»Und, wie geht Ihre Geschichte?«, fragte sie. »Wie landet ein Expolizist aus London auf einem Boot in Kenia und angelt Marline?« Überrascht sah er sie an, aber sie lachte nur. »Ich bin Rechtsanwältin. Es gehört zu meinem Beruf, herauszufinden, was für Leichen die Leute im Keller haben.«

»Sie meinen, Jouma hat es Ihnen erzählt.«

Kokett zuckte sie mit den Schultern, und Jake begriff, dass Martha sich unter den Alphamännchen in Manhattan garantiert zu behaupten wusste. »Auf dem Rückweg nach Mombasa gestern Nacht mussten wir uns eine ganze Stunde lang die Zeit vertreiben«, rechtfertigte sie sich. »Und das Lokalradio sendet ja wirklich bloß Schrott.«

»Was hat er Ihnen sonst noch über mich erzählt?«

»Nicht viel. Er ist nicht gerade der gesprächige Typ. Das bisschen musste ich ihm schon aus der Nase ziehen. Aber ich bin fasziniert. Vom Polizisten zum Skipper – das ist nicht unbedingt der nächstliegende Karriereschritt.«

»Ich war nicht immer Polizist«, erwiderte Jake. »Mein alter Herr war sogar ziemlich sauer, als ich beschloss, nicht im Familiengeschäft zu bleiben.«

»Und das war?«

»Hochseefischen in der Nordsee. Hundertfünfzig Kilometer vor der Küste bei der Tyne-Mündung haben wir mit Schleppnetzen Hering, Schellfisch und Kabeljau gefischt. Mein Vater war Kapitän auf einem Fischdampfer. Und selbstverständlich sollte ich in seine Fußstapfen treten, er hatte große Pläne mit mir.«

»Und warum haben Sie es nicht getan?«

»Weil mir die Vorstellung nicht gefiel, mir für meinen

Lebensunterhalt die Eier abfrieren zu müssen. Und weil ich schon ahnte, wie sich die Dinge in den nächsten Jahren entwickeln würden. Quoten und Fangbeschränkungen. Billigimporte. Die ganze Branche war erledigt. Ich war zwanzig und wusste, dass ich mit dreißig am Ende sein würde, wenn ich blieb, wo ich war. Mein Alter wusste das auch – er wollte es sich nur nicht eingestehen. Wer wollte das schon – mit sechs Generationen von Fischern hinter sich? Also hab ich's mir einfach gemacht, bin zur Polizei gegangen und hab mich nach London versetzen lassen.«

»Für Ihren Vater muss das ganz schön hart gewesen sein.«

»Er beschuldigte mich, die Familie zu verraten. Wir haben kein Wort mehr miteinander gewechselt. Und ein Jahr später war er tot. Mit zweiundfünfzig. Die Ärzte sagten, es war die Leberzirrhose, aber ich vermute, er wollte einfach nicht mehr.«

»Du lieber Gott.«

»Tja, Väter und Söhne, das ist so eine Sache, oder? Hört sich so an, als hätten Sie derartige Probleme mit Dennis nicht gehabt.«

»Mom ist gestorben, als ich elf war«, erzählte Martha. »Dad liebte mich, aber er wusste, dass er mich nicht alleine großziehen konnte. Also hat er mich nach Michigan zur Schwester meiner Mutter geschickt. Es hat mir das Herz gebrochen.«

»Aber Sie haben nie den Kontakt zu ihm verloren.«

»Wir standen uns immer sehr nahe. Dafür hat Dad gesorgt. Deswegen …« Sie hielt inne, dann schüttelte sie den Kopf. »Wissen Sie, als ich gestern Abend dieses Bootshaus sah, war ich so wütend. Warum hat er mir nicht erzählt, in was für Schwierigkeiten er steckte? Warum hat er einfach aufgegeben, statt mich um Hilfe zu bitten?«

»So sind Männer eben«, meinte Jake. »Gott behüte, dass wir jemals ein Zeichen von Schwäche zeigen.«

Aber Martha schüttelte den Kopf. »Die Zeiten, die ich mit ihm auf der *Martha B* verbracht habe, waren die glücklichsten meines Lebens. Dad wollte nicht, dass die große, böse Welt diese Erinnerungen verdarb.«

Martha drehte sich um, und Jake bemerkte, dass sie hinter ihrer Designer-Sonnenbrille um Fassung rang.

»Er war ein guter Mann und ein guter Vater, Jake«, sagte sie. »Finden Sie nicht, dass ich ein Recht habe zu erfahren, in was für eine Geschichte er da verwickelt worden ist?«

45

Tug Viljoen schaute Harry nach, der langsam aus dem Büro humpelte.

»Und? Was meinen Sie?«

Getty kippte einen Whisky mit Ginger-Ale und zog an seiner Zigarette. »Meinen? Was soll ich meinen?«

»Zu *Harry*. Mannometer, Captain – Sie sind heute vielleicht nervös. Was zum Teufel ist denn los mit Ihnen?«

»Haben Sie unser kleines Problem gelöst?«

»Kili? Ja.«

Der Hotelbesitzer seufzte. »Gott sei Dank. Wie?«

»Ich hab ihn umgelegt.«

Getty spürte, wie sein Magengeschwür rebellierte, und erst nach ein paar Sekunden konnte er sicher sein, sich nicht übergeben zu müssen.

»Alles klar, Captain?«, erkundigte sich Viljoen. »Sie sind ja ganz grau im Gesicht.«

»Er wird das alles rausfinden. Ich weiß es.«

»Wer?«

»Wer, wer … der Papst, Mann!«, rief Getty. »Was meinen Sie wohl, wer? Whitestone natürlich!«

»Na und?«, gab Viljoen ungerührt zurück. »Wenn ich Whitestone wäre, wäre ich eher beeindruckt von unserem coolen Krisenmanagement.«

»Beeindruckt? Ihr Krisenmanagement scheint darin zu bestehen, jeden umzulegen.«

»Sie machen sich zu viele Gedanken, Captain. Wenn Sie nicht aufpassen, handeln Sie sich noch ein Magengeschwür ein. Also, sagen Sie schon – was halten Sie von Harry?«

Müde rieb sich Getty über die Augen. »Himmel, keine Ahnung. Was meinen *Sie?*«

»Ich meine, dass er ein Boot hat. Und ich weiß, dass er das Geld braucht. Wie Sie sehen konnten, habe ich dafür gesorgt, dass sein Gläubiger ihm gestern Nacht mal ordentlich auf die Pelle gerückt ist.«

»O Gott, Tug, ich hoffe, Sie haben recht. Wir können keinen zweiten Dennis Bentley gebrauchen. Nicht jetzt.«

»Ach was! Dennis hatte einfach eine Krise, das war alles. Ich wünschte, Sie würden nicht immer wieder von ihm anfangen. Vergessen Sie nicht, Harry ist Engländer.« Viljoen lachte. »Ohne Courage kann man kein Weltreich regieren.«

Harry stand auf der Toilette und lehnte seinen Kopf gegen die kalte Marmorwand. Nach den Schmerzen zu urteilen, die er beim Pinkeln hatte, und dem Blut, das dabei mitkam, hatte der Schläger des Arabers mehr Treffer auf seinen Nieren gelandet, als er gedacht hatte.

Als er seinen Reißverschluss wieder hochzog, dachte er über Tug Viljoen und Conrad Getty nach. Wie perfekt die beiden zusammenpassten: der großmäulige Gauner und der ölige Hotelbesitzer. Unter normalen Umständen hätte er einen großen Bogen um die beiden gemacht.

Doch Harry war verzweifelt. Und sie hatten ihm einen Ausweg angeboten.

Ein einziger Einsatz. Mehr nicht. Und obwohl ihm allein bei dem Gedanken daran schon schlecht wurde, wusste er, dass hinterher wenigstens ihre Geldsorgen vom Tisch waren. Jake musste ja nichts davon erfahren. Harry würde dafür sorgen, dass sein Partner nicht da war, wenn es so weit war, so ein Täuschungsmanöver war leicht eingefädelt.

Er verließ die Toilette und ging über den Korridor zurück zu Gettys Büro. Im Hintergrund dudelte diskret James Last, und in der Luft lag widerlich aufdringlicher Lavendelduft. Weiter hinten sah er ein kleines schwarzes Mädchen in einem Nylonhauskleid, das gerade einen riesigen Stapel Laken aus dem Wäscheschrank genommen hatte. Sie konnte es sich nicht verkneifen, ihn anzugaffen, und Harry überlegte, ob sie ihn von außen wohl so grotesk fand, wie er sich innerlich fühlte. Er wollte ihr sagen, dass er normalerweise ganz anders aussah, aber sie wandte den Blick ab und legte die Laken auf ihren Rollwagen.

Als Harry das Büro betrat, verstummten Viljoen und Getty.

»Und, wie sieht's aus, Harry?«, fragte der Südafrikaner.

»Ich schätze, ich habe keine andere Wahl«, erwiderte Harry. »Ich mach's.«

46

Martha lauschte schweigend, während Jake ihr erzählte, was er über ihren Vater wusste. Als er fertig war, bedankte sie sich mit fester, beherrschter Stimme.

»Danke wofür?«

»Dass Sie ehrlich zu mir waren. Das ist Ihnen bestimmt nicht ganz leichtgefallen.«

Jake rieb sich mit der Hand übers Gesicht. Sie hatte recht. Es war nicht leicht gewesen. Es war niemals leicht, einem Menschen zu erklären, dass dessen verstorbener Vater bis zum Hals ins organisierte Verbrechen verwickelt gewesen war und höchstwahrscheinlich deswegen hatte sterben müssen. Gott sei Dank war Martha nicht dumm. Sie hatte dieselben Kontoauszüge gefunden wie Jouma. Und sie war zu denselben grässlichen Schlussfolgerungen gelangt.

»Aber Sie haben meine Frage immer noch nicht beantwortet«, sagte sie schließlich.

»Welche Frage?«

»Warum Sie hier gelandet sind.«

Einen Moment zog Jake in Erwägung, ihr etwas von einer fünfjährigen beruflichen Auszeit vorzuflunkern. Doch nachdem er die ganze Zeit ehrlich zu ihr gewesen war, kam es ihm irgendwie sinnlos vor, jetzt mit dem Lügen anzufangen.

»Ich bin angeschossen worden.«
»O Gott.«
»Es war ein Überfall. Ein Raubüberfall auf einen Geldtransporter in East London. Die Bande nannte sich The Canning Town Firm und hielt sich nach ein paar erfolgreichen Coups für unbesiegbar. Doch wir beobachteten sie über Wochen hinweg, und als der Tag kam, lauerten wir ihnen auf. Eigentlich hätte es alles nach Plan laufen können, aber irgendetwas ging schief. Einer von ihnen konnte fliehen und nahm mehrere Menschen im Postamt als Geiseln. Ronnie Cavanagh hieß er. Ich wurde reingeschickt, um mit ihm zu reden, während der bewaffnete Sturmtrupp Stellung bezog. Aber Ronnie war das reinste Kind, er war zu Tode verängstigt. Ich hatte ihn schon fast so weit – da erschreckte ihn irgendwas. Ich glaube, er sah einen von den Scharfschützen draußen. Da schoss er eine Frau in den Kopf. Und dann schoss er auf mich. Und dann haben wir Ronnie erschossen.«
Jake zog sein T-Shirt hoch und zeigte ihr die unregelmäßige Narbe rechts unten auf seinem Bauch.
»Tja, da hatte ich einfach Glück. Ich musste zwar sechs Wochen im Krankenhaus liegen, aber ich überlebte. Doch danach hatte ich einfach nicht mehr den Nerv für den Job. Ich hatte früher schon mal gehört, dass so etwas passieren kann, hatte es aber nie geglaubt. Ich war wie Ronnie Cavanagh: Man hält sich für unbesiegbar, bis zu dem Tag, an dem man erfahren muss, dass man es nicht ist.«
Als Jake fertig war, hörte man eine ganze Weile nur das

beharrliche Tuck-tuck-tuck-tuck der Dieselmotoren und ab und zu das Zischen der Gischt am Bug der *Yellowfin*. Schließlich brach Martha das Schweigen. »Und jetzt sind wir alle hier in Kenia. Die Verlorenen und die Einsamen. Sie müssen mich ja für schrecklich neugierig halten, dass ich meine Nase einfach so in Ihr Privatleben stecke.«

»Sind Sie auch!«, gab Jake zurück. »Aber wie Sie schon sagten, das gehört zu Ihrem Job, also machen Sie sich keine Vorwürfe.«

»Manchmal ist es schön, wenn man jemanden zum Zuhören hat.«

»Ja? Und wer hört Ihnen zu, wenn Sie in New York sind?«

»Chico, meine Katze. Und Patrick wahrscheinlich.«

»Aha. Ihr Freund.«

»Patrick ist okay. Vielleicht ein bisschen zu sehr mit sich selbst beschäftigt – aber wahrscheinlich würde er dasselbe von mir behaupten.«

»Ich glaube, von diesem Mann kann ich nicht allzu viel halten, oder?«

»Jetzt hören Sie sich an wie mein Vater.« Sie lachte.

»Was macht er? Ist er auch ein erfolgreicher Rechtsanwalt?«

»Er handelt mit verzinslichen Wertpapieren. Internationale Obligationen.«

»Hört sich ja großartig an.«

»Ist es auch – wenn es einem gefällt, die meiste Zeit seines Lebens zehntausend Meter über dem Erdboden zu verbringen. In den letzten zwei Monaten haben wir vielleicht vier Nächte miteinander verbracht.«

»Das muss hart sein.«

Sie zuckte mit den Achseln. »Wir haben beide gern unseren Freiraum. Das macht die Sache einfacher.«

»Glauben Sie mir, Single sein ist noch einfacher«, versicherte Jake.

»Waren Sie nie verheiratet?«

»Keine konnte mich lang genug ertragen, dass die Frage überhaupt aufs Tapet gekommen wäre. Und wie haben Sie sich kennengelernt, Ihr internationaler Jetsetter und Sie?«

Martha lachte. »In New York lernen sich die Leute nicht kennen. Sie prallen zusammen. Meistens driften sie dann wieder auseinander, aber manchmal bleiben sie eine Weile im Orbit des anderen. Ich habe ihn auf einer Party getroffen. Irgendwie gefiel mir sein Lächeln.«

»Sein *Lächeln?*«

Sie lachte wieder. »Ja. Haben Sie ein Problem damit?«

Aber Jake antwortete nicht. Jedenfalls nicht sofort. Dann sagte er mit leiser, fester Stimme: »Geben Sie Vollgas und halten Sie den Kurs.«

Martha drehte sich um und sah, dass sich ihnen von hinten ein Boot in hohem Tempo näherte. Seine starken Motoren ließen Fontänen aus schneeweißem Schaum in die Luft schießen.

O Gott – nicht noch einmal!, dachte sie, aber ihre Hand war ganz ruhig, als sie die Gashebel nach vorne schob.

Jake war bereits auf der Leiter nach unten.

»Sammy, hol so schnell wie möglich die Angeln ein. Und dann komm hoch auf die Brücke.«

Er warf noch einen Blick über die Schulter auf das näher

kommende Boot, dann lief er in die Kajüte. Plötzlich hörte er, wie die Dieselmotoren der *Yellowfin* sich jäh ins Zeug legten, und er musste sich an einer Spiere festhalten, um nicht nach hinten zu kippen. Doch er wusste, dass dieser Schub stärker wirkte, als er war: Die Höchstgeschwindigkeit der *Yellowfin* lag bei dreißig Knoten. Ihr Verfolger war jedoch ein Schnellboot, wenn er das auf die Ferne richtig einschätzte, und konnte eine Höchstgeschwindigkeit von siebzig bis hundert Knoten erreichen. Es war nur eine Frage von Sekunden, bis es sie eingeholt hatte.

Unter den Bänken der Kajüte befanden sich kleine Stauräume. Jake riss die Verkleidungen ab und wühlte hektisch zwischen Leuchtraketen, Rettungsringen und Angelschnurrollen, bis er schließlich fand, was er suchte: eine Harpune aus rostfreiem Stahl mit einem Dreißig-Zentimeter-Projektil mit zweifachem Widerhaken. Die Waffe funktionierte mit Druckluft, und war eigentlich dazu gedacht, Fische in einem Umkreis von zehn Metern zu harpunieren – verdammt nutzlos bei einem Gegner mit einer richtigen Feuerwaffe. Aber ansonsten hätten sie zu ihrer Verteidigung nur noch mit Bierflaschen werfen können.

»Jake! Es holt auf!«

Was Sie nicht sagen …

Jake machte die Druckluftflasche klar und trat wieder ans Heck.

Das Schnellboot fuhr jetzt parallel zur *Yellowfin*, nur fünfzig Meter entfernt auf der Steuerbordseite, und aus dieser Entfernung konnte Jake sehen, um was für ein

Riesending es sich handelte. Von der Spitze des stromlinienförmigen Bugs bis zu seinen drei Fünfhundert-PS-Motoren gemessen, musste das Boot gute zwölf Meter lang sein. Eine Sonic 45ss.

Am Steuer stand ein Mann, der ihnen zuwinkte, um ihre Aufmerksamkeit zu erregen.

»Was soll ich tun, Jake?«, rief Martha von der Brücke.

»Tja, davonfahren können wir ihm jedenfalls nicht«, räumte Jake ein. »Mal sehen, was er will.«

Doch als Martha die Geschwindigkeit drosselte und die Sonic näher herankam, umklammerte er die Harpune trotzdem mit der Faust und ließ den Finger auf dem Abzug.

Die Motoren der *Yellowfin* tuckerten jetzt im Leerlauf. Die Sonic kam längsseits, und der Steuermann manövrierte sie geschickt über die Wellen.

»Guten Tag«, rief er fröhlich. Der Akzent war amerikanisch, das Lächeln so weiß wie der Lack des Bootes. »Mein Name ist Noonan. Patrick Noonan. Ich bin auf der Suche nach Martha Bentley.«

47

Wie Jouma nicht anders erwartet hatte, verbreitete sich das Gerücht von Jacob Omus Ableben in der Unterwelt von Mombasa wie ein Lauffeuer. In Begleitung zweier vertrauenswürdiger Constables ging er zu Omus Wohnung am alten Hafen, nur um festzustellen, dass die Möbel schon alle verschwunden waren. Zwei zerlumpte Bettler zankten sich noch um die ledergebundene Koranausgabe. Als sie die Uniformen sahen, stoben sie davon wie die Ratten. Einer sprang aus dem Fenster und flüchtete über die Dächer, der andere wollte ihm nach, wurde aber von dem aufgerollten Teppich unter seinem Arm behindert. Jouma bekam ihn am Genick zu fassen und zog ihn zurück ins Zimmer.

»Wo ist der Aktenkoffer?«, fragte er.

Der Bettler schüttelte den Kopf.

Jouma verabscheute jede Art von physischer Gewalt, vor allem wenn ein Polizist sie gegen einen Verdächtigten anwandte. Aber die Zeiten waren schwer, und der Inspector war nicht in geduldiger Stimmung. Seine flache Hand klatschte auf die hohle Wange des Bettlers und ein Tropfen Speichel flog durch die Luft.

»Der Aktenkoffer.«

Wenig später führte der Mann die Polizisten wie ein geprügelter Hund die Seitenstraße entlang und ans Wasser,

wo ein halbes Dutzend seiner ausgezehrten Kumpanen gerade systematisch die Polsterung und die Motoren von Omus Schnellboot auseinandernahmen. Als Jouma sich näherte, blickten sie misstrauisch auf, fühlten sich zahlenmäßig aber hinreichend überlegen, um den Inspector und die beiden Constables zu ignorieren.
Ein schmaler Weg verband die Mietshäuser. Ein Stückchen weiter hinten war ein mit Schutt bedecktes Gelände zu erkennen, wo eines der Häuser entweder abgerissen worden oder von selbst eingestürzt war. Hier hatten die Bettler zu Joumas Erstaunen eine ausgedehnte Siedlung aus windschiefen Hütten errichtet, aus Brocken alten Mauerwerks, Metall, Plastikverschalungen und allen möglichen anderen Materialien, die sie irgendwo ergattert hatten. Für Jouma sah es aus wie eine Höllenvision, ein Ort, an dem wilde Hunde und Ratten hausten, auf jeden Fall Lebewesen, die mehr Tier als Mensch waren. Er spürte ihre Augen im Rücken, als er sich einen Weg durch die Exkremente und den Abfall der sogenannten Zivilisation suchte.
Sie erreichten etwas, was auf den ersten Blick aussah wie eine weggeworfene Metalltür, die im Fünfundvierzig-Grad-Winkel auf einem Haufen Ziegelsteine lag. Doch als der Bettler an der Klinke zog, öffnete sich die Tür nach oben und gab den Blick auf eine Treppe frei, deren Stufen direkt in die Erde gegraben worden waren.
Du lieber Himmel, dachte Jouma, als er dem Bettler in den übelriechenden Tunnel folgte. In Spalten in den Lehmwänden steckten in Abständen Talgkerzen, die ein schwaches Licht spendeten. Das war keine andere Ge-

sellschaftsschicht, das war eine andere Spezies! Eine in unterirdischen Höhlen wohnende Kreatur, die von der Welt so verachtet wurde, dass sie sich in die Eingeweide der Erde verkrochen hatte.

Wenig später mündete der Tunnel in mehrere verbundene Zementkammern, und Jouma begriff, dass dies früher der Keller des abgerissenen Mietshauses gewesen sein musste. Hier gab es sogar schwaches elektrisches Licht, was bewies, dass diese Menschen immer noch in der Lage waren, einen Generator zu bauen, egal, wie tief sie gesunken waren.

»Hier entlang«, sagte der Bettler und führte Jouma und die beiden Constables durch eine weitere Tür in ein geräumiges Zimmer. Wäre nicht der Geruch nach verfaultem Essen, Feuchtigkeit und menschlichem Zerfall gewesen, hätte es durchaus als bewohnbar durchgehen können. Es war mit einer gewagten Mischung aus alten Autositzen, kaputten Sofas, Kissen und sogar einem Tischchen mit Glasplatte möbliert, und der Steinboden war mit Teppichfetzen bedeckt.

Auf der anderen Seite des Raumes saß ein Junge im Schneidersitz auf einem riesigen Lehnstuhl, rechts und links von ihm zwei barbusige Frauen. Er konnte kaum älter als dreizehn sein und trug etwas, das verdächtig nach einer von Jacob Omus *Khanzus* aussah. Das Kleidungsstück war viel zu groß für ihn und verlieh ihm ein beinahe komisches Aussehen – aber verglichen mit den Lumpen, die im restlichen Lager getragen wurden, war sein Aufzug der Gipfel der Schneiderkunst.

Der Bettler und der Junge unterhielten sich in einer seltsamen Hybridsprache, die Jouma nicht verstand. Schließlich zog sich der Bettler zurück und machte die Tür hinter sich zu.

»Tabo sagt, ich habe vielleicht etwas, was du haben willst, Polizist«, eröffnete der Junge das Gespräch unwirsch und mit einem Anflug von Häme.

Jouma sah ihn an und erkannte schaudernd, dass er diese klaren Gesichtszüge schon einmal gesehen und diesen höhnischen Ton schon einmal gehört hatte. Nur hatte er damals einem Jungen namens Michael Kili gegenübergestanden.

»Gib mir den Aktenkoffer«, verlangte er.

Der Junge lächelte und hob den schmalen Diplomatenkoffer hoch, der neben seinem Sessel stand. »Meinst du den hier?«

»Ja.«

»Der Hund, dem der gehört hat, ist tot, wie man mir sagt. Und jetzt gehört sein Aktenkoffer mir.«

»Gehörte. Jetzt gehört er nämlich mir.«

»Warum sollte ich ihn dir geben?«

Jouma seufzte. »Wie heißt du, mein Junge?«

»Steven. Steven Kisauni.« Bei diesen Worten warf der Junge den Kopf mit einer arroganten Geste in den Nacken.

»Du scheinst mir ein bisschen zu jung, um so selbstbewusst aufzutreten, Steven.«

Steven zuckte mit den Schultern. »Das Alter ist egal, wenn man Macht hat.«

Er streckte die Hand nach einer der Frauen aus und streichelte über ihre Brust, ohne seine Augen von Jouma zu nehmen.

»Tatsächlich?«
»Im Lande der Blinden ist der Einäugige König.«
Jouma nickte anerkennend. »Das stimmt. Aber was macht dich so besonders?«
»Meine Ausbildung.« Der Junge lächelte und tippte sich an die Stirn.
»Deine Ausbildung?«
»Ich kann lesen und schreiben. Das hab ich im Waisenhaus in Likoni gelernt.«
»Das ist sehr bewundernswert. Mit solchem Wissen könntest du es weit bringen, statt in dieser stinkenden Erdhöhle zu sitzen, umgeben vom Abschaum der Menschheit.«
Steven lachte laut und verächtlich.
»Und, was sollte ich stattdessen tun? Polizist werden, so wie du?«
»Das wäre sicher besser.«
»Ich habe *Macht!*«, rief der Junge.
»Das behauptest du. Aber ich habe auch Macht – und zwar wesentlich mehr als du«, fuhr Jouma fort.
»Soweit ich weiß, kann man sich deine Macht für ein paar Dollar kaufen.«
»Tja, Steven Kisauni, wenn du das glaubst, dann bist du doch nicht so klug, wie du denkst.«
Jouma gab einem der uniformierten Polizisten ein Zeichen. Der vierschrötige Mann, der im Rugbyteam der Polizei von Nairobi früher als Stürmer gespielt hatte, packte den Jungen und klemmte ihn sich so mühelos unter den Arm, als wäre er eine Schweinehälfte.
»Bringen Sie ihn raus«, ordnete Jouma an. Dann griff er

sich den Diplomatenkoffer und folgte den beiden Constables und dem quiekenden, strampelnden Jungen zurück durch den dämmrigen Tunnel. Als die vier wieder ans Tageslicht traten, versammelte sich rasch eine staunende Menschenmenge.

»Dieser junge Mann hier behauptet, dass die Polizei keine Macht hat«, verkündete Jouma und deutete auf den sich windenden Jungen. »Er meint, weil er lesen und schreiben kann, hätte er es schon zu echter Größe gebracht. Und das in seinem zarten Alter.«

Jouma drehte sich um und schlug dem Jungen die *Khanzu* nach oben, so dass sein dünnes Hinterteil entblößt war. Ein erschrockenes Keuchen lief durch die Menge.

»Als ich noch zur Schule ging«, fuhr Jouma fort, »galten solche Jungen wie Steven Kisauni als Raufbolde und Angeber, und mein Lehrer, Mr. Yalanu – ein äußerst weiser, ehrwürdiger Mann – hatte eine einfache, aber sehr effektive Art, mit solchen Flegeln fertig zu werden.«

Ohne großes Federlesen hob Jouma einen Stock vom Boden auf und versetzte dem Jungen sechs kräftige Hiebe auf den Hintern. Als er fertig war, zog sich ein Zickzackmuster aus hässlichen roten Striemen über Steven Kisaunis Kehrseite, und der Junge schniefte kleinlaut.

»Vergiss niemals, wer wirklich die Macht hat, mein Junge«, flüsterte Jouma ihm ins Ohr. »Und in Zukunft werde ich dich gut im Auge behalten.«

48

Sie mussten Patrick Noonan nicht lange bitten, es sich auf der *Yellowfin* gemütlich zu machen. Ein Glück, dass er die Biervorräte aufgestockt hatte, dachte Jake, denn bei dem Tempo, in dem sich der Amerikaner durch die Tuskers-Flaschen arbeitete, wäre ihnen sonst schon vor einer Stunde das Bier ausgegangen.

»Erzählen Sie Patrick mal, wie Harry und Sie die Touristen nennen.«

»Mein Gott, Martha.«

Patrick lehnte sich auf dem Kampfstuhl nach vorne. »Erzählen Sie's mir. Ich bin ganz Ohr.«

»Er nennt sie ›Ernies‹«, kam Martha ihm zu Hilfe. »Weil die Typen sich alle für Ernest Hemingway halten.«

Patrick lachte und entblößte sein makelloses Gebiss. »Ernies. Echt gut, Jake.«

So wie er es sagte, hörte es sich an, als wäre es der lahmste Witz aller Zeiten. Jake lächelte schwach und ging in die Kajüte, um noch mehr Bier zu holen. Er kam gerade rechtzeitig zurück, um zu beobachten, wie Patrick versuchte, Martha auf den Mund zu küssen. Sie drehte verlegen ihr Gesicht weg, was zu ihrem übrigen Benehmen passte, seit er unangekündigt in seinem schicken Schnellboot aufgekreuzt war. Jake war überrascht. Er hatte erwartet, dass sie sich freuen würde, ihren Freund zu sehen, stattdessen hatte Jake ab dem Moment, in dem Patrick

seinen Fuß auf die *Yellowfin* gesetzt hatte, ganz entschieden den Eindruck, dass Martha ihren Liebhaber aus New York als unwillkommenen Eindringling empfand.
Und er konnte nicht leugnen, dass ihm das gefiel.
»Ein schönes Boot, Patrick«, stellt er fest, als er aus der Kajüte trat, und deutete mit einer Kopfbewegung auf die Sonic, die backbord an der *Yellowfin* vertäut war.
»Finden Sie?« Patrick hob die Hände in einer ratlosen Geste. »Mit Booten kenn ich mich überhaupt nicht aus. Ich habe den Typ im Hotel einfach um das schnellste Boot gebeten, das er hat. Ich dachte mir, wenn ich Sie einholen will, brauche ich so was.«
»Ich begreife aber immer noch nicht, woher du wusstest, wo ich bin«, sagte Martha.
Patrick zuckte mit den Schultern. »Der Typ vom Hotel meinte, du bist nach Malindi gefahren. Also bin ich auch nach Malindi und hab überall rumgefragt. Glaub mir, Schatz, an dich erinnert sich *jeder*. Vor allem der kleine Junge im Infostand. Ich glaube, der hat sich gleich in dich verknallt. Und da ist er nicht der Einzige.« Er lehnte sich vor, um sie zu küssen, aber sie wich ihm erneut aus.
»Trotzdem, ganz schöne Leistung, dass Sie uns gefunden haben«, gab Jake zu. »Das Meer ist groß.«
Patrick nickte enthusiastisch. »Sie glauben nicht, was für ein unglaubliches Suchsystem in diesem Boot eingebaut ist. Das reinste NASA-Teil. Man muss nur die Angaben zu dem Boot eintippen, das man sucht, schon spuckt es jeden Treffer in einem Radius von hundertfünfzig Kilometern aus. Ich hab Sie ziemlich schnell gefunden.«
»Nettes Spielzeug.«

»Ich werde es all meinen Ernie-Freunden empfehlen, Jake.« Für den Bruchteil einer Sekunde schien Patricks Lächeln zu gefrieren, aber im nächsten Moment war alles vorbei, und der Amerikaner lehnte sich zurück und streckte sich wie eine Katze.

»Weißt du was, Schatz, an so was könnte ich mich echt gewöhnen. Das Schnellboot ist ja schön und gut, aber ich glaube, wir sollten uns vielleicht so einen Kübel wie diesen mieten, wenn wir im Herbst nach Biscayne fahren.« Er gähnte zufrieden. »Wenn man gerade einen achtzehnstündigen Höllenflug aus New York hinter sich hat, kann man sich in so was wunderbar entspannen. Sind Sie in letzter Zeit mal erster Klasse geflogen, Jake? Mann, die Standards sind echt gesunken.«

»Ich hab dir gesagt, dass du nicht kommen sollst«, warf Martha ein.

Jake nahm eine Schroffheit in ihrer Stimme wahr, die ihm zuvor nicht aufgefallen war. Er dachte daran, was sie über die zusammenprallenden Leute in New York gesagt hatte, und überlegte, ob Patrick sich vielleicht gerade wieder aus ihrem Orbit rausgeschossen hatte.

»Ich hab mir Sorgen um dich gemacht, Süße«, verteidigte sich Patrick. Er hob die Sonnenbrille hoch und zwinkerte Jake zu. »Im Moment freut sie sich noch, mich wiederzusehen, Jake, aber gleich wird ihr ihre Katze einfallen.«

»Chico!«, rief sie. »Was hast du mit ihm gemacht, Patrick?«

Wieder sein unbekümmertes Lachen. »Keine Panik. Mrs. Leibnitz versorgt ihn. Sie ist nicht billig, aber man kann sich auf sie verlassen.«

Er knöpfte sein Leinenhemd auf und entblößte einen perfekt durchtrainierten Oberkörper.
»Martha hat mir erzählt, was gestern passiert ist, Jake. Ich schätze, ich stehe tief in Ihrer Schuld.«
»Tja, das war so eine Geschichte«, meinte Jake.
»Wissen die Bullen, wer die Typen waren?«
»Das waren einfach ein paar Riesenarschlöcher«, mischte Martha sich ein. »So was geschieht alle naslang. Und in New York passiert es schon zweimal.«
»Mann, dabei dachte ich immer, Kenia ist das sicherste Land in Afrika. Stimmt das, Jake? Die Typen haben sich echt mit diesem landestypischen Raketentreibstoff zugedröhnt, oder was?«
»Schätze ja«, erwiderte Jake.
Er hoffte, damit würde es erledigt sein, aber Patrick bohrte immer weiter. »Sie waren mit einem Polizisten aus Mombasa dort, stimmt's, Jake?«
»Genau.«
»Warum?«
»Er brauchte jemanden, der ihn hinfährt.«
Patrick lächelte nachsichtig. »Ich meine, was wollte der Bulle dort?«
»Hatte irgendwas mit Dennis' Verschwinden zu tun«, antwortete Jake vorsichtig, weil er nicht sicher war, was Martha ihrem Freund erzählt hatte. »Er ist nicht näher drauf eingegangen.«
Mit dieser Auskunft war Patrick offensichtlich zufrieden, denn er nickte nur. Dann trank er sein Bier aus und warf die Flasche über Bord. »Könntest du mir wohl noch eins holen, Schatz?«

»Klar.«
Martha tappte in die Kajüte.
»Eine Frage, Jake«, begann er, als sie außer Hörweite war. Sein leutseliges Auftreten war auf einmal wie weggeblasen. »Warum verarschen Sie mich eigentlich?«
»Ich weiß nicht, wovon Sie reden, Patrick.«
»Diese dümmliche Story mit diesem methanolverpanschten Dschungelschnaps. Verdammt, diese Typen haben mit Uzis geschossen. Was geht hier eigentlich ab?«
»Ich weiß es wirklich nicht, Patrick. Ich verdiene meinen Lebensunterhalt mit einem Fischerboot, das ist alles.«
Patrick musterte ihn. Dann knipste er auf einmal wieder sein Lächeln an. »Klar, Jake«, sagte er. »Verstehe schon.«
Als Martha zurückkam, stand er auf und ging über den Steuerbordausleger.
»Als ich noch klein war, mochte ich Hemingway furchtbar gern. *Der alte Mann und das Meer*. Damit qualifiziere ich mich wahrscheinlich endgültig als Ernie, oder? Glauben Sie, ich könnte so einen großen Fisch fangen? Einen Marlin vielleicht?«
»Sie könnten es versuchen. Aber manche angeln ihr Leben lang, ohne jemals einen an den Haken zu kriegen.«
»Tja – also, irgendwie glaube ich, ich hab heute meinen Glückstag. Versuchen wir's doch einfach mal, hm?«
»Bitte, Patrick …«, mischte sich Martha ein.
»Verdammt noch mal, Martha, ich will so einen Riesenfisch angeln«, fiel Patrick ihr grob ins Wort und sie zuckte sichtlich zusammen. »Entschuldige«, lächelte er im nächsten Moment. »Wie gesagt, ich bin derzeit ein bisschen gestresst.«

49

Jouma bewohnte mit seiner Frau Winifred eine Wohnung, aus der er einen Blick über den Makupa Causeway und den Nordwesten von Mombasa Island hatte. In dieser Wohnung drängten sich Küche, Wohnzimmer und Schlafzimmer auf einem Raum, der kaum größer war als sein Büro im Polizeipräsidium – trotzdem gelang es seiner Frau irgendwie, den Eindruck von Geräumigkeit zu erzielen. Die Möblierung war spartanisch, aber gemütlich, und überall herrschte peinliche Sauberkeit.
Winifred Jouma war noch kleiner als ihr Mann. Wenn sie in dem großen Metalltopf auf dem Herd umrühren wollte, musste sie sich auf Zehenspitzen stellen, und die Kelle, mit der sie ihren kräftigen Kartoffel-Fleisch-Eintopf auf zwei Teller schöpfte, war fast so groß wie ihr Kopf. Doch jedes Mal, wenn der Inspector den ersten würzigen Bissen in den Mund geschoben hatte, erneuerte sich sein Glauben, dass seine Frau die beste Köchin von Kenia war.
Sie redeten wenig beim Essen. In den mehr als dreißig Jahren ihrer Ehe hatte Winifred sich nie für die Polizeiarbeit interessiert. Gerade räumte sie den Tisch ab und ging dann ins Schlafzimmer, um zu bügeln.
Jouma ging ins Wohnzimmer und stellte Omus Aktenkoffer auf den Boden. Das Kombinationsschloss war

noch immer intakt, obwohl schon irgendjemand versucht hatte, es mit einem stumpfen Gegenstand zu zertrümmern.

Der Inspector öffnete das Schloss mit einem Dietrich und klappte den Deckel hoch. Im Koffer lagen Papiere, die säuberlich verschnürt in unbeschriftete Aktenmappen gesteckt worden waren. Darunter lag ein großes, bordeauxrotes Rechnungsbuch. Jouma nahm die Dokumente und das Buch heraus und stapelte sie sorgfältig auf dem Tisch. Jetzt befanden sich auf dem Grund des Koffers nur noch ein Dutzend gleichmäßiger Geldscheinbündel aus Hundertdollarnoten und ein dickes Buch mit Inhaberobligationen. Als er das Geld gezählt hatte, stieß er einen überraschten Pfiff aus. Der Betrag belief sich auf sechzigtausend Dollar – der Inspector hätte nicht erwartet, jemals so viel Geld auf einem Haufen zu sehen. Zusammen mit den Obligationen, rechnete er sich aus, hatte Omu mehr als eine Million Dollar in diesem Koffer spazieren getragen. Eine atemberaubende Zahl, doch Jouma wusste, das war nur ein Bruchteil von Michael Kilis Vermögen.

Er betrachtete das Geld, dann betrachtete er die vier Wände seiner Wohnung, für die er monatlich fünftausend Schilling Miete zahlte. Im winzigen Schlafzimmer sang Winifred beim Bügeln, und ihre Stimme war gerade eben hörbar über dem Lärm des Verkehrs, der unermüdlich über den Makupa Causeway Richtung Changamwe-Halbinsel und weiter nach Nairobi strömte. *Eine Million Dollar.* Wie einfach wäre es, diese Scheine einfach einzustecken und zu verschwinden. Mit einer Million

Dollar konnten sie sich überall in der Welt niederlassen und bis ans Ende ihrer Tage ein Luxusleben führen.

Aber nein. Geld war nicht die Lösung. Es war niemals die Lösung.

Er musste an Nyami denken. Der zitternde, schluchzende Sergeant hatte ein jämmerliches Bild abgegeben in seiner Zelle, und Jouma war geschockt, zu sehen, wie brutal man ihn zusammengeschlagen hatte. Aber eigentlich drehte es dem Inspector den Magen aus einem ganz anderen Grund um: Diese Brutalität war nicht Ausdruck der Wut, die aufrichtige Polizisten gegenüber einem Judas in ihren eigenen Reihen empfanden – diese Regung hätte er ja noch verstehen können –, sondern eine rein kosmetische Maßnahme, ein zynischer Versuch, mit diesem Sündenbock von den wahren Schuldigen abzulenken.

Jouma war sich der Korruption in Mombasa immer bewusst gewesen, aber was für Ausmaße sie mittlerweile angenommen hatte, ging ihm erst auf, als er Jacob Omus penible Buchhaltung analysierte. Die Dokumente belegten detailliert, was für regelmäßige oder einmalige Zahlungen von Omu an die Polizei gezahlt worden waren, aber auch an Funktionäre in so gut wie jedem Bereich der städtischen Verwaltung. Bis auf wenige Ausnahmen schmierte Omu jeden, der an der Küste über Einfluss verfügte, jeden, der ihm Informationen lieferte, jeden, der ein Auge zudrücken konnte, wenn es um Michael Kilis verbrecherische Aktivitäten ging. Die Höhe der Bestechungsgelder wurde dabei flexibel der Wichtigkeit der betreffenden Person angepasst.

Die Beträge, die in Nyamis Tasche geflossen waren, erreichten auf dieser Skala kaum eine nennenswerte Höhe. Verglichen mit den massiven Bezügen, die andere von Kilis Imperium kassierten, erhielt der Sergeant nur ein sporadisches Taschengeld. Die Summen, die Nyami eingesteckt hatte, waren so verschwindend gering, dass er fast schon wieder unschuldig dastand. Doch theoretisch war er natürlich genauso schuldig wie die anderen, und er verdiente seine Strafe genauso wie die anderen. Trotzdem musste Jouma immer daran denken, wie Omu in Kilis Büro das Messer gezückt hatte und wie gequält Nyamis Gesichtsausdruck gewesen war, als ihm auf einmal die schrecklichen Konsequenzen seines naiven Doppelspiels vor Augen geführt wurden.

Das hatte Jouma davon überzeugt, dass ihm der Sergeant außerhalb seiner Zelle mehr nützen würde als drinnen. Und länger leben würde er obendrein.

Vor drei Stunden, während Jacob Omus Leiche von seinem Totenbett in Christies weiß gekachelten Obduktionssaal transportiert wurde, hatte der Inspector dafür gesorgt, dass Nyami freigelassen wurde. Offensichtlich war der Sergeant immer noch darauf gefasst, dem Tod entgegenzugehen. Er faselte ununterbrochen zusammenhangloses Zeug, als Jouma ihn im Fußraum vor dem Rücksitz seines Pandas versteckte und zu Winifreds Schwester im Mkomani-Distrikt am Nordufer fuhr. Nicht unbedingt das sicherste Versteck, aber der einzige Ort, der garantierte, dass Nyami nicht sofort gefunden wurde. Während seine Schwägerin Nyamis Wunden versorgte, fuhr Jouma nach Kilindini und holte die Frau des Sergeants in ihrer Einzimmerwohnung in Hafennähe ab. Jemima Nyami war völlig verwirrt und in Tränen aufgelöst und hatte keine Ahnung, was hier eigentlich geschah und warum. Doch das musste sie sich von ihrem misshandelten, blutüberströmten Mann erklären lassen. So oder so hatte Nyami einiges zu erklären.

Nachdem Jouma das Bargeld und das Rechnungsbuch wieder in den Diplomatenkoffer gelegt hatte, klappte er ihn zu. Im Badezimmer machte sich Winifred gerade zum Schlafengehen fertig. Doch Jouma würde heute Nacht sicher nicht schlafen. Dafür hatte er noch zu viel zu lesen. Viel zu erfahren. Und er hatte den Verdacht, dass ihm das alles nicht sonderlich gefallen würde.

50

In der Nacht liebten sie sich, aber es war seltsam mechanisch, als wäre sie mit ihren Gedanken ganz woanders.

»Tut mir leid«, sagte sie.

Patrick rollte sich zur Seite. »Was ist denn los, Süße? Hab ich irgendwas Falsches gesagt?«

Die Vorhänge blähten sich in der lauen Meeresbrise, und ein Streifen weißes Mondlicht fiel übers Bett.

»Es ist nichts«, wich sie aus. »Ich bin bloß müde.«

Er hielt sie im Arm, bis ihre Atemzüge so gleichmäßig und tief waren wie das leise Donnern der Brandung vor ihren Fenstern. Dann zog er ihr die Decke über die nackten Schultern und stieg vorsichtig aus dem Bett, um sie nicht aufzuwecken. Er zog sich rasch Shorts und T-Shirt an, und nachdem er sich vergewissert hatte, dass sie sich nicht bewegt hatte, öffnete er die Tür und schlüpfte hinaus in die Nacht.

Sowie Patrick weg war, schlug Martha die Augen auf und starrte auf die Schatten, die auf der Wand neben dem Bett tanzten. *Was zum Teufel ist bloß mit dir los?*, fragte sie sich. Seine bloße Gegenwart machte sie gereizt, und sie schämte sich fast für seine Alphamännchen-Auftritte. Auf dem Boot hatte er sich Jack gegenüber aufgeführt wie ein zwanzigjähriger Student, prahlte mit seinem exzessiven Bierkonsum und ließ in seiner Macho-Sportfischer-Nummer kein Klischee aus. *Mein GPS ist größer als deins.* Trotzdem wunderte sie sich, denn in New York hatte sie gerade Patricks kindische Seiten am attraktivsten gefunden. Sie waren wie ein Puffer zwischen ihrem wahren Ich und der Welt der toughen Karrierefrau, die sie sich aufgebaut hatte. Warum war es jetzt anders? Was hatte sich geändert?

Eines wusste sie ganz sicher: Als sie miteinander geschlafen hatten, hatte sie an die Decke gestarrt und darauf gewartet, dass er endlich kam, damit die Quälerei ein Ende hatte.

Auf der anderen Seite des Hotelkomplexes ertränkte Conrad Getty sein Magengeschwür im Scotch. Seit zwei Tagen hatte er nicht mehr geschlafen. Seit Viljoens Schmalspurgangster Michael Kili beschlossen hatte, das Dennis-Bentley-Problem auf die denkbar idiotischste Weise zu lösen. Viljoen schien sicher, dass alles unter Kontrolle war, aber er war ja auch nur ein beschränkter Psychopath, der ein bisschen zu hoch hinaus wollte für seine Verhältnisse. Das war schon immer so gewesen, schon damals, als sie sich 1969 in der Armee bei der Grundausbildung kennengelernt hatten.

Viljoen musste sich ja nicht mit Whitestone auseinandersetzen. Viljoen musste den Kopf ja nicht hinhalten, wenn Whitestone herausfand, was passiert war.

Whitestone. Allein der Name verursachte ihm einen neuen schmerzhaften Krampf in der Magenwand.

Getty hatte ihn jedoch nie persönlich kennengelernt. Er

hatte nicht einmal seine Stimme gehört. Sie kommunizierten ausschließlich über kryptische E-Mails. Vielleicht war das das Problem. Wie der schwarze Mann gewann er seine furchteinflößenden Dimensionen erst in der Phantasie des Hotelbesitzers, die ihn zu allen möglichen Fieberschatten verzerrte. Dieses Phantom verfolgte ihn in seinen Träumen, aber auch am helllichten Tag und verursachte ihm ein zitterndes, schweißgebadetes Grauen. Nicht zum ersten Mal fragte sich Getty, wie zum Teufel er nur hatte zulassen können, dass er in diesen ganzen Mist mit hineingezogen wurde. Das Kapok Hotel war weder das größte Bed & Breakfast in Mombasa gewesen noch das beste, aber es war betriebsfähig und sauber und hatte das ganze Jahr über genug Gäste. Mit etwas Zeit und Mühe hätte es zu etwas Besserem ausgebaut werden können. Mittlerweile hätte es vielleicht sogar schon mit einem der nobleren Hotels konkurrieren können. Er hätte ein respektabler Unternehmer werden können. Er hätte weiter im Rahmen des *Legalen* arbeiten können, verdammt noch mal!
Aber nein – das war ja nicht genug für Conrad Getty, nicht wahr? Conrad Getty wollte unbedingt schnell reich werden, ohne lange über die Konsequenzen nachzudenken. Und als die Gelegenheit kam, zögerte er nicht und schlug zu.
Viljoen! Er ertrug den Gedanken nicht, dass sein Vermögen aufs engste mit diesem *Vieh* verbunden sein sollte. Vor dreißig Jahren hätte Getty noch jedem ins Gesicht gelacht, der ihm etwas so Groteskes vorhergesagt hätte. Aber vor dreißig Jahren war er ja auch noch Captain

Getty in der südafrikanischen Armee, und Viljoen war ein zwangsverpflichteter Kleingangster, der wenig mehr zu bieten hatte als einen fast schon psychotischen Hass auf die farbige Mehrheit.

In den folgenden Jahren hatten sie nur eines gemeinsam: Sie profitierten von der Apartheid und waren völlig aufgeschmissen, als das System zusammenbrach. Viljoen war in der Armee geblieben und bis zum Sergeant aufgestiegen, aber seine kompromisslose Art im Umgang mit den Schwarzen war mit der neuen Regierung unvereinbar, und man setzte ihn an die Luft. Getty hingegen musste mit dem gleichen ohnmächtigen Zorn mit ansehen, wie sein lukrativer Plan mit der Orangenplantage in Bloemfontein nach seinem militärischen Abschied zu Staub zerfiel – zum einen durch arbeitsrechtliche Reformen, zum andern durch die plötzliche *political correctness* seiner wichtigsten Geschäftskontakte in Europa und den Staaten, die es für unklug erachteten, mit jemandem Handel zu treiben, der dem Apartheidregime nahestand.

Noch heute fand er es schlichtweg unglaublich, dass er nach allem, was er für sein Land getan hatte, ins Exil gehen musste wie ein gemeiner Flüchtling. Hinter der südafrikanischen Grenze waren sein Ruf und seine Krügerrand so gut wie wertlos. Und dann auch noch ausgerechnet Kenia! Ein Land, dessen korrupte Armseligkeit der lebende Beweis für die Unfähigkeit der Schwarzen war, sich selbst zu regieren. Kenyatta? Nicht besser als ein Mau-Mau-Terrorist. Arap Moi? Ein Ganove. Und so weiter. Aus seiner komfortablen Perspektive in der Bar im Marlin Bay hatte er mit selbstgerechtem Vergnügen zugesehen, wie Kenia sich selbst zerstörte. Seiner Meinung nach war die Wahl im Dezember 2007 und das darauf folgende Blutbad nur eine Bestätigung dessen, was er schon seit Jahren predigte.

Doch in seiner Situation konnte er nicht wählerisch sein, und bei seiner Ankunft in Kenia vor all den Jahren war Getty schlau genug gewesen, um das Potenzial eines Landes zu erkennen, das eintausendachthundert Quadratkilometer Naturreservate im Binnenland und fast fünfhundert Kilometer Küste zu bieten hatte. Also investierte er das bisschen Geld, das er noch hatte, ins Kapok und wartete den Boom ab. Und während er wartete, begann er massiv zu trinken, fast so massiv, wie er spielte, und es dauerte nicht lange, da blieb ihm nichts anderes übrig, als sein Hotel zu verkaufen.

Als er eines Nachts in Mombasas Altstadt zufällig seinen alten Waffenbruder Sergeant Viljoen in einem Striplokal mit dem Namen Baobab Club traf, war er deshalb sehr aufgeschlossen gegenüber allen möglichen Vorschlägen, vernünftig oder nicht.

Und Viljoen hatte natürlich einen Vorschlag.

Eine Organisation, die sich auf ganz besondere Import-Export-Güter spezialisiert hatte, wollte nach Ostafrika expandieren. Nachdem sie Viljoen bereits als Fußsoldaten angeheuert hatten, hielten sie nun Ausschau nach jemandem, der die Abläufe organisieren konnte. Wer könnte dafür besser geeignet sein als der gute alte Captain Getty, meinte Viljoen.

Obwohl die Arbeit Conrad Getty zutiefst anwiderte,

hatte er mittlerweile doch einen Punkt erreicht, an dem er *ohne* das Geld nicht mehr leben konnte. Mit diesem Geld hatte er sich das Marlin Bay gekauft, einen guten Ruf in Shanzu und ein neues Leben. Ohne das Geld war er ein Niemand, war er tot.

Es war Mitternacht, und der Pegel in der Glenfiddich-Flasche war stark gesunken, als Getty die Hotelbar endlich verließ. Er wäre noch länger geblieben, aber dann hätte er dem Barkeeper ja Überstunden bezahlen müssen. Außerdem hatte er noch eine unangebrochene Flasche in seinem Büro, die um Liebe und Zuwendung bettelte.

Zuerst beschloss er, durch den Poolbereich zu gehen, in der Hoffnung, dass die Nachtluft und der Geruch des Meeres ihn so stimulierten, dass er seinen Schlummertrunk genießen konnte. Stattdessen traf ihn die frische Luft wie ein Hammer auf den Kopf. Plötzlich gaben seine Beine unter ihm nach, und er stolperte in der Dunkelheit gefährlich nahe am Pool. Seine wild rudernden Arme bekamen gerade noch den dicken Holzpfosten eines zusammengefalteten Leinensonnenschirms zu fassen, und er klammerte sich panisch daran fest, bis er sich wieder sicher fühlte. »Mist«, fluchte er keuchend, als er rückwärts auf eine Strandliege plumpste. Über ihm drehten sich die Sterne in besorgniserregenden Spiralen am klaren Nachthimmel. Er blieb einen Moment lang liegen und horchte auf das beruhigende Geräusch der fernen Brandung. Auf einmal spürte er, dass ihm gegenüber jemand in der Dunkelheit saß.

»Wer ist da?«
Eine Stimme, die er nicht erkannte, antwortete: »Wissen Sie, ich könnte Ihnen einfach ein Messer zwischen die ersten zwei Halswirbel rammen und niemand würde merken, dass Sie nicht einfach bloß in den Pool gefallen und ertrunken sind.«
Getty setzte sich hastig auf und blinzelte in die Schatten. »Wer ist da?«, wiederholte er.
»Eine andere Möglichkeit wäre, dass ich Sie mit an den Strand nehme und Ihnen dort die Kehle durchschneide, dann würde jeder glauben, Sie wären von ein paar Halbstarken aus dem Ghetto überfallen worden, die sich mit *Chang'aa* zugedröhnt haben. Wie ich gehört habe, soll das hier ziemlich häufig vorkommen.«
Jetzt fiel bei Getty der Groschen. »Oh, mein Gott – *Sie* sind das«, stöhnte er und machte sich in die Hosen. Obwohl er Whitestones Stimme nie gehört hatte, wusste er, dass er es war. *Der schwarze Mann.*
»Für wen haben Sie mich denn gehalten?«, erkundigte sich Whitestone und lehnte sich leicht vor, so dass das Mondlicht sein Gesicht alabasterweiß beleuchtete. »*Patrick?* Der *Liebhaber* von Miss Bentley?«
Getty starrte ihn ebenso fasziniert wie erschrocken an. Sein alkoholvernebeltes Hirn war völlig überfordert mit dem Versuch, das, was er sah, in Einklang zu bringen mit dem, was er hörte. Das Gesicht des schwarzen Mannes gehörte dem adretten Paradeamerikaner Patrick Noonan, den er in der Empfangshalle kennengelernt hatte – nur die Stimme passte nicht dazu. Die näselnde Aussprache des Elite-Uni-Absolventen war auf einmal ver-

schwunden. Der schwarze Mann hatte weder einen erkennbaren Akzent noch eine menschliche Regung in der Stimme. Sie war knapp und unpersönlich wie die codierten Mails, über die sie kommuniziert hatten.

»Mein Kompliment an den Küchenchef, Conrad«, fuhr Whitestone fort. »Martha und ich fanden das Abendessen bemerkenswert, obwohl das Schwertfischsteak für meinen Geschmack ein wenig zu kräftig angebraten war.«

»Hören Sie«, flüsterte Getty. »Was da neulich passiert ist … Ich schwöre Ihnen, ich hatte nichts damit zu tun, ich …«

Whitestone hielt den Zeigefinger an die Lippen, um ihn zum Schweigen zu bringen. »Leise, Conrad, Sie wollen doch nicht die Gäste wecken. Die zahlen schließlich nicht gutes Geld, um sich dann aus ihrem Schönheitsschlaf reißen zu lassen.«

»Ich schwöre Ihnen, ich hatte nichts mit dem zu tun, was bei Dennis Bentleys Bootshaus passiert ist.«

»Ach ja, Dennis Bentleys Bootshaus. Tja, das war wirklich ziemlich ungut.« Whitestone legte eine Kunstpause ein, um seine Worte richtig wirken zu lassen.

»Die Dinge sind ein bisschen außer Kontrolle geraten«, gab Getty zu.

»Außer Kontrolle? Das kann man wohl sagen, Conrad. Diese schießwütigen Nigger hätten um ein Haar meine Freundin umgebracht. Martha ist ein süßes Mädchen. Ich habe sie sehr liebgewonnen, und ich möchte nicht, dass ihr irgendetwas zustößt. Schließlich haben Sie schon ihren Vater auf dem Gewissen.«

»Ich …«

»Oh, ich räume ein, dass Dennis wirklich ein Risikofaktor für unser Geschäft wurde. Ich war sogar beeindruckt, mit welcher Geschwindigkeit Sie seinen Vertrag beendet haben. Ein bisschen ungünstig, dass die Leiche von diesem Nigger an Land gespült wurde – aber so etwas passiert eben mal. Nein, ich mache mir viel mehr Sorgen, dass Ihre Männer plötzlich auf Polizisten schießen.«

»Ich schwöre …«

»Ich weiß, ich weiß. Sie hatten nichts damit zu tun. Aber es ist nun mal so, dass ich Ihnen eine hübsche Summe zahle, um sicherzugehen, dass alles, was in dieser Gegend passiert, mit Ihnen zu tun hat. Verstehen Sie mich?«

»Ja. Es gibt keine Entschuldigung.«

»Nein, Conrad. Es gibt in der Tat keine.«

Getty ließ den Kopf hängen, doch während er darauf wartete zu sterben, stellte er überrascht fest, wie ihn der Gedanke, dass nun alles vorüber war, geradezu in Hochstimmung versetzte.

»Aber wir sollten nicht zu viel Trübsal blasen«, fügte Whitestone plötzlich hinzu.

Getty hob den Blick und sah, dass der schwarze Mann tatsächlich lächelte. Andererseits wusste er aus langjähriger Erfahrung, dass Mörder oft lächelten, bevor sie zum tödlichen Schlag ausholten.

Whitestone lehnte sich jedoch auf seiner Liege zurück und verschränkte die Hände hinterm Kopf. Getty war verblüfft zu sehen, wie *jung* sein Gegenüber war. Der schwarze Mann hätte sein eigener Sohn sein können.

»Wir haben schließlich eine enorm dringende Lieferung

anstehen«, fuhr Whitestone fort. »Deswegen dachte ich mir, ich komme gleich persönlich vorbei, um sicherzugehen, dass nichts mehr schiefgeht. Wie weit sind Sie mit Ihren Vorbereitungen?«

Zum ersten Mal seit langem hatte Getty allen Grund, dem lieben Gott für Tug Viljoen zu danken. »Alles bereit.«

»Wie sieht es mit dem Kurier aus?«

»Wir haben bereits Ersatz besorgt.«

Whitestone zog eine Augenbraue hoch. »Ich bin beeindruckt, Conrad.«

»Sie brauchen uns nur das Startsignal zu geben, Mr. Whitestone. Wir sind bereit.«

Whitestone gab ihm die nötigen Instruktionen, und Getty lernte sie auswendig wie einen militärischen Befehl. Noch währenddessen arbeitete sein Hirn an der Logistik. Doch das war schon immer seine starke Seite gewesen, deswegen hatte er den Job damals ja bekommen.

»Sehr gut«, sagte Whitestone. »Dann werde ich jetzt wohl mal schlafen gehen. Es war ein langer Tag. Zimmerservice morgen früh um neun, okay?«

»Selbstverständlich.«

Der schwarze Mann stand auf, und sein ausdrucksloses Gesicht verzog sich plötzlich zu einem breiten Grinsen, bei dem er sein ganzes Prachtgebiss entblößte.

»Keine Fehler mehr. Sonst sind Sie ein toter Mann«, lächelte Patrick Noonan und streckte den rechten Zeigefinger vor wie einen Pistolenlauf. »*Verlassen Sie sich drauf.*«

Siebter Tag

51

Es war sieben Uhr morgens. Dafür, dass er sich sonst kaum vor acht aus seiner Hängematte bewegte, war Harry unglaublich gut gelaunt. Jake, der auf der *Yellowfin* schlief und schon kurz nach Sonnenaufgang aufgestanden war, beobachtete ihn misstrauisch, während er das kleine Beiboot vertäute und an Land sprang.

»Hast du mich gerufen?«

»Ich hab gute Nachrichten, Kumpel!«

»Das will ich hoffen«, meinte Jake mürrisch und wischte sich die ölverschmierten Hände an seinem Oberteil ab. »Seit Stunden versuche ich, diese beschissene Hydraulik wieder …«

»Ich hab ein neues Funkgerät!«, verkündete Harry. Sein Gesicht sah immer noch aus wie ein geklopftes Schnitzel, aber in seinen Augen war wieder das alte Funkeln zu erkennen.

Jake musterte ihn skeptisch. »Ich dachte, das wäre frühestens in zwei Wochen fällig.«

»Wenn wir es in Nairobi gekauft hätten, dann ja«, erklärte Harry. »Aber gerade hat mich Missy Meredith angerufen. Die kennt da so einen Typen in Mazeras, der ihr anscheinend noch einen Gefallen schuldet. Und der hat zufällig ein Funkgerät in seiner Werkstatt rumliegen, so

gut wie neu. Wenn wir es heute Nachmittag abholen, kriegen wir es für fünfzig Dollar.«
»In Mazeras?« Die Township westlich von Mombasa lag am Highway Richtung Nairobi. »Wie zum Teufel sollen wir denn nach Mazeras kommen? Wir haben kein Auto, wenn du dich erinnerst.«
»Da ist eben *Initiative* gefragt, mein Lieber«, rief Harry. Dann sagte er in einem Ton, als würde er die ultimative Weisheit verkünden: »Suki Los Honda.«
Es dauerte einen Moment, bis Jake die Bedeutung dieser Worte ganz klargeworden war. Dann wich er einen Schritt zurück und hob abwehrend die Hände: »Kommt überhaupt nicht in Frage! Dieses alte Wrack, das ist doch die reinste Todesfalle, und du willst damit allen Ernstes eine Fahrt machen, die mindestens drei Stunden dauert?«
»Tja, ich würde ja selbst fahren, aber in meinem Zustand kann ich mich unmöglich hinter ein Lenkrad klemmen«, erwiderte Harry. »Bei dem Zustand meines Rückens würde ich es ohne ärztlichen Beistand gerade mal bis zum Highway schaffen.« Er zuckte mit den Schultern. »Aber bitte, ist natürlich dir überlassen. Wenn du lieber noch zwei Wochen warten willst …«
Jake wusste, wann er sich geschlagen geben musste. »O Mann, Harry.«
»Auf dem Schreibtisch liegt der Notizblock, da hab ich dir die Adresse aufgeschrieben«, grinste Harry. »Und in der Dose neben dem Telefon sind hundert Dollar. Das sollte für das Funkgerät und das Benzin für Hin- und Rückfahrt reichen.«
»Und was machst du?«

»Büroarbeit, mein Lieber. Das System ist schon lange mal überholungsbedürftig. Ich spüre, dass uns richtig gute Zeiten ins Haus stehen, da müssen wir bereit sein!«
Jake marschierte grummelnd ins Büro. Tatsächlich war auf Harrys Notizblock eine Adresse in Mazeras aufgeschrieben, aber da Jake noch nie dort gewesen war, sagte sie ihm nicht viel. Er riss das Blatt ab, faltete es zusammen und steckte es in die Tasche seiner Shorts. Neben dem Telefon stand eine Dose, in der früher einmal eingelegte Auberginen gewesen waren, jetzt aber mehrere Geldscheine unterschiedlicher Währungen steckten. Offiziell war das ihre Kleingelddose, aber momentan war diese Summe ihr gesamtes Investmentkapital. Jake zählte vier Zwanzigdollarscheine ab und steckte das restliche Geld – es mussten insgesamt etwas über fünfhundert Dollar sein – wieder in die Dose.
Als er das Büro gerade wieder verlassen wollte, klingelte das Telefon.

»Wer war dran?«, wollte Harry wissen, als Jake wenige Minuten später zurückkam.
»Da wollte mir irgendjemand eine Lebensversicherung verkaufen.«
»Ich bin sicher, du hast ihnen gesagt, dass sie sich verpissen sollen.«
»Ich hab ihnen gesagt, dass ich heute noch mit Suki Los Honda nach Mazeras fahre, und da meinten sie, *ich* sollte *mich* verpissen.«
Harry wieherte. »Das ist genau die richtige Einstellung!«
»Ich hatte es nicht witzig gemeint.«

Die beiden verabschiedeten sich, und Jake machte sich zu Fuß auf den Weg zu Suki Los Bar. Eine halbe Stunde später kam er auf demselben Weg in Sukis leuchtend grünem Honda Civic zurück. Sie hatte sich diese Reliquie für hundert Dollar auf einem Schrottplatz in Kilifi gekauft und »für den Notfall« in ihrem Schuppen hinterm Haus geparkt. Die Stoßdämpfer waren im Eimer, die Bremsen schienen nur mit Zeitverzögerung zu wirken, und der Lack war mit einem Schorf aus Vogel- und Affenscheiße überzogen – doch als Jake auf dem Weg zum Highway sorgfältig die Schlaglöcher umkurvte, dachte er nicht mehr über das Auto nach oder ob er die Fahrt überleben würde, so dass er die Schlüssel zurückgeben konnte.

Er dachte an den Anruf, den er im Büro entgegengenommen hatte – und warum er anschließend beschlossen hatte, ganz sicher *nicht* nach Mazeras zu fahren.

52

Die *Arturet* war ein sechsunddreißig Jahre alter Getreidefrachter, der früher unter jugoslawischer Flagge gefahren war, heute aber unter wechselnder Flagge an der afrikanischen Küste alles Mögliche transportierte, von Cornflakes bis hin zu Autoersatzteilen – größtenteils jedoch Drogen. Mit ihrem einzigen funktionierenden Motor hatte sie sich im Morgengrauen in den Hafen Kilindini geschleppt, angeblich zu Wartungszwecken, aber in erster Linie, um eine beträchtliche Ladung Cannabisharz zu löschen, die sie vor zwei Wochen in Oran aufgenommen hatte.

Der Kapitän war ein bärtiger, streitsüchtiger Grieche namens Aristophenedes, der früher den lukrativen und prestigeträchtigen Job gehabt hatte, Aristoteles und Jackie Onassis in einer der Yachten des Milliardärs durch die Ägäis zu schippern – bis er gefeuert wurde, weil er zwei Flaschen Retsina getrunken und daraufhin versucht hatte, Jackie zu begrapschen.

Dank der *Arturet* bekam Aristophenedes keinen Ärger mehr, wenn er ein Schiff in betrunkenem Zustand befehligte. Der Frachter war so ein langsames Scheißding, dass er es auch mit verbundenen Augen hätte steuern können, und natürlich auch betrunken – was er die meiste Zeit war. Das Einzige, was dem Griechen jetzt noch

Sorgen bereitete, waren die illegalen Ladungen – insbesondere beim Löschen der Fracht war ihm immer ziemlich unwohl in seiner Haut. In der Vergangenheit hatte es nie Probleme gegeben. Die Häfen, die er regelmäßig angesteuert hatte – Rabat, Libreville, Maputo und Quelimane –, waren grundsätzlich von einem Beamten mit Schirmmütze und Hochglanzabzeichen kontrolliert worden, der einem für ein paar Dollar sogar die eigene Schwester überlassen hätte. Aber nach dem elften September und dem Krieg gegen den Terrorismus hatte sich alles geändert. Jetzt war es sogar in diesen gottvergessenen Häfen – vielleicht gerade *weil* sie so gottvergessen waren – gang und gäbe, dass plötzlich Sicherheitsbeamte auf dem Schiff herumwuselten, um es nach Raketenwerfern und eingeschmuggelten Al-Kaida-Kämpfern zu durchsuchen. Mehr als einmal in der letzten Zeit hatte Aristophenedes beim Blick von der Brücke ein ganzes Empfangskomitee auf dem Kai entdeckt. Dann musste er seine illegale Fracht entweder gleich ins Meer werfen oder in einem Rettungsboot aussetzen, um sie später wieder aufzusammeln.
Wenigstens in Mombasa konnte er noch ein bisschen freier atmen. Wenn doch nur alle afrikanischen Häfen von Leuten wie Michael Kili organisiert würden, dachte Aristophenedes. Was für eine Ordnung würde dann herrschen, und niemand würde Seefahrer wie ihn schikanieren, die doch nur versuchten, in diesen schwierigen Zeiten zu überleben. Kili machte die Dinge so einfach: Man landete in Kilindini und konnte jede beliebige Ware löschen – solange der Gangster nur seine fünfundzwan-

zig Prozent davon bekam. Er stellte sogar Schauerleute, die einem beim Löschen halfen. Fünfundzwanzig Prozent waren zwar happig, aber um Längen besser, als einfach alles ins Wasser zu kippen.

Aristophenedes hatte sich schon lange auf Mombasa gefreut. Kili war nicht nur ein guter Geschäftsmann, sondern auch ein großzügiger Gastgeber. Vor allem eine junge Nutte aus seinem Stall, ein Mädchen namens Mary, verstand sich darauf, einem Mann ganz exquisite orale Freuden zu bereiten. Doch als er jetzt im provisorischen Büro des Lageraufsehers stand und darauf wartete, seinen Namen unter die größtenteils bedeutungslosen Zolldokumente setzen zu dürfen, bekam er allmählich schlechte Laune.

»Ich versteh das nicht, Pieter«, bellte er. »Normalerweise gibt es doch nie Verzögerungen.«

Der Aufseher, ein weißer Kenianer namens Pieter Sylvian, nahm seine Kappe ab und fuhr sich mit den Fingern durchs schüttere Haar. »Was soll ich sagen, Niko? Die Zeiten sind schwierig für uns alle«, sagte er kleinlaut.

»Ich habe siebenhundert Kilo Cannabisharz auf meinem Frachter!«, rief der Grieche, dem vor Panik schon die Augen aus den Höhlen traten. »Das macht das Leben ganz *besonders* schwierig für mich.«

Sylvian machte eine beschwichtigende Geste, doch Aristophenedes stieß ihm wütend einen nikotingelben Wurstfinger vor die Brust.

»Wo ist Kili? Lass mich mit Kili reden!«

»Kili ist nicht hier.«

»Wo ist er dann, verdammt noch mal?«

»Er ist tot, Herr Kapitän«, erklärte eine Stimme hinter ihnen.
Der Grieche fuhr herum und starrte verwirrt den Afrikaner im Anzug an, der auf der Schwelle stand.
»Und wer zum Henker sind Sie?«
»Ich bin Inspector Daniel Jouma von der Kriminalpolizei.«
»Polizei?« Aristophenedes warf Sylvian einen anklagenden Blick zu, doch der hob nur kläglich die Hände.
»Ich konnte nichts machen, Niko.«
»Wir sehen uns in der Hölle«, zischte der Grieche.
»Ich hätte da eine Frage zu Ihrer Ladung«, begann Jouma.
Der Grieche grinste breit. »Wie ich diesem Gentleman gerade erklären wollte, hatte ich keine Ahnung, wie das Rauschgift auf mein Schiff geschmuggelt worden ist. Erst als ich heute Morgen höchstpersönlich eine Bestandsaufnahme der Fracht vorgenommen habe, konnte ich …«
»Beleidigen Sie bitte nicht meine Intelligenz«, unterbrach ihn Jouma. »Ich habe Papiere, die nachweisen, dass Sie in den letzten zwei Jahren regelmäßig Drogen in Kilindini an Land gebracht haben. Ist Ihnen bekannt, dass in Kenia die Strafe für den Handel mit Marihuana bei zwanzig Jahren Gefängnis liegt?«
Hinter seinem eingefrorenen Grinsen schien Aristophenedes die Luft knapp zu werden. »Vielleicht können wir das irgendwie regeln, Inspector«, schlug er sanft vor. »Ich bin sicher, ich muss Ihnen nicht erst erklären, wie viel eine Beteiligung von fünfundzwanzig Prozent an so einer Lieferung für Sie bedeuten würde.«

»Ich bin weder Michael Kili noch nehme ich Bestechungsgelder, Herr Kapitän«, fuhr Jouma ihm über den Mund. »Diese Zeiten sind vorbei.«

Sylvian saß an seinem Schreibtisch und ließ den Kopf in die Hände sinken.

In der Zwischenzeit hatte Aristophenedes seine großspurige Haltung abgelegt und versuchte Jouma mit Flehen umzustimmen. »Warum wollen Sie sich mit Sardinen begnügen, wenn Sie einen Wal an Land ziehen können?«, winselte er. »Auch ich verabscheue Drogen und alles, was damit zu tun hat. Ich kann Ihnen die Namen der Personen geben, die mich und meine Familie erpresst und bedroht haben, damit ich dieses üble Rauschgift …«

»Genug jetzt!«, herrschte Jouma ihn an.

Aristophenedes ließ den Kopf hängen wie ein gescholtenes Kind.

»So, und nun hören Sie mir ganz genau zu, Herr Kapitän«, fuhr Jouma fort. »Sie gehen jetzt zurück auf Ihr Schiff, laufen mit der nächsten Flut aus und werden nie wieder nach Kilindini zurückkehren. Haben Sie mich verstanden?«

Die buschigen Augenbrauen des Griechen schossen hoch. »Natürlich, Inspector«, versicherte er eilfertig.

»Mag sein, dass Mombasa in der Vergangenheit ein angenehmes Pflaster für illegalen Handel war, aber die Dinge haben sich geändert. Ich frage Sie noch einmal: *Haben Sie mich verstanden, Herr Kapitän?*«

»Ja, Inspector.«

»Und sobald Sie die Küstengewässer vor Mombasa ver-

lassen haben, werfen Sie Ihre Ladung über Bord. Verstanden?«
Aristophenedes lief rot an bei dieser demütigenden Behandlung, aber er nickte.
»Eines noch.«
»Ja, Inspector?«
»Sie werden zwei Passagiere mitnehmen.«

53

Hätte er wirklich mit Wertpapieren gehandelt, wäre er sicher gut in seinem Job gewesen, das stand für Whitestone außer Zweifel. Im Grunde tat er jetzt doch auch nichts anderes, als vom internationalen Transfer verkäuflicher Handelsgüter zu profitieren, oder? Der einzige Unterschied bestand darin, dass das eine als legal galt und das andere nicht. Aber das war sowieso nicht relevant. Jeder, der in der wirklichen Welt Erfolg haben wollte, wusste, dass Legalität nur ein Wort ist. Was wirklich zählte, waren die Kräfte des Marktes.

Whitestone verstand die Gesetze des Marktes, und deswegen war er erfolgreich. Er hatte sich auf Südeuropa spezialisiert, das nicht nur einen festen Kundenkreis zu bieten hatte, sondern auch die Exportwege in die sich entwickelnden Märkte im Norden. Es war schon eine außergewöhnliche Leistung, in seinem Alter mit so einer wichtigen Aufgabe betraut zu werden. Whitestone war erst dreiunddreißig, doch viele glaubten jetzt schon, dass er an der Spitze der Organisation stehen würde, bevor er vierzig war.

»Patrick, hast du den Brief von Daddys Versicherungsleuten?«

Whitestone wachte aus seiner kleinen Träumerei auf und tauchte schnell wieder in die Rolle des Patrick Noonan ein. Das fiel ihm nicht schwer. Seiner Meinung nach war der Amerikaner ungefähr so komplex wie ein Scheunentor. Er griff in die Seitenablage des BMW X5. Das Auto gehörte zur Fahrzeugflotte des Marlin Bay Hotel und war viel zu extravagant für ihre Zwecke. Doch Conrad Getty hatte gute Gründe, sich so großzügig zu geben, und Whitestone hatte nicht vor, sich darüber zu beklagen.

»Hier, Schatz.« Er reichte ihr einen Umschlag. »Soll ich mitkommen?«

Martha lächelte schwach und stieg aus. »Nein. Aber du kannst mich zum Mittagessen einladen, wenn ich fertig bin.«

»Klar.«

Er sah ihr nach, wie sie zügig und geschickt die Straße überquerte. Während sie auf die Büros einer der führenden Anwaltskanzleien Mombasas zueilte, bewunderte er ihre straffe Silhouette, die sich unter dem weißen Leinenanzug abzeichnete. Er musste grinsen. Wenn es jemals ein Beispiel dafür gegeben hatte, warum es empfehlenswert war, sich persönlich um seine Geschäfte zu kümmern, dann war es Martha. Hätte er nicht hartnäckig darauf bestanden, bei jedem seiner Mitarbeiter den Hintergrund genau unter die Lupe zu nehmen, hätte er niemals herausgefunden, dass die Tochter eines seiner ostafrikanischen Kuriere nicht nur intelligent und schön war, sondern auch noch in New York lebte.

Eine andere Philosophie, die Whitestone sehr am Herzen lag, lautete, dass Arbeit ein gewisses Maß an Vergnügen nicht ausschließen durfte. Und Whitestone vergnügte sich, wo und wann er wollte. Im Augenblick hatte er keine Ahnung, wie lange diese Beziehung noch dauern sollte. Bis er sie satt hatte, vermutete er, oder bis sich irgendwann die unvermeidliche Frage aufdrängte, ob man die Beziehung nicht langsam verbindlicher gestalten sollte. Nur schade, dass die Umstände dieses ungeplante Treffen so überstürzt herbeigeführt hatten. Er dachte an Marthas Vater und merkte, wie die Wut wieder in ihm aufwallte. Unglaublich, wie die Einheit in Mombasa die Liquidierung des alten Mannes vermasselt hatte.

Sobald diese kostbare Lieferung über die Bühne gegangen war, hatte er Pläne für Conrad Getty und sein Team in der Schublade – und die waren nicht besonders vergnüglich.

Plötzlich klopfte jemand an seine getönte Scheibe, und als Whitestone sie herunterließ, blickte er in die Augen eines afrikanischen Mädchens, die in ihrer Farbe an geschmolzene Schokolade erinnerten. Sie stand auf Zehenspitzen auf dem Gehweg neben dem BMW.

»Entschuldigen Sie, Sir, aber mein Ball ist unter Ihr Auto gerollt, und ich bekomm ihn nicht wieder raus.«

»Dann muss ich mein Auto wohl ein Stückchen beiseitefahren«, erwiderte er, und das Mädchen lächelte – ein engelsgleiches Lächeln, bei dem sie ihre weißen Zähne zeigte und ihr ganzes Gesicht strahlte. »Geh mal ein Stück zurück«, bat er, ließ den Motor an und fuhr ein, zwei Meter rückwärts.

Das Mädchen schnappte sich seinen Ball, winkte ihm zum Dank zu und hüpfte fröhlich auf den Wohnblock auf der anderen Straßenseite zu. Sie konnte kaum älter als acht oder neun Jahre sein, aber sie war jetzt schon erste Sahne, dachte Whitestone, der ihr mit Kennerblick nachsah.

Er war sicher, dass viele andere Männer genauso denken würden.

54

Joumas Getränk sah aus und schmeckte auch so wie Wasser, in dem man Wurzelgemüse gekocht hat. Leider gehörte zu den Erfrischungsgetränken, die die zahnlose alte Frau an diesem Straßenstand verkaufte, kein englischer Frühstückstee. Tatsächlich schien sie fast beleidigt, dass jemand die Kühnheit besaß, sie nach einem Getränk zu fragen, von dem sie noch nie gehört hatte. Ihren faden Wasserpflanzensud nannte sie hochtrabend »Mamas Nektar«, und behauptete, dass er den Eingeweiden zuträglicher sei als jeder englische Tee. Zwar musste Jouma zugeben, dass das Gebräu erfrischend war, aber eben nur so erfrischend, als würde man sich abgestandenes Flusswasser ins Gesicht spritzen.

Der Stand war nicht viel mehr als ein Holzbrett auf zwei Böcken, auf dem sich Plastikflaschen mit warmer Cola stapelten. Er befand sich am nördlichen Ende der Nyali-Brücke und gehörte zu den zahlreichen Ständen, die optimistische Verkäufer hier aufgestellt hatten, in der Hoffnung, ein paar Extraschillinge an den Touristen zu verdienen, die auf dem Rückweg in ihre weiter nördlich gelegenen Hotelanlagen hier vorbeifuhren.

Dabei war dieser Standort der Gesundheit nicht unbedingt zuträglich. Alle paar Minuten dröhnte ein Truck die Straße hinunter und machte dabei einen Lärm, als würden die Innereien der Erde an die Oberfläche schießen. Die Gütertransporter fuhren so dicht an den Verkaufsständen vorbei, dass sie die Händler und ihre wackligen Buden fast umzureißen und in den Fluss zu werfen drohten, der dreißig Meter unter ihren Füßen durch die Schlucht lief. Jouma warf einen Blick auf seine Armbanduhr. Er wartete erst seit knapp zehn Minuten, aber sein Anzug war schon mit einer Schmutzschicht überzogen, die auf jeden Fall eine professionelle Reinigung nötig machen würde.

Gerade näherte sich aus nördlicher Richtung ein Auto und bog von der Straße auf einen Schotterparkplatz ab. Der Wagen war knallgrün und schien mehr aus Löchern als aus Karosserie zu bestehen. Quietschend öffnete sich die Fahrertür, und Jouma atmete erleichtert auf, als er Jake aussteigen sah.

»Ich hätte auch kein Problem damit gehabt, mich in der Stadt mit Ihnen zu treffen, Inspector.« Jake sah sich um und blinzelte unsicher.

»Mombasa ist im Moment kein besonders guter Ort«, erwiderte Jouma. »Danke, dass Sie gekommen sind, Jake.«

»Wie ich am Telefon schon sagte, ich war sowieso in dieser Richtung unterwegs«, sagte Jake.

Der nächste achtzehnrädrige Truck donnerte in Richtung Malindi vorbei, und Jouma musste sich an Jakes Arm festhalten, um vom Luftzug nicht umgeworfen zu werden.

»Also, was gibt's denn nun?«, rief Jake über das Getöse. »Klang ja ziemlich dringend am Telefon.«

Jouma nickte und führte Jake vom Highway weg zu seinem Panda neben dem Erfrischungsstand. Als die beiden Männer im Auto saßen, hielt der Inspector ein Handy hoch.

»Ich kenne mich mit diesen Geräten bis heute nicht aus. Aber heute Morgen habe ich dieses Ding einem Händler in Jamhuri Park für fünf Dollar abgekauft. Er behauptet, ich kann dreißig Minuten lang damit telefonieren und kann es dann nur noch wegwerfen, aber irgendwie glaub ich das nicht.«

Jake lachte. »Was hat Sie plötzlich zu diesem Quantensprung ins einundzwanzigste Jahrhundert veranlasst?«

»Ich habe den Verdacht, dass mein Telefon im Büro demnächst angezapft wird – wenn es nicht schon längst geschehen ist.«

Jouma fasste die Ereignisse des Vortags zusammen. Als er zu der Stelle kam, wie er im Büro über dem Baobab Club über Michael Kilis Leiche gestolpert war, kniff Jake überrascht die Augen zusammen.

»Omu hat seinen Boss umgebracht?«

Jouma schüttelte den Kopf. »Das glaube ich nicht.« Er beschrieb, wie er den ganzen Morgen das Kommen und Gehen der Kunden beobachtet hatte. »Zu meiner Schande konnte ich die meisten von ihnen als prominente Mitglieder der Gesellschaft von Mombasa identifizieren. Die anderen waren Touristen. So verabscheuungswürdig ihre Absichten auch gewesen sein mögen, hatten sie doch alle einen legitimen Grund, dort zu sein. Dieser Mann jedoch interessiert mich.«

Er reichte Jake ein knittriges Polaroidfoto. Obwohl das

Motiv aus der Ferne aufgenommen und nur verschwommen erkennbar war – Jouma war kein großer Fotograf –, erkannte Jake sofort den fassförmigen Oberkörper und die spindeldürren Beine.
»Tug Viljoen?«, rief er überrascht.
Jouma nickte. »Nach unseren Informationen betreibt Mr. Viljoen einen Reptilienpark in der Nähe von Flamingo Creek. Wissen Sie darüber Bescheid?«
»Ich kenne den Park. Aber glauben Sie wirklich, dass Viljoen Kili umgebracht hat?«
»Es ist nur eine Vermutung«, gab Jouma zu. »Aber der Mord geschah, während Mr. Viljoen sich im Haus aufhielt, und keiner vom Personal kann sich erinnern, ihn in der Bar und in der Nähe der Bühne gesehen zu haben.«
Jake war verblüfft. »Ich gebe ja gern zu, dass Tug völlig durchgeknallt ist – aber ein Mörder?«
Der Inspector reichte ihm ein Blatt Papier. Es war eine Kopie von einem Auszug aus dem Vorstrafenregister, wie Jake sie noch aus seinen Tagen als junger Polizist kannte. Doch hier ging es nicht um Einbrüche oder Autodiebstähle, diese Liste sprach von Körperverletzung, Plünderung, Verstößen gegen das Rauschgiftgesetz und Mordkomplotten. Es reichte zurück bis in die frühen siebziger Jahre.
Er stieß einen Pfiff aus. »Das geht alles auf Tugs Konto?«
Jouma nickte. »Eine kurze Zusammenfassung seiner Jahre in der südafrikanischen Armee. Immerhin hatte er das Glück, dass ihn das damalige Regime nicht dafür belangte. Irgendwann wurde er aber doch entlassen, nachdem er bei Unruhen in der Gauteng-Provinz 1999 einen

Demonstranten krankenhausreif geschlagen hatte. Man muss wohl nicht extra erwähnen, dass die Angelegenheit von den Behörden unter den Teppich gekehrt wurde.«

»Mein Gott. Aber warum sollte er denn Kili ermorden?«

»Ich hatte eigentlich gehofft, dass Sie mir in dieser Frage weiterhelfen können.«

»Und wie?«

»Glauben Sie mir Jake, ich würde Sie nicht um Hilfe bitten, wenn es noch jemand anders gäbe, an den ich mich wenden könnte«, entschuldigte sich Jouma. »Jemandem, dem ich wirklich *trauen* könnte. Aber …«

Er seufzte und erzählte seine Geschichte zu Ende. Als Jake von Sergeant Nyamis Verrat und der Ermordung Jacob Omus gehört hatte, meinte er nur: »Scheiße. Das ist ja grässlich.«

»Ja, leider. Deswegen brauche ich auch Ihre Hilfe.«

»Aber was kann ich denn schon tun?«

Das Auto erbebte, als der nächste Lastwagen in Richtung Mombasa vorbeidonnerte.

»Ganz einfach«, erklärte Jouma. »Ich möchte, dass Sie wieder Polizist werden.«

55

Martha saß mit Patrick im Tamarind, einem Restaurant am Nyali-Strand mit Blick auf Mombasa. Während sie ihren kalten Hummer aß, fragte sie sich, warum Patrick wohl ständig auf seine Rolex sah.

»Es ist zwei Minuten später als beim letzten Mal, als du draufgeguckt hast«, stellte sie gereizt fest.

Er blickte auf und lächelte. »Tut mir leid.«

»Musst du irgendwohin?«

»Ich muss mich immer noch an die Zeitverschiebung gewöhnen«, behauptete Patrick – eine der lahmsten Ausreden, die Martha je gehört hatte. Seit sie das Restaurant betreten hatten, benahm er sich, als säße er auf glühenden Kohlen. Okay, dieses Restaurant war nicht das Sardi's, und Mombasa war auch nicht Manhattan, aber das Essen war gut und …

»Verdammt noch mal, Patrick, hörst du jetzt endlich mal auf, ständig auf deine Uhr zu gucken?!«

Sein Gesicht nahm diesen Ausdruck eines gescholtenen kleinen Schulbuben an, der sie normalerweise dahinschmelzen ließ, sie aber jetzt nur noch mehr reizte. Sie hatte ihm von vornherein gesagt, dass er nicht kommen sollte. Ihr Aufenthalt in Kenia war nicht als Urlaub gedacht. Zugegeben, er hatte heute Vormittag zwei Stunden vor der Anwaltskanzlei gewartet, aber sie war

schließlich diejenige, die sich mit einem Mann hatte herumstreiten müssen, der in New York nicht mal ein Unfallmandat bekommen hätte.
»Ich muss mal«, entschuldigte sich Patrick, und Martha war froh, als er den Tisch verließ. Sie streckte die Hand zu seinem Teller, den er bis jetzt kaum angerührt hatte, und spießte eine Garnele auf, die ungefähr Form und Größe eines Telefonhörers hatte.

Conrad Getty hatte den Anruf zwar erwartet, aber als es schließlich klingelte, fuhr er trotzdem zusammen.
»Sind wir im Zeitplan?«
Sofort brach dem Hotelbesitzer der kalte Schweiß auf der Stirn aus. »Der Lieferwagen ist unterwegs, Mr. Whitestone.«
»Und die Lieferung?«
»Steht an der Grenze bereit.«
»Gut. Ich muss Sie wohl nicht eigens daran erinnern, dass diese Lieferung sehr wichtig ist, oder, Conrad?«
»Nein.«
»Ich kann gar nicht oft genug betonen, was für entsetzliche Folgen es nach sich ziehen würde, wenn irgendetwas schiefginge.«
»Ich verstehe vollkommen, Mr. Whitestone.«
»Dann müssen wir uns ja keinerlei Sorgen machen, oder?«
Whitestone beendete das Gespräch mit einem Knopfdruck, dann zog er die SIM-Karte aus dem Handy und warf sie ins Pissoir. Nachdem er seinen Reißverschluss heruntergezogen hatte, sorgte er dafür, dass der Chip

von seinem Urin durch die Rinne und schließlich ins Abflussrohr geschwemmt wurde. Anschließend machte er seine Hose wieder zu, legte eine neue SIM-Karte ein und ging zurück auf die Terrasse. Reine Vorsichtsmaßnahme – manche hätten sie vielleicht unnötig genannt, aber Whitestone war egal, was andere sagten. Hätte Augustus Kanga Vorsichtsmaßnahmen getroffen, hätte er niemals seinem Fahrer so vorbehaltlos vertraut – mit so fatalen Folgen.

Da saß sie nun, dachte Whitestone. *Seine kleine Martha, die sich gerade die Reste von seinem Teller angelte wie ein hungriger Straßenköter*. Früher hatte er ihre pathologische Abneigung gegen die Verschwendung von Lebensmitteln ganz reizend gefunden. Aber mittlerweile ging ihm diese Macke einfach nur noch auf die Nerven. Er war überrascht, warum und vor allem wie schnell sich die Gleichgültigkeit gegenüber dieser Geliebten eingestellt hatte. Vielleicht weil er zum ersten Mal versuchte, Geschäft und Vergnügen zu vereinen. Vorher war Martha eine willkommene Entspannung von seinem stressigen Job gewesen. Er hatte sich jedes Mal darauf gefreut, sie zu sehen, mit ihr zusammen zu sein und mit ihr zu schlafen. Jetzt, da sie seinem wirklichen Leben so nah gekommen war … tja, jetzt empfand er sie eher als Klotz am Bein.

Nachdem er wieder ihr gegenüber Platz genommen hatte, unterhielten sie sich noch eine Weile. Beziehungsweise, Martha redete. Whitestone dachte über die Lieferung nach und über die grässliche Binsenweisheit, dass man eben nicht an zwei Orten gleichzeitig sein konnte, und wenn man sich noch so sehr anstrengte, seine Geschäfte selbst zu überwachen.

Plötzlich ging ihm auf, wie lächerlich die ganze Situation war. Warum zur Hölle saß er hier und hörte sich diesen Mist über Versicherungsunterlagen an, wenn das wahrscheinlich wichtigste Geschäft seines Lebens ganz woanders lief? Je länger er darüber nachdachte, umso wütender wurde er, und je wütender er wurde, umso dringender brauchte er einen Blitzableiter für seine Wut.

»Verdammt noch mal, Martha«, entfuhr es ihm. »Dieser ganze Scheiß mit deinem Dad steht mir langsam bis hier oben!«

Kaum hatte er die Worte ausgesprochen, wusste er, dass dieser Verlust seiner Selbstbeherrschung völlig unverzeihlich war, aber es war ihm auf einmal egal. In diesem Moment war er nicht Patrick Noonan.

»Du Arschloch«, sagte sie. »Du Arschloch.«

Whitestone musterte sie kalt. Dann schien der Dämon, der ihn geritten hatte, plötzlich exorziert, und seine Schultern sackten ein Stück herab.

»Um Gottes willen, Schatz … entschuldige bitte. Ich hab's nicht so gemeint.«

»Lass mich allein.« Sie schob seine ausgestreckte Hand weg.

Als sie aufstand und zum Ausgang lief, musste Martha sich verwundert eingestehen, dass sie fast erleichtert über seine Worte gewesen war.

56

Soweit Jake es einschätzen konnte, war Tug Viljoens Existenz – wenn er nicht gerade Striplokale besuchte oder sich in Suki Los Bar betrank – ungefähr so spannend wie die seiner Krokodile. *Es sei denn, man zählte die Ermordung von Gangstern in Mombasa mit.*

Während der letzten zwei Stunden hatte der Südafrikaner sich in seinem heruntergekommenen Wohnwagen verkrochen und war nur kurz herausgekommen, um zwei junge Afrikaner zu maßregeln, die gerade die Geräteschuppen mit Kalkfarbe strichen. Jake beobachtete das Ganze vom Ast eines Mangrovenbaums, von dem aus er das ganze Gelände im Blick hatte. Allerdings stand er kurz davor, einen Krampf im Bein zu bekommen und zehn Meter tief auf den Dschungelboden zu plumpsen. Sogar die Nasenaffen in den Nachbarbäumen hatten aufgehört zu plappern, und ihre gemeinen Augen betrachteten ihn fast mit einem gewissen Mitleid.

Aber immerhin hatte er hier oben Zeit zum Nachdenken. Und Jouma hatte ihm weiß Gott jede Menge Stoff zum Nachdenken gegeben.

Der Inspector war überzeugt, dass Viljoen den Schuss auf Michael Kili abgefeuert hatte, und dass der Mord damit zusammenhing, was tags zuvor bei Dennis Bentleys Bootshaus passiert war.

Jake war sich da nicht so sicher. Er hatte eher den Eindruck, dass es jede Menge Leute gab, die bereit gewesen wären, diesen Gangster auszuschalten und genauso gute Gründe gehabt hätten. Doch es war eine Spur, und an Joumas gehetztem Blick sah er, dass der kleine Inspector jetzt wirklich jeden Freund brauchen konnte.

»Sie müssen ihn für mich überwachen«, hatte Jouma gebeten. »Ich glaube, dass heute Dinge passieren werden, die bald die Antwort zu unserem Rätsel liefern können.«

Jake Moore hatte Erfahrung mit Observationen. Vor sieben Jahren hatten Mac Bowden, Tom Kent und er fast drei Monate auf einem Dachboden in Canning Town zugebracht. Von dort beobachteten sie die Wohnung von Charlie Green, der bereits mehrere bewaffnete Raubüberfälle verübt hatte. Es war ein Fall wie aus dem Lehrbuch. Green riss die Klappe zu weit auf, und jetzt saß er zwanzig Jahre in Belmarsh ab, zusammen mit dem Rest seiner Bande.

Doch nun befand er sich um elf Uhr morgens im glutheißen Dschungel, und Jake hatte einfach nicht mehr die Geduld, die er als junger Polizist besessen hatte. Er hätte nicht übel Lust gehabt, Tug einfach einen Besuch abzustatten und ihn zu fragen, ob er Kili erschossen hatte. In diesem Moment stießen die Vögel auf sämtlichen Bäumen jedoch durchdringende Alarmschreie aus, und die Affen stoben auseinander wie eine Bande jugendlicher Vandalen, die von einer Polizeistreife ertappt wird. Jake drückte sich flach auf den Ast. Ein weißer Ford Transit kam über den Kiesweg geholpert und fuhr direkt unter ihm vorbei. Er trug keinerlei Beschriftung und war

länger nicht mehr gewaschen worden. Als er das Gelände erreichte, kam Viljoen aus seinem Wohnwagen und lotste den Wagen auf den Hof hinter den Lagerhäuschen.
Jake war erleichtert, endlich einen Vorwand zu haben, seinen Ausguck zu verlassen, kletterte den Mangrovenstamm hinunter und landete geräuschlos auf dem weichen Boden. Während er sorgsam darauf achtete, sich nur in der Deckung des Unterholzes zu bewegen, folgte er dem Zaun bis zum rückwärtigen Teil des Geländes. Zwischen ihm und dem Zaun befand sich eine freigeräumte Fläche, die Viljoen offensichtlich als Müllhalde nutzte. Auf dem staubigen Boden türmten sich verrostete Metallteile, Plastikbehälter, alte Reifen und – wie Jake nicht ohne Unbehagen bemerkte – vereinzelte Knochen. Der Müll gab ihm jedoch gute Deckung, und Jake konnte sich dem Zaun bis auf drei Meter nähern, so dass er freien Blick auf die Geschehnisse dort hatte.
Der Van stand neben einem Galgen, an dem die Überreste eines gehäuteten Krokodils hingen, dessen marmoriertes Fleisch in der Sonnenhitze verweste und einen süßlichen Geruch verbreitete. Aus dem Führerhaus sprangen nun zwei Afrikaner, um sich die Beine zu vertreten, und Jake sah, wie sie angewidert vor dem Kadaver zurückwichen. Außerdem entdeckte er, dass die beiden Maschinengewehre über der Schulter hängen hatten, und die wohlbekannten, halbmondförmigen Magazine verrieten ihm, dass es sich um AK-47 handelte, die Lieblingswaffe paramilitärischer Organisationen.
Viljoen kam heran und bellte ihnen scharfe Befehle auf

Kiswahili zu. Sofort huschten die beiden Männer zum Heck des Vans und öffneten die Türen. Viljoen warf nur einen Blick hinein und nickte. Dann wurden die Türen wieder zugeworfen, und die drei Männer verließen den Hof und steuerten auf den Wohnwagen zu.

Jake wartete, bis sie außer Sichtweite waren, dann kroch er bis an den Zaun, der aus billigem, mit Plastik beschichtetem Material gefertigt war und sich problemlos überklettern ließ. Während er größtmöglichen Abstand zu dem baumelnden Reptil hielt, schlich er sich ans Heck des Wagens und öffnete eine der Türen. Das Innere des Laderaums war dunkel, leer und roch nach Schweiß und Urin. Im Dach war ein einzelner Belüftungsschlitz, und ganz hinten standen drei Plastikeimer.

Glücklicherweise hatte Viljoen so eine durchdringende Stimme, ansonsten hätte Jake nämlich nicht gehört, wie er einen der beiden Männer zusammenstauchte, und folglich nicht gewusst, dass sie schon wieder zurückkamen.

Verdammt! In Sekundenschnelle erkannte er, dass er unmöglich ungesehen über den Zaun zurückklettern konnte, und da er sich schlecht unter dem Auto verstecken konnte, sprang er in den Laderaum und fummelte von innen am Schloss, in dem verzweifelten Bemühen, die Türen ganz hinter sich zu schließen. Dann drückte er sich flach hinter den Radkasten und hörte zu, wie Viljoen seine Anweisungen brüllte und die Männer ab und zu ein paar unterwürfige Worte brummelten. Dann näherten sich Schritte, und Jake erstarrte, als ein Schatten vor dem winzigen Spalt zwischen den Türen vorbeiglitt.

Wenn sie die Türen jetzt noch mal öffneten, hatte er keine Ausweichmöglichkeit mehr. Und wenn den Afrikanern der Finger so locker am Abzug saß, wie er befürchtete, dann …
Doch in diesem Moment wurden die Vordertüren geräuschvoll aufgerissen, und er merkte, wie der Wagen unter ihm schwankte, als die drei Männer ins Führerhaus stiegen. Durch den Lüftungsschlitz über seinem Kopf drang ein Splitterchen Helligkeit in die pechschwarze Finsternis, die ihn ansonsten umgab. Das Auto schepperte, als der Motor ansprang, und Jakes kurzfristige Erleichterung darüber, dass er nicht entdeckt worden war, wich der Erkenntnis, dass er in der Falle saß.

57

Nyami hatte bis spät in die Nacht geredet. Anfänglich noch zögerlich, aber dann spuckte er die Namen und Daten mit solchem Eifer aus, dass Jouma ihn bremsen musste, damit man seine Aussage auf dem Tonband später deutlich hören konnte. Als sie fertig waren, graute schon fast der Morgen, und vier Kassetten waren voll. Erst dann war er ins Bett gegangen.

Als Jouma den Sergeant nach dem Treffen mit Jake Moore aufgeweckt hatte, war es kurz vor zehn am Morgen. Nyami und Jemima hörten gut zu, als Jouma ihnen erklärte, was er eingefädelt hatte. An diesem Punkt brach der in Ungnade gefallene Sergeant – der davon ausgegangen war, den Rest seines Lebens hinter Gittern verbringen zu müssen – in Tränen aus.

Jetzt war es elf Uhr morgens, und Nyami bestieg mit seiner Frau die rostige *Arturet*. Er trug eine billige Jacke und hatte einen Rucksack auf den Schultern. Seinem Gesicht war immer noch anzusehen, dass Fassungslosigkeit, Angst und Erleichterung in ihm im Widerstreit lagen. Er sah aus wie ein kleines Kind, das an seinem ersten Schultag von seiner Mutter begleitet wird.

Jouma beobachtete vom Dock aus, wie Aristophenedes die beiden oben an der Gangway willkommen hieß. Hätte es sich bei seinen Passagieren um den König und

die Königin von Griechenland gehandelt, hätte er sie nicht zuvorkommender begrüßen können. Nyami warf noch einen letzten Blick zurück, bevor der griechische Kapitän ihm einen muskulösen Arm um die knochigen Schultern legte und ihn wegführte. In zwei Tagen würden Nyami und Jemima in Somalia ankommen. Und dort – tja, es hing ganz von ihnen ab, ob sie sich dort ein gutes Leben aufbauten oder untergingen.
Als er über den Kai zu seinem Auto zurückging, dachte Jouma, dass er Nyami zumindest eine Chance gegeben hatte. Und in den Augen vieler Leute war das mehr, als der Sergeant nach seinem Verrat verdient hatte.
Er stieg ein und machte sich auf den Weg zum Polizeipräsidium am Mama Ngina Drive. Allerdings hatte er den Verdacht, dass dies der letzte Lichtblick für heute gewesen war. Vielmehr versprach dieser Tag lang, nervenaufreibend und vielleicht sogar der letzte Tag seines Lebens zu werden.

58

Die Leuchtziffern auf Jakes Uhr verrieten ihm, dass sie bereits zwei Stunden unterwegs waren. Nach der erschütterungsfreien Fahrt zu urteilen, befanden sie sich höchstwahrscheinlich auf dem Weg ins Landesinnere, auf einer der wenigen Fernverkehrsstraßen in Kenia, die diesen Namen verdienten. Am Ende fuhren sie gerade auf der Autobahn an Mazeras vorbei – das wäre wirklich der Gipfel der Ironie, dachte er verbittert. Vielleicht würden Tug und seine Schläger ja anhalten, damit er das gebrauchte Funkgerät abholen konnte.

Die Straßenverhältnisse waren angenehm, aber sonst hatte Jake wenig Grund zu Fröhlichkeit. Die Hitze in dem Metallcontainer, in dem er saß, zeigte ihm nur zu deutlich, dass der Lüftungsschlitz im Dach so gut wie nutzlos war und er Gefahr lief zu ersticken, wenn er nicht bald hier rauskam. Seine Kleider waren völlig durchgeschwitzt, und der Stoff rieb ihm auf der Haut, während er sich immer wieder neu zurechtsetzte, um eine bequeme Position zu finden. Eigentlich wollte er die Türen nicht eintreten und sich aus einem fahrenden Auto werfen, aber wenn es noch lange so weiterging, würde ihm kaum eine andere Wahl bleiben.

Nach einer Weile musste er eingedöst sein, denn als er erschrocken wieder aus dem Schlaf hochfuhr, verlangsamte das Auto und kam schließlich zum Stehen. Der Motor ruckelte noch einmal, bevor er erstarb, und Jake kauerte sich wieder hinter den Radstand. Angespannt bis in die letzte Faser seines Körpers wartete er auf den Moment, in dem die Türen aufgehen würden. Wenn er zwei Kerlen mit AK-47 in der Hand gegenüberstand, konnte er nur auf das Überraschungsmoment setzen – und selbst damit rechnete er sich nur geringe Chancen aus. Einen konnte er vielleicht noch umrennen, aber zwei höchstwahrscheinlich nicht. Außerdem bezweifelte er, dass Tug unbewaffnet war. Und dass der südafrikanische Psychopath sich von ihren gelegentlichen Begegnungen in Suki Los Bar erweichen lassen würde. Doch stattdessen hörte er, wie die Türen der Fahrerkabine zugeworfen wurden und sich die Stimmen langsam entfernten.

Er wartete eine Weile, für den Fall, dass Viljoen oder einer der beiden Afrikaner im Auto zurückgeblieben war. Dann tastete er im Dunkeln nach dem inneren Griff und öffnete die Tür. Grellweißes Licht flutete ins Wageninnere und blendete ihn so stark, dass er reichlich unelegant aus dem Van taumelte und im Staub landete. Er kroch auf dem Bauch unter das Fahrzeug und machte sich darauf gefasst, jede Sekunde Alarmrufe oder das typische Geräusch des Entsicherns von Waffen zu hören. Stattdessen – nichts. Bis auf das Knacken des abkühlenden Motors und der Musik der Zikaden.

Der Wagen parkte vor einer Raststätte, ungefähr fünfzig Meter von einer zweispurigen Autobahn entfernt, die sich durch eine nichtssagende Buschlandschaft zog und auf eine verschwommene Hügelkette am Horizont zulief. Obwohl dieses Rasthaus das einzige im Umkreis war und keine Konkurrenz zu fürchten hatte, war das Gebäude erstaunlich sorgfältig gestaltet, mit seiner säuberlich gekalkten Fassade aus Lehmziegeln, dem strohgedeckten Dach und den Panoramafenstern, die zum Schutz gegen die Sonneneinstrahlung getönt waren. Die zwei Afrikaner lagerten draußen im Schatten und rauchten Zigaretten. Wie es aussah, hatten sie ihre Waffen nicht mitgenommen. Viljoen war wahrscheinlich drinnen, vermutete Jake. Besorgte er sich was zu futtern oder war er nur pinkeln gegangen? Das konnte einen entscheidenden Unterschied ausmachen.

Jake musste jetzt schnell entscheiden und handeln.

Er wusste, dass er unter dem Auto nur wenig besser geschützt war als darin. Außerdem hatte er keinen Schimmer, wo er eigentlich war. Abgesehen von der Raststätte und den Hügeln in der Ferne war das einzig nennenswerte Kennzeichen dieser Gegend der Highway.

Und irgendwie musste er dringend eine Nachricht an Jouma übermitteln.

Lieber Gott – wie hatte das nur passieren können? Der Plan war so einfach gewesen: Er sollte Viljoen beobachten und den Inspector am Abend aus Flamingo Creek anrufen, um ihm Bericht zu erstatten. Die Art von Auftrag, die nicht einmal einem Anfänger viel abverlangte, geschweige denn einem ehemaligen Detective Sergeant einer Sondereinsatztruppe. Trotzdem war er plötzlich – sei es durch Draufgängertum oder durch schiere Blödheit – auf eine ungeplante Reise durch die kenianische

Wildnis gegangen. Dass er nicht die Spur eines Notfallplans hatte, machte die Sache noch schlimmer. Wie er Jouma verlegen erklärt hatte, besaß er nicht einmal ein Handy.

Wie bei diesen You-Tube-Clips mit den sagenhaft dämlichen Polizisten – nur das Jake seine Situation nicht im Geringsten komisch finden konnte.

Obwohl vielleicht …

Neben der Straße standen in regelmäßigen Abständen Telegrafenmasten, über die dicke Kabel verliefen. Auf der Höhe der Abfahrt vom Highway zur Raststätte zweigte eine Leitung ab und führte zu einem Kabelschrank auf der anderen Seite des Gebäudes. Als Jake vorsichtig unter dem Wagen hervorrobbte, schickte er ein Stoßgebet zum Himmel, dass dieser Kabelschrank wirklich enthielt, was er vermutete.

Er duckte sich und lief in der Deckung mehrerer geparkter Autos hinter das Rasthaus, wo er dicht an der Wand unter den Fenstern weiterkroch. Als er um die Hausecke spähte, hätte er am liebsten mit einem Freudenschrei die Faust in die Luft gereckt, denn er sah, dass der Kabelschrank tatsächlich mit einer Telefonzelle verbunden war, die an der Hausrückseite neben einem dreckigen Müllcontainer und der mutmaßlichen Küchentür stand.

Er rannte auf das Telefon zu, doch dann blieb er stehen und konnte kaum glauben, was er sah: Der Hörer baumelte nutzlos herab, und das Gehäuse des Apparats war von Dieben aufgebrochen worden, um an die Münzen zu kommen.

Jetzt hatte er nur noch eine Möglichkeit, Viljoen im Auge zu behalten: Er musste wieder in den Lieferwagen steigen. Doch als er um die Ecke zum Parkplatz bog, stellte er zu seiner Bestürzung fest, dass die beiden Afrikaner schon wieder auf den Wagen zugingen. Er sah, wie der eine verwirrt die offenen Hecktüren anstarrte, dann aber mit den Achseln zuckte und sie mit einem Fußtritt schloss. Wenig später trat Viljoen mit entschlossenen Schritten aus dem Rasthaus, zog sich im Gehen den Reißverschluss hoch und schnallte den Gürtel zu. Die drei Männer bestiegen den Van, der Motor sprang an und im nächsten Moment war der Wagen wieder auf dem Highway und hielt auf die Hügelkette zu.

Jake lief auf den Parkplatz. Dort standen drei kreuz und quer geparkte Autos, von denen zwei von vornherein nicht in Betracht kamen – ein Pick-up, dessen ganze Ladefläche voller Hühnerkäfige war, und ein Austin Allegro mit einem Plattfuß. Also rannte Jake auf den dritten zu, einen zerbeulten Ford mit einem Schild auf dem Dach: FAHRSCHULE KAGONI. Er war unverschlossen. Hastig schlüpfte Jake auf den Fahrersitz und riss die Verkleidung von der Zündung. Eine Sekunde später funkte es zwischen den beiden Drähten und der Motor erwachte hustend zum Leben. Doch kaum war er ein paar Meter gefahren, da gingen auf einmal sämtliche Lichter am Armaturenbrett an, und der Ford kam schnaufend wieder zum Stehen.

Verdammt! Er griff nach den Drähten und bewegte sie panisch gegeneinander, doch der Motor verweigerte jede Zusammenarbeit.

»Sind Sie der Mechaniker?«
Er blickte auf und sah einen großen, gelehrt aussehenden Afrikaner neben der Tür stehen.
»Sind Sie der Mechaniker?«, wiederholte der Mann und streckte den Kopf durch das offene Beifahrerfenster. »Ich bin Johnstone Kagoni von der Fahrschule Kagoni. Ich hab schon vor vier Stunden angerufen, dass man mir einen Mechaniker schicken soll.«
Jake ignorierte ihn einfach, stieg aus und rannte zum Highway. Ein schwarzer Jeep näherte sich mit hoher Geschwindigkeit und wirbelte eine riesige Staubwolke auf. Jake wedelte verzweifelt mit den Armen, um ihn anzuhalten, aber in der nächsten Sekunde war er auch schon an ihm vorbeigezischt. Plötzlich fühlte Jake sich todmüde und geschlagen und schlurfte zurück zum Rasthaus. Viljoen konnte er jetzt unmöglich noch einholen. Er war ein schöner Polizist. Er konnte geradezu hören, wie Albie Moores hämisches Gelächter durch das verrauchte Gewölbe der Low Lights Tavern dröhnte.
Einmal drehte er sich noch um und sah Viljoens Van in der hitzeflimmernden Luft verschwinden – da entdeckte er zu seiner Überraschung, dass der Jeep jetzt in umgekehrter Richtung über den Highway zurückgebraust kam. Seine Überraschung verwandelte sich in blankes Staunen, als der Wagen auf den Schotterparkplatz fuhr, und er Martha Bentley am Steuer erkannte.

59

Superintendent Teshete saß auf dem Lederstuhl mit der hohen Lehne hinter seinem riesigen Mahagonischreibtisch. Als Jouma das Büro mit Blick auf den Indischen Ozean betrat, drückte sein Vorgesetzter eine Zigarette in einem Onyxaschenbecher aus, stand abrupt auf und stützte sich mit den Knöcheln auf die polierte Tischplatte.

»Wo zum Teufel sind Sie gewesen, Daniel?«, herrschte er Jouma an. »Seit fast vierundzwanzig Stunden versuche ich, Sie zu erreichen. Wo ist Nyami? Warum haben Sie ihn freigelassen? Auf wessen Verantwortung?«

»Darf ich mich setzen, Sir?«, sagte der Inspector.

Teshete geriet kurzfristig aus dem Konzept und wies mit der Hand auf einen Stuhl. Jouma nahm Platz und schlug die dünnen Beine übereinander. Obwohl es gerade sechsunddreißig Stunden her war, dass er zum letzten Mal hier gesessen hatte, kam es ihm vor wie ein ganzes Leben.

»Um Ihre erste Frage zu beantworten, Sir: Der Grund, warum Sie mich nicht erreichen konnten ist der, dass ich in einem sicheren Versteck war, wo ich ein langes und ausführliches Verhör mit Sergeant Nyami geführt habe.«

»In einem sicheren Versteck?«, zischte Teshete entrüstet.

Verlegen senkte Jouma den Kopf. »In der Wohnung meiner Schwägerin, um ehrlich zu sein.«

»Und warum, verdammt noch mal?«
»Aus dem einfachen Grund, dass ich diesen Ort als weniger gesundheitsgefährdend für Nyami einstufte als die hiesigen Zellen.«
»Was reden Sie denn da, Inspector? Wo ist Nyami jetzt?«
»In Sicherheit, Sir. Und seine Frau auch.«
Teshete holte eine Zigarette aus seiner Schachtel und steckte sie sich mit einem vergoldeten Zippo an. »Das müssen Sie mir näher erklären, Daniel. Sie wissen besser als jeder andere, dass Nyami wirklich in Schwierigkeiten ist. Er hat seine Pflichten vernachlässigt. Und Schmiergelder eingesteckt. Das sind sehr schwerwiegende Anschuldigungen.«
»Das ist mir durchaus bewusst, Sir. Sein Fehlverhalten in Michael Kilis Büro ist eine verbürgte Tatsache. Und ich kann bestätigen, dass Nyami in den letzten drei Jahren insgesamt zweihundertvierzehn Dollar Bestechungsgeld erhalten hat.«
Teshete aschte nonchalant ab. »Woher können Sie das so genau wissen?«
»Weil Jacob Omu gewissenhaft Buch geführt hat über jeden Schilling, den er im Namen von Michael Kili an unsere Kriminalpolizei gezahlt hat.«
»Verstehe.« Teshetes Ton war kühl. »Und wo haben Sie Omus detaillierte Aufzeichnungen gefunden?«
»Sie befanden sich in einem Aktenkoffer, den er nach Michael Kilis Ermordung mit sich außer Landes schmuggeln wollte. Eine verständliche Sicherheitsmaßnahme, wenn man bedenkt, was für Informationen er da in der

Hand hatte. Jedoch nicht ausreichend, um zu verhindern, dass er selbst ermordet wurde.«

»Omu hat Selbstmord begangen«, korrigierte Teshete. »Er hat sich an seinem Krankenhausbett erhängt.«

»Nein, Sir«, widersprach Jouma. »Man hat ihn zum Schweigen gebracht. Genauso wie man Sergeant Nyami zum Schweigen gebracht hätte, wenn ich ihn nicht aus seiner Gefängniszelle geholt hätte.«

»Zum Schweigen gebracht? Von wem?«

»Von Ihnen, Sir.«

Teshete traten fast die Augen aus den Höhlen. »Sind Sie wahnsinnig, Jouma? Haben Sie völlig den Verstand verloren? Wissen Sie eigentlich, was Sie da gerade sagen?«

»Ich behaupte nicht, dass Sie es eigenhändig getan haben, Sir. Aber Sie haben den Auftrag gegeben, Omu zu liquidieren. Als größter Nutznießer von Kilis Bestechungsgeldern hatten Sie nämlich am meisten zu verlieren.«

Teshete drückte seine halb gerauchte Zigarette aus und schob die noch glühenden Aschereste im Aschenbecher hin und her. »Ich gehe davon aus, dass sich Omus Dokumente in Ihrem Besitz befinden.«

»Ja, Sir. Ebenso wie eine Tonbandaufnahme von Nyamis Aussage. Und beides befindet sich an einem sicheren Ort.«

»Und ich gehe davon aus, dass Sie den Bereichsleiter Iraki von der Aufsichtsbehörde informiert haben.«

»Nein, Sir. Noch nicht. Aber ich habe Vorkehrungen getroffen, dass sämtliche Informationen an ihn weitergeleitet werden, sollte mir während meiner Ermittlungen irgendetwas zustoßen.«

»Sieht so aus, als hätten Sie alles herausgefunden, Daniel.«
Jouma schüttelte den Kopf. »Nein, Sir. Ich habe nur die Beweise. Namen. Daten. Zahlen. Aber ich werde niemals herausfinden, warum.«
Teshete lächelte traurig. »Sie können das Denken nicht lassen, was? Sie hätten Philosoph werden sollen, nicht Polizist.« Er legte die Fingerspitzen gegeneinander. »Also, was wollen Sie nun von mir? Geld? Das lässt sich machen.«
»Nein, Sir. Geld interessiert mich nicht.« Jouma musste lachen. »Vielleicht hat Kili mir deswegen nie welches angeboten.«
»Also, was dann, Daniel?«
»Was *ich* will, ist nicht wichtig. Wie es jetzt weitergeht, liegt nicht bei mir, sondern bei den Leuten, deren Namen sich auf Omus Liste befinden. Die müssen ihre eigenen Entscheidungen treffen.«
»Sie lassen diesen ... Leuten keine große Wahl«, stellte Teshete fest, stand auf und trat ans Fenster.
Jouma zuckte mit den Schultern. »Ich bin im Laufe meines Lebens zu der Erkenntnis gekommen, dass man *immer* eine Wahl hat, Sir.«

60

Es gehörte zu Patricks eher tollkühnen Gewohnheiten, sogar in Manhattan grundsätzlich den Zündschlüssel stecken zu lassen.

»Wenn das Auto gestohlen wird, kann ich mir mit der Versicherungssumme ein neues besorgen«, erklärte er. »Aber wenn ich eine kurzgeschlossene Zündung reparieren lassen muss, kostet mich das in New York zweitausend Dollar.«

Martha hatte diese Logik nie eingeleuchtet – aber als sie den BMW anließ und das Tamarind mit Vollgas hinter sich ließ, war sie froh, dass er seine alten Gewohnheiten mit über den Atlantik genommen hatte. Jetlag hin oder her – was er im Restaurant gesagt hatte, war unverzeihlich gewesen. Wenn dieser Wichser jetzt allein in Mombasa stand und gepfefferte Taxikosten für die Heimfahrt hinblättern musste, hatte er ausreichend Gelegenheit, seinen Fehlgriff einzusehen.

Sie schlängelte sich durch den Mahlstrom des Stadtverkehrs von Mombasa und hielt sich in nördlicher Richtung, um auf den Highway nach Malindi zu gelangen. Sie brauchte eine Weile, die Abfahrt nach Flamingo Creek zu finden, und noch länger, um Jakes Bootshaus zu erreichen. Ein trostloses Gefühl überkam sie, als sie feststellte, dass das Gebäude abgeschlossen war und die

Yellowfin fort. Zum ersten Mal seit ihrer Ankunft in Mombasa fühlte sie sich völlig allein auf der Welt. Ihr Vater war tot, Patrick war so gut wie tot, nach dem, was er ihr angetan hatte – und Jake Moore, der einzige Mensch, dem sie sich hätte anvertrauen können, war nirgends zu finden.

Dann begegnete sie einem der Einheimischen, der ihr erklärte, dass Jake nicht auf dem Wasser war, sondern höchstwahrscheinlich in einer Kneipe namens Suki Los Bar, und, ja, er würde ihr den Weg zeigen, wenn sie versprach, ihm dafür ein Bier und einen Bourbon zum Nachspülen zu spendieren.

»Jake? Nein, Jake nicht hier«, erklärte die Frau hinter dem Tresen, eine Asiatin mit hartem Gesicht und verfaulten Zähnen, die Martha für Suki Lo hielt. »Aber wenn Sie ihn sehen, sagen Sie, ich will mein Scheißauto zurück!«

Suki erzählte, dass Jake wahrscheinlich nach Mombasa gefahren war, sie aber nicht sicher war. Wenn ja, musste er einen guten Grund haben, weil er die Stadt hasste wie die Pest.

»Hat er ein Handy?«, erkundigte sich Martha.

Suki schüttelte den Kopf.

»Ich würde mir an deiner Stelle keine Sorgen machen, Schätzchen«, sagte der Mann, der sie hergeführt hatte. »Wenn Jake mit Sukis alter Schrottkarre losgefahren ist, kann er gar nicht verlorengehen.«

»Wie meinen Sie das?«

»Weil man das knallgrüne japanische Scheißding noch vom Mond aus mit bloßem Auge erkennen könnte.«

»Fick dich, John«, giftete Suki. Dann sah sie Martha an. »Möchten Sie ein paar Nudeln, Süße?«, fragte sie.
Doch Martha war schon auf dem Weg zur Tür.
Nach zehn Minuten war sie wieder auf dem Highway und fuhr in südliche Richtung, nach Mombasa, und nach weiteren zehn Minuten entdeckte sie auf einmal, wonach sie suchte: einen leuchtend grünen Honda, der an einer Seitenstraße neben einem Schild mit der Aufschrift WILLKOMMEN IN CROC WORLD parkte. Der Alte in der Bar hatte recht – Sukis Auto konnte man gar nicht übersehen, es fiel einem ins Auge wie ein Leuchtfeuer.

»Keine Frage, Sie verdienen einen Pfadfinderorden für Ihre Hartnäckigkeit«, meinte Jake. »Aber es will mir nicht in den Kopf, wie Sie mich finden konnten.«
»Ich hab einen von den Jungen im Krokodilpark gefragt. Der Kleine machte sich fast in die Hosen vor Angst, wahrscheinlich dachte er, ich bin von der Zollbehörde oder so. Er sagte, dass sein Boss vor zwei Stunden mit zwei bewaffneten Typen in seinem Van davongefahren sei. Und da dachte ich mir, den Spaß haben Sie sich sicher nicht entgehen lassen.«
»Die Typen hätten weiß Gott wohin fahren können.«
»Der Junge hatte aber irgendwas über die tansanische Grenze aufgeschnappt. Also bin ich einfach ein kalkuliertes Risiko eingegangen und habe den einzigen Weg genommen, den ich kannte. Sieht so aus, als hätte es sich gelohnt. Nachdem ich Ihnen den Arsch gerettet habe, könnten Sie mir aber vielleicht erzählen, was hier eigentlich los ist.«

Jake erzählte ihr, was er wusste, obwohl das nicht allzu viel war. Dann spähte er durch die getönten Fenster des BMW in die nichtssagende Landschaft, die sie umgab.

»Wo sind wir überhaupt?«

»Die Landesgrenze ist ungefähr fünfzehn Kilometer von hier.«

Der Van hatte anderthalb Kilometer Vorsprung und verriet sich durch eine Staubwolke, die sich deutlich vom Asphalt der Straße abhob. Solange die Strecke weiter so schnurgerade verlief, mussten sie ihn nicht einholen – und der Highway sah nicht so aus, als wollte er auf seinem Weg nach Tansania noch allzu viele Bögen machen. Jake fühlte sich an die endlosen Bundesstraßen im Mittleren Westen der USA erinnert, auf denen man einen ganzen Tag fahren konnte, ohne auch nur den leichtesten Knick in der Straße zu sehen.

»Hat Ihr Handy hier Empfang?«

»Kaum.«

»Darf ich mal?«

Jake wühlte in seiner Tasche nach dem Papierfetzen, auf den Harry die Adresse des Verkäufers in Mazeras gekritzelt hatte. Das schien alles schon ewig her zu sein. Weiter unten stand in Jakes eigener Handschrift Joumas Mobilnummer. Er wählte und hoffte, dass der Empfang gut genug sein würde – und dass der Inspector begriff, was er tun musste, um ein Gespräch auf seinem Handy anzunehmen.

Als er Teshetes Büro verlassen hatte, wusste Jouma, dass er jetzt nur noch warten konnte. Er hatte seine Pflicht

erfüllt und konnte den weiteren Verlauf der Dinge nicht mehr beeinflussen. Er verließ das Polizeipräsidium und ging zu Fuß die kurze Strecke zum Fort Jesus. Dort setzte er sich auf seine Lieblingsbank und starrte sein Handy an, als wäre das Gerät aus einer fremden Galaxie auf die Erde gefallen.
Als es tatsächlich klingelte, fuhr er zusammen.
Was hatte Jake gesagt, welchen Knopf sollte er noch mal drücken?
»Hallo?«
»Glückwunsch, Inspector«, rief Jake. »Und willkommen im Zeitalter der Telekommunikation.«
Fünf Minuten später rannte Jouma zu seinem Auto.

Gerade hatte Jake das Gespräch beendet, als der Ford Transit vom Highway auf eine Landstraße abbog, die zu einer Ansammlung von landwirtschaftlichen Nutzgebäuden führte. Martha drosselte die Geschwindigkeit, als sie die Abfahrt passierten, fuhr aber erst noch einen knappen Kilometer weiter, bevor sie den BMW an den Straßenrand lenkte und ein bisschen versteckt in den Büschen parkte. Zu Fuß liefen sie bis zu einer leichten Anhöhe im ansonsten flachen Land, von wo sie die Gebäude gut im Blick hatten – frustrierenderweise konnten sie aber nicht erkennen, was dort vor sich ging.
Sie mussten jedoch nicht lange warten, bis ein zweites Fahrzeug die Farm verließ, ein größerer Wagen mit olivgrünem Tarnanstrich und einer Abdeckplane. Er bog auf den Highway Richtung Tansania und kam auf sie zu. Als er an ihnen vorbeidröhnte, sah Jake, dass der Fahrer ein

Afrikaner mittleren Alters war, dem eine Kippe im Mundwinkel hing.

»Ob das wohl der Lieferant ist?«, überlegte er laut.

»Da geht Viljoen«, sagte Martha und zeigte zur Farm.

Der Transit verließ das Gelände jetzt wieder, und sie beobachteten, wie er über die unbefestigte Landstraße schlingerte und holperte. Schließlich hatte er auch den Highway erreicht und verschwand in die Richtung, aus der er gekommen war. Wie Jake sehen konnte, war die Hinterachse jetzt stärker belastet –Viljoen hatte eindeutig eine Ladung abgeholt, was auch immer es sein mochte.

61

Nach dreiunddreißig Jahren aktivem Polizeidienst war Daniel Jouma nicht leicht aus der Fassung zu bringen, und ganz bestimmt glaubte er nicht an Hexerei – aber das war gewesen, bevor er entdeckte, was in Tug Viljoens Wohnwagen versteckt war. Noch jetzt, während er in der abgestandenen Dschungelluft tief durchatmete, zitterten ihm die Knie, und sein Magen stand kopf.

Oh, mein Gott, dachte Jouma nur, *wie abgrundtief böse kann ein Mensch eigentlich sein?*

Als er in Croc World ankam, war alles verlassen. Im Hof stieß er auf den verwesenden Kadaver des Krokodils, das am Schwanz von einem Galgen baumelte, und identifizierte ihn als die Quelle des Fäulnisgeruchs, der das ganze Gelände verpestete. Von hier war er weiter zu Viljoens Wohnwagen gegangen, in dem der Gestank von ungewaschenem Geschirr, altem Alkohol und überquellenden Aschenbechern die empfindliche Nase des Inspectors fast genauso quälte.

Für eine durchorganisierte Geschäftsführung interessierte sich Viljoen offensichtlich genauso wenig wie für Hygiene. Als der Inspector die Schränke und Abstellkammern des Wohnwagens durchwühlte, fand er keine Papiere bis auf ein schmuddeliges Rechnungsbuch mit ein paar Spalten hingekritzelter Zahlen sowie ein paar lose Quittungen von Lieferanten aus Malindi. Nichts, was die Verbindung zu Michael Kili erklären konnte. Jouma stellte fest, dass er sich nach der effizienten Buchführung eines Jacob Omu sehnte.

Schließlich entdeckte er die Kamera. Sie befand sich in einer gepolsterten Tasche, die in einem Hohlraum unter dem Fußboden versteckt war. Sie lag auf einem dünnen Ordner, den Jouma ebenfalls herausnahm und auf einer Sitzbank ausleerte.

Da sah er die Fotos.

Das erste war eine Nahaufnahme von einem weißen Gesicht, und obwohl die Augen schreckgeweitet und der Mund wie zu einem Schrei geöffnet war, erkannte Jouma es sofort von den Fotos wieder, die er im Mama Ngina Drive gesehen hatte: Es war Dennis Bentley, der vermisste Bootsbesitzer.

Auch auf dem nächsten Foto war er zu sehen, aber diesmal aus etwas Abstand und weiter von oben.

Es sah so aus, als würde er auf einem Stuhl sitzen, der dem ähnelte, der auch im Heck von Jake Moores Boot befestigt war. Hinter Bentley erstreckte sich der Ozean und – Joumas Augen verengten sich, als er das Bild genauer musterte.

Nein, Bentley *saß* nicht einfach nur auf dem Stuhl – er war daran *gefesselt*.

Mit klopfendem Herzen nahm sich Jouma das nächste Foto vor. Dieselbe Szenerie, aber jetzt war noch eine zweite Person darauf zu sehen. Ein dünner junger Mann mit Shorts und einer schwarzen Baseballkappe mit auf-

gesticktem weißem Logo. Er stand neben dem Stuhl und lächelte in die Kamera. Noch ein bekanntes Gesicht.
Sieh mal einer an, dachte Jouma finster. George Malewe.
Als er jedoch entdeckte, dass der Taschendieb ein Fischmesser mit einer kurzen Klinge in der Hand hatte, stieg ihm ein saurer Geschmack in die Kehle.
Er blätterte zum nächsten Bild.
Malewe kauerte vor Dennis Bentley, so dass sein Rücken der Kamera zugewandt war.
Und dann stand Malewe wieder neben ihm, mit blutverschmierten Armen diesmal, und präsentierte der Kamera stolz sein Werk: Ein leuchtend rosaroter Schnitt lief über Dennis Bentleys weißen Bauch, und seine bläulich-grauen Eingeweide lagen in einem Haufen zwischen seinen Knien auf den Decksplanken.
Eine Nahaufnahme von Bentleys Gesicht, wie er mit seinen blicklosen Augen in die Linse starrte.
Die Fotos glitten Jouma aus den Fingern und landeten auf dem Boden wie Spielkarten. Angewidert sah er auf sie herunter, und dann auf seine eigenen Hände, als erwartete er, sie mit Dennis Bentleys Blut befleckt zu sehen.
Er konnte sich nur schemenhaft erinnern, wie er aus dem Wohnwagen herausgestolpert war. Jetzt stand er draußen, schnappte nach Luft und versuchte, die Bilder auszulöschen, die sich in sein Gedächtnis gebrannt hatten.
Hol die Fotos, Daniel. Du musst die Fotos mitnehmen.
Zitternd kehrte er zurück in Viljoens Schlupfwinkel und sammelte die Bilder auf. Dann lief er schnell wieder hinaus.
Aus dem Dschungel hinter den Toren von Croc World

hörte Jouma plötzlich aufgeregte Vogelschreie. Erst jetzt bemerkte er, dass sich ein Fahrzeug näherte.

Viljoen?

Nachdem er die Wohnwagentür geschlossen hatte, rannte Jouma zu den nahe gelegenen Hütten aus Teerpappe und beobachtete aus seinem Versteck, wie ein Porsche Cayenne mit Breitreifen in hoher Geschwindigkeit durch das Tor fuhr. Eine große, dünne Gestalt sprang heraus.

62

Eine Stunde, nachdem sie wieder ins Auto gestiegen und in östlicher Richtung den Highway entlanggefahren waren, teilte ihnen ein Straßenschild mit, dass sie nur noch fünfundsechzig Kilometer von Mombasa entfernt waren. Jake lächelte grimmig. Wenn der Van in die Stadt fuhr, würde Jouma am anderen Ende des Makupa Causeway für ein gebührendes Empfangskomitee sorgen. Dazu brauchte es nur einen Anruf auf dem neuen Telefon des Inspectors. Doch nach anderthalb Kilometern bog der Ford abrupt vom Highway ab und schlug eine mehr recht als schlecht geteerte schmale Straße ein, die Richtung Norden führte.

»Wo fahren sie hin?«, fragte Martha.

»Das weiß nur Gott«, antwortete Jake resigniert. »Manche von diesen Straßen sind nicht mal auf den Landkarten verzeichnet.«

Sie hatten die Plätze getauscht. Am Steuer des BMW setzte Jake alles ein, was er noch von seiner Polizeiausbildung wusste, um den Van nicht zu verlieren, aber trotzdem diskreten Abstand zu wahren. Doch als die Straße immer schlechter wurde und der Verkehr immer spärlicher, musste er sich darauf verlassen, dass die Staubwolke den Insassen des Ford die Sicht nach hinten nahm.

Eine weitere Stunde verstrich. Das Gelände verwandelte sich von trockenem Ödland in grüne Küstenebene. Schon bald konnte man auf der rechten Seite durch den Dschungel immer wieder einen blauen Streifen Meer ausmachen. Der Ford bog nach rechts auf eine Straße ab, die zum Wasser führte. Jake entschied, dass es Zeit war, den BMW stehen zu lassen und zu Fuß weiterzugehen.

In der Deckung der stacheligen Kronen der Sisalpflanzen folgten Martha und Jake dem Weg, der vor einer seichten Bucht endete. Keine hundert Meter entfernt parkte der Van im Sand. Viljoen und die zwei Afrikaner waren bereits ausgestiegen.

Sie waren irgendwo nördlich von Mombasa, schätzte Jake. Nur wo? Die Küste hier war unbewohnt und ihm gänzlich unbekannt. Aber das war wahrscheinlich Sinn der Sache – was immer Viljoen vorhatte, er konnte keine neugierigen Augen brauchen, die ihn dabei beobachteten.

Eine halbe Stunde verging, ohne dass etwas geschah. Die Afrikaner rauchten, Viljoen ging am Wasser auf und ab. Dann blieb er abrupt stehen und neigte den Kopf auf die Seite.

»Hören Sie das?«, flüsterte Jake.

Ein Boot näherte sich vom Festland. Jake konnte es zwar noch nicht sehen, aber er erkannte das Motorengeräusch wieder, so wie Eltern die Stimme ihres Kindes aus einer Menge heraushören können.

Die *Yellowfin?* Aber die sollte doch in Flamingo Creek liegen!

Entgeistert sah er zu, wie das Boot beidrehte. Der Anblick war ihm so vertraut, dass er am liebsten laut gerufen hätte. Auf der Brücke entdeckte er Sammy, der mit konzentriertem Gesichtsausdruck das Boot manövrierte. *Vorsichtig, mein Junge*, hörte Jake sich flüstern. *Immer schön aufpassen mit der Strömung im flachen Wasser.* Aber dann fiel ihm ein, dass die *Yellowfin sein* Boot war, und wenn irgendjemand das Recht hatte, damit in seichten Gewässern zu manövrieren, dann *er*.

Doch Sammy war nicht allein. Während das Boot im Leerlauf vor der Bucht tuckerte, kam eine Gestalt aus der Kabine und spähte zum Empfangskomitee am Strand hinüber.

Großer Gott! Das war Harry!

»Kennen Sie den Typen?«, erkundigte sich Martha.

»Ja«, erwiderte Jake finster. »Aber der sollte eigentlich gerade ganz woanders sein.«

Am Heck der *Yellowfin* war ein Beiboot mit Außenbordmotor vertäut, aber es war nicht das Zweimannboot, das Jake sonst immer zum Landen benutzte. Dieses hier war ein geräumigeres Modell, in dem bequem zehn Leute Platz finden konnten. Nachdem die *Yellowfin* in ungefähr fünfzig Meter Entfernung vor Anker gegangen war, holte Sammy das Beiboot mit einem Bootshaken längsseits. Harry stieg hinein, und kurze Zeit später war er an Land.

»Harry, mein Lieber!«, rief Viljoen und stapfte über den Sand, um dem großen Engländer enthusiastisch die Hand zu schütteln. »Perfektes Timing!«

Er drehte sich um und bellte den beiden Afrikanern einen Befehl zu. Nachdem sie sich ihre Gewehre über die Schultern gehängt hatten, öffneten sie die Hecktüren des Ford.

»Was sollen die Waffen?«, hörte Jake Harry fragen.
Viljoen grinste. »Man kann nie vorsichtig genug sein, Harry. Dieses Land ist voller Gangster, und unsere Ladung ist sehr kostbar.«
Die Türen gingen auf, doch aus seinem Versteck konnte Jake nicht erkennen, was sich im Laderaum befand – im Gegensatz zu Harry, auf dessen Gesicht sich jähes Entsetzen malte.
»Was zum Teufel ist denn das, Tug?«, fragte er mit erstickter Stimme.
»Die Ladung«, antwortete Viljoen trocken.
»Nein.« Harry machte einen Schritt zurück und hob abwehrend die Hände. »Nein, zu so etwas habe ich mich niemals bereit erklärt. *Davon war nie die Rede!*«
Er wich zurück zu dem kleinen Motorboot.
Da verschwand das Lächeln von Viljoens Gesicht. »Jetzt komm schon, Harry. Mach keine Geschichten.«
Im nächsten Atemzug sagte er in Kiswahili etwas zu den Afrikanern, und Jake gefror das Blut in den Adern, als er sah, wie die beiden mit ihren Waffen auf Harry zielten.
Harry starrte mit schreckgeweiteten Augen auf die Maschinenpistolen, als könnte er nicht glauben, dass sie wirklich auf ihn gerichtet waren.
»Du hast zu mir gesagt, wir schmuggeln *Hasch*, Tug. Eine Ladung *Hasch*.«
»Na ja«, meinte Viljoen. »Ich dachte, das würde dir zusagen. Dafür hattest du ja schon immer eine Schwäche.«
Einer der beiden Männer war jetzt hinter den Van getreten und brüllte barsche Kommandos in den Laderaum, was – oder *wer* – auch immer, darin sein mochte. Im

nächsten Moment sah Jake einen winzigen schwarzen Fuß herauskommen, dann noch einen, und als die Gestalt in den Sand sprang, keuchte er entsetzt auf.
Es war ein winzig kleines afrikanisches Mädchen in einem schlichten weißen Baumwollkleid, das mit Schweiß und weiß Gott was sonst noch beschmiert war. Als sie draußen war, zwinkerte sie ins grelle Licht und wimmerte leise. Dann gaben ihre dünnen Beinchen unter ihr nach, und sie fiel auf die Knie.
»Mein Gott«, murmelte Martha.
Aber das Mädchen war nicht allein. Ihr folgte ein zweites, vielleicht ein paar Jahre älter, dessen knospende Brüste sich unter dem dünnen Stoff ihres Baumwollhängers abzeichneten. Und nach ihr kletterten ein drittes und ein viertes auf wackligen Beinen aus dem Laderaum. Sie schirmten mit den Armen ihre Augen gegen das blendende Sonnenlicht ab. Fünf, sechs – keine von ihnen konnte älter als fünfzehn sein, schätzte Jake, und alle hatten denselben verschreckten Ausdruck auf ihren makellosen Gesichtern mit den großen Augen. Er erinnerte sich an die Hitze und die Dunkelheit im Inneren des Vans und konnte sich lebhaft vorstellen, welche Angst und welche Beschwerden die Mädchen auf der langen Fahrt von der tansanischen Grenze durchgemacht hatten.
Und es stiegen immer noch mehr aus. Mehr und mehr, bis Jake zwanzig Mädchen sah, die sich in einem Kreis zusammendrängten, als könnte die Nähe sie irgendwie vor diesen Männern schützen.
»Gehen Sie zurück zum Auto«, bat Jake Martha, »und sehen Sie nach, ob Ihr Handy hier Empfang hat. Wir

müssen Jouma Bescheid geben, dass wir noch am Leben sind.«
»Was wollen Sie unternehmen?«
»Ich werde herausfinden, wo wir sind. Und wo die *Yellowfin* hinfährt.«

Als sie gegangen war, schlug sich Jake weiter durch die Sisalpflanzen Richtung Strand.
»Was meinst du, Harry?«, hörte er Viljoen krähen. Der Südafrikaner stand neben den kleinen Mädchen, die vor ihm zurückwichen, als wäre er ein Raubtier. »Sind das nicht kleine Schönheiten? Ich habe gehört, dass die Kenner in Europa sie ›Köderfischchen‹ nennen.«
»Das kann nicht dein Ernst sein«, erwiderte Harry. Sein heiseres Flüstern war im leichten Wind kaum zu hören.
Viljoen zuckte erneut mit den Schultern. »Ich muss zugeben, mich machen sie nicht so an – ich habe lieber meine *Manyanga* mit ein bisschen mehr Fleisch auf den Rippen und einer Menge mehr Erfahrung. Aber das ist nicht weiter wichtig, Harry. Wichtig ist, *dass* sie jemanden anmachen, und dieser Jemand ist bereit, einen Haufen Dollars für Topware zu zahlen. Ich hab gehört, dass sie in Europa hundert Dollar für so was hinblättern. Aber das geht mich nichts an. Mein Job besteht darin, für den Transport der Ware zu sorgen. Ich hab in dem Geschäft nicht weiter die Finger drin.«
»Du kranker Wichser. Ich werd den Teufel tun, hier mitzumachen.«
Jake zuckte zusammen, als Viljoen Harry mit dem Handrücken seiner Bärenpranke einen derben Schlag ins

Gesicht versetzte. Harry stolperte rückwärts und verlor das Gleichgewicht.
»Du machst bereits mit, Harry. Fünfundzwanzigtausend, du erinnerst dich sicher?«
Während er sprach, wusste Jake, dass Viljoen nicht zögern würde, seine Männer das Feuer eröffnen zu lassen, wenn er annahm, dass Harry ernste Schwierigkeiten machen könnte.
»Bring sie ins Boot, Harry«, befahl Viljoen.
O Gott, Harry, tu es! Tu doch einfach, was er sagt!
»Fick dich ins Knie, Tug«, erwiderte Harry.
Einen Moment sagte und tat Viljoen nichts. Dann zog er eine Handfeuerwaffe aus dem Bund seiner Shorts, eine schlanke, silberne Glock, die in seinen Wurstfingern lächerlich fehl am Platz wirkte. Ohne ein Wort ging er zu der Stelle, an der Harry im Sand lag, und drückte ab.
Die jungen Mädchen schrien auf, und es schien, als würden aus den Bäumen rund um die Bucht Tausende von buntgefiederten Vögeln gleichzeitig aufsteigen.
»Der nächste Schuss geht nicht daneben«, erklärte Viljoen. »Und wenn ich dich getötet habe, töte ich als Nächstes den kleinen *Kaffer* auf deinem Boot. Nur dass ich mir bei ihm vielleicht ein bisschen mehr Zeit lasse. Also, wie sieht's aus, Harry? Wie sieht's aus?«
Mit eiskalter Distanz beobachtete Jake Moore die Szene aus seinem Versteck im Unterholz. Seine Wut und seine Angst waren wie weggeblasen. Auf einmal wusste er genau, was er zu tun hatte.

63

Conrad Getty hätte schwören können, dass sein Magengeschwür unter dem unerträglichen Druck endgültig aufgegangen war. Zwar spuckte er noch kein Blut, doch es fühlte sich so an, als hätte ihm jemand einen rotglühenden Schürhaken durch den Mund bis in den Magen geschoben, wobei er sorgfältig darauf achtete, unterwegs das zarte Gewebe seiner Speiseröhre zu versengen. Dass er eben über diesen besseren Feldweg gerattert war, hatte die Lage auch nicht gerade besser gemacht. Sogar die Stoßdämpfer seines Cayenne waren mit den Spurrillen und Schlaglöchern fast überfordert gewesen, die sie auf dem anderthalb Kilometer langen Weg vom Highway durch den Dschungel zu Croc World abzufedern hatten. Wie Viljoen den Nerv haben konnte, diesen Pfad als Straße zu bezeichnen, war Getty ein Rätsel. Kein Wunder, dass sein räudiger Vergnügungspark keine Besucher anlockte.

Nicht, dass *das* jetzt noch ein Problem gewesen wäre. O nein – denn Sergeant Viljoen kam nicht mehr zurück.

Der Anruf war vor dreißig Minuten in sein Büro durchgestellt worden. Es knatterte und zirpte, weil Viljoens Handy einen so schlechten Empfang hatte.

»Viljoen – wo zum Teufel stecken Sie? Warum haben Sie nicht angerufen?«

»Wir mussten unsere Pläne ändern, Captain.«
»*Was?*« Getty kam es vor, als würden die Wände des Büros auf ihn zuschnurren, und für einen Moment hatte er fast Angst, ohnmächtig zu werden.
»Keine Panik – ich sorge dafür, dass die Übergabe glattgeht. Aber danach bin ich weg.«
»Sind Sie wahnsinnig?«, heulte Getty auf. »Whitestone legt uns allesamt um, wenn er das rausfindet.«
Raues Gelächter drang durch die Leitung. »Kapieren Sie es denn nicht, Captain? Der legt uns doch sowieso um. Wir leben nur noch so lange, wie seine kostbare Lieferung in unseren Händen ist. Deswegen werden Sie auch mit mir mitkommen, wenn Sie noch ein bisschen Hirn im Kopf haben.«
»Aber …«, begann Getty, doch er wusste, dass Viljoen recht hatte. »Wohin fahren Sie?«
Viljoen setzte ihm seinen Plan auseinander. Auf eine leicht verdrehte Art war er gar nicht mal schlecht. *Ein guter Soldat hält sich immer eine Rückzugsmöglichkeit offen*, dachte Getty.
»Mann, Tug, warum haben Sie mir nicht schon früher Bescheid gegeben?«
»Weil Sie schwach sind, Captain. Weil Whitestone es herausgefunden hätte. Und jetzt schlage ich vor, dass Sie sich schleunigst in Bewegung setzen. Sie brauchen nämlich mindestens drei Stunden, um zu unserem Treffpunkt zu kommen.«
»Ja. Ja, okay.«
Erst in diesem Moment ließ Viljoen die Bombe platzen, und Gettys Magengeschwür brüllte auf.

»Unterwegs müssen Sie kurz in Croc World haltmachen«, sagte er. »Sie müssen da noch was für mich erledigen.«
Während der Hotelbesitzer sich mit Vollgas vom Marlin Bay entfernte und auf die Mangrovenwälder zusteuerte, konnte er die Augen kaum vom Rückspiegel abwenden, vor lauter Angst, Whitestone hätte ihn wegfahren sehen. Dabei verfluchte er Tug Viljoen mit jedem Kraftausdruck, der ihm auf Englisch oder Afrikaans geläufig war.
Viljoen hatte ihn um etwas ganz Einfaches gebeten. Aber jede Minute, die Getty in diesem gottverlassenen Loch verbrachte, war eigentlich Zeit, die er besser für die Flucht aus Kenia hätte verwenden können. Der Schweiß rann ihm in Bächen herab, und seine Magenschmerzen erreichten gigantische Ausmaße, während er Benzin aus seinem Metallkanister gegen die Wände von Viljoens Wohnwagen schüttete.
»Zerstören Sie gerade Beweise, Mr. Getty?«
Er wirbelte herum. Hinter ihm stand ein kleiner Afrikaner im Anzug mit einem Ordner in der Hand. Irgendetwas an ihm kam ihm vage bekannt vor, aber das Gehirn des Hotelbesitzers lief zu heiß, als dass er in Ruhe hätte nachdenken können.
»Wer zum Teufel sind Sie?«
»Ich bin Daniel Jouma.« Der Mann griff in die Tasche und zog seine Dienstmarke hervor. »Von der Polizei Mombasa. Wir haben uns neulich kennengelernt, als ich Miss Bentley aus Flamingo Creek wieder ins Hotel gebracht habe.«
»Natürlich.« Gettys Stimme schwankte, aber er hielt immer noch eine ungezwungene Fassade aufrecht, egal wie

lächerlich es in dieser Situation war. »Womit kann ich Ihnen behilflich sein, Inspector?«
»Diese Mappe war im Wohnwagen. Wissen Sie, was sich darin befindet?«
»Ich habe keine Ahnung.«
Jouma warf ihm die Mappe vor die Füße. Die Fotos rutschten heraus, und Getty wich bei ihrem Anblick entsetzt zurück.
»Ich schätze, Mr. Viljoen hat diese Bilder gemacht, um sich abzusichern«, fuhr der Inspector fort. »Für den Fall, dass jemand ihn des Mordes an Dennis Bentley verdächtigte. Als Beweis, dass der Mörder ein Dieb aus Mombasa namens George Malewe war. Toller Plan, stimmt's? Vor allem, weil man George ja nie finden würde. Es muss für Bestürzung gesorgt haben, als die Leiche am Strand von Bara Hoyo angespült wurde.«
Getty war leichenblass geworden. »Ich weiß nicht, wovon Sie reden, Inspector.«
»Nein? Es fällt mir schwer, das zu glauben.«
»Jetzt hören Sie mir mal zu. Julius Teshete ist ein persönlicher Freund von mir, und ich bin sicher, dass sich die Angelegenheit zur Zufriedenheit aller Beteiligten regeln lässt, wenn ich mit ihm gesprochen habe.«
»Ich befürchte, Superintendent Teshete hat derzeit Dringenderes zu tun. Also – wo ist Mr. Viljoen?«
Getty griff sich an die Brust. Einen Moment befürchtete Jouma, der Mann könnte einen Herzinfarkt bekommen.
»Was wollen Sie?«, fragte er. »Geld? Ich kann Ihnen Geld beschaffen.«
Jouma verzog das Gesicht. *Die Leute immer mit ihrem*

Geld. »Vorläufig würden mir schon ein paar Antworten genügen. Wenn Sie …«
Mit einer geschmeidigen Bewegung zog Getty ein Zippo aus seiner Brusttasche, drückte die Kappe hoch und warf es auf den Wohnwagen. Das Benzin explodierte mit einem lauten *Wumms!* Und als Jouma seine Augen gegen die sengende Hitze der Flammen abschirmte, rannte Getty auf die Geräteschuppen zu. Jouma griff in sein Schulterholster und zog seinen Achtunddreißiger. Nachdem er ihn fünfzehn Jahre lang nicht benutzt hatte, hatte er ihn nun zum zweiten Mal in zwei Tagen in der Hand. Das wurde ja langsam zur Gewohnheit, dachte er, als er die Verfolgung aufnahm.

64

Jake wartete, bis die *Yellowfin* um die Landzunge verschwunden war, bevor er zuschlug. Die zwei bewaffneten Afrikaner, die Viljoen zur Bewachung des Vans zurückgelassen hatte, sahen ihn nicht kommen.

Es hörte sich an, als ob ein Ei einen Steinboden fällt, als der faustgroße Stein den ersten Mann am Schädel traf. Er ging zu Boden und blieb in einer unnatürlichen Position liegen, während sein Blut in den Sand sickerte. Jake riss seine Waffe an sich, und während der andere Mann noch ungeschickt an seiner Kalaschnikow herumfummelte, rammte Jake ihm den Kolben in den Bauch.

»Wo sind wir hier?«, fragte er.

Der Mann lehnte seitlich am Van und reckte die Arme in die Luft.

»Wo sind wir?«

Der Afrikaner wies mit hektischen Gesten auf die Fahrerkabine. Zwischen Armaturenbrett und Windschutzscheibe klemmte eine Landkarte. Jake griff danach und hielt sie dem Mann vor die Nase.

»Wo sind wir, verdammt noch mal?«

Der Afrikaner deutete mit einem zitternden Finger auf einen Punkt auf der Karte.

Jake nickte. »Und wohin ist das Boot unterwegs?«

»Das große Schiff treffen«, antwortete der Mann und deutete aufs Meer.

»Wie heißt das Schiff?«, fragte Jake.
»Ich weiß nicht, Boss. *Ich weiß es nicht!*«, kreischte der Afrikaner, als Jake ihm die Waffe an den Kopf hielt.
»Weißt du wenigstens, aus welcher Richtung es kommt?«
»Aus dem Süden. Immer aus dem Süden. Mombasa.« Der Mann legte die Hände flehend zusammen. »Bitte, Boss. Töten Sie mich nicht.«
»Steh auf«, herrschte Jake ihn an. »Schnapp dir deinen Kumpel und dann ab in den Laderaum, aber dalli.«
Der Afrikaner rappelte sich hoch und hievte seinen bewusstlosen Partner in den Ford Transit. Jake schloss die Türen hinter ihnen.
Die Hitze nahm langsam ab, so dass die Afrikaner nicht ganz so leiden würden wie die kleinen Mädchen vor ihnen. Sie hatten Eimer, in denen sie ihre Notdurft verrichten konnten. Und eine Lüftung, die ab und zu funktionierte. Die Bucht war zwar ein gutes Stück von der Straße entfernt, und wenn Jake den Notarzt angerufen hatte, würde der Krankenwagen wahrscheinlich noch eine gute Weile brauchen, um die beiden zu finden. Aber sie würden überleben. Und das war mehr, als sie verdienten.
Dann drehte er sich um und rannte zu Marthas Auto zurück.
»Gott sei Dank!«, rief sie. »Aber Sie sind ja verletzt!«
Jake blickte an sich herab und sah die Blutspritzer auf seinem Hemd. Das war nicht sein Blut.
»Hat Ihr Handy Empfang?«, wollte er wissen.
Sie nickte.

»Dann rufen Sie Ihren Freund an. Sie müssen sich jetzt ein Versöhnungsküsschen geben und sich wieder vertragen.«

»Patrick? Warum das denn?«

»Weil wir ein Boot brauchen werden«, erklärte Jake kalt. »Und zwar ein schnelles.«

65

Whitestone hatte durchaus mit dem Gedanken gespielt, Gettys Leben zu verschonen, sobald die letzte Lieferung über die Bühne war. Schließlich war es nach Kangas Tod und den ständig wechselnden Nachschubwegen aus Tansania nicht besonders klug, zu viele unnötige personelle Veränderungen vorzunehmen. Immerhin war diese Einheit seine lukrativste in dieser Gegend.

Aber das war, bevor ihn diese *Fotze* in Mombasa hatte stehen lassen. Und bevor er mit einem Taxi ins Hotel zurückkehrte, um zu entdecken, dass Getty schon die Flucht ergriffen hatte. Jetzt musste der Hotelbesitzer sterben. So wie alle anderen Mitglieder der Einheit in Mombasa auch. Und nicht nur das, sie würden einen langsamen und entsetzlich schmerzhaften Tod erleiden. Dafür würde er höchstpersönlich sorgen.

Und danach wollte er seine Aufmerksamkeit der lieben Martha zuwenden.

»Entschuldigen Sie, Mr. Noonan, Sir – kann ich Ihnen irgendwie behilflich sein?«

Gettys Concierge hatte das Büro betreten. Whitestone warf einen Blick auf sein Namensschild.

»Guten Tag, Loftus. Ich warte nur auf Mr. Getty.«

»Mr. Getty ist weggefahren, Sir.«

»Das dachte ich mir fast schon. Wissen Sie wohin?«
»Nein, Sir. Aber wenn Sie vielleicht an der Rezeption auf ihn warten wollen, werde ich versuchen, ihn zu erreichen, um ihm mitzuteilen, dass Sie ihn sprechen möchten.«
»Aber selbstverständlich.«
Doch als er sich anschickte, das Büro zu verlassen, überkam ihn auf einmal wieder diese irrationale Wut. Wer zur Hölle waren diese Leute, dass sie ihm sagten, was er zu tun hatte? Begriffen sie denn nicht, wer er war? Dass *er* die Befehle gab, nicht sie?
»Alles in Ordnung, Sir?«
In diesem Moment klingelte Whitestones Handy. Er warf einen Blick aufs Display und fluchte. Das war nicht der richtige Moment für einen ermüdend banalen Schlagabtausch mit seiner beleidigten Freundin. Einen Augenblick schwebte sein Finger schon über dem Knopf, um das Gespräch abzuweisen. Doch dann fiel ihm ein, dass seine Selbstbeherrschung, auf die er immer so stolz war, in den letzten Stunden ziemlich nachgelassen hatte. Er musste sich beruhigen und sein Gleichgewicht wiederfinden. Jetzt musste er tun, was er am besten konnte.
»Martha!«, sagte Patrick Noonan. »Gott sei Dank rufst du an.«

Abgesehen von dem mit Fliegen übersäten Krokodilkadaver an seinem Haken war der Hof hinter den Schuppen völlig leer. Der Rauch, der vom lichterloh brennenden Wohnwagen emporstieg, verlieh dem Ort ein apokalyptisches Flair, das perfekt zu der höllischen Umgebung passte. Von Getty war weit und breit nichts zu sehen. Am

anderen Ende des Hofes verlief ein schmaler Durchgang zwischen zwei Hütten hindurch, der einzige Weg, der von hier nach draußen führte, wenn man nicht wieder Richtung Wohnwagen zurücklaufen wollte. Jouma lief durch die schmale Gasse, wobei er seine Waffe dicht am Oberkörper hielt und den Finger auf dem Abzug ruhen ließ.
»O Gott – Hilfe!«, hörte er eine Stimme ausrufen. Jouma setzte sich in Trab. Der Durchgang endete am Maschendrahtzaun, und der einzige Weg weiterzukommen, war ein schmaler, unbefestigter Pfad, der zwischen dem Zaun und der Wand eines Schuppens verlief. Er endete an einer brusthohen Palisade. Jouma sah die Abdrücke, die Gettys Füße auf dem Holz hinterlassen hatten, als er darübergeklettert war. Als Jouma über die Palisade spähte, entdeckte er, was für eine fatale Entscheidung Getty damit getroffen hatte.
Hinter dem Zaun fiel der Boden nämlich steil ab und endete in einer künstlich angelegten Krokodillagune. Getty, der ungefähr fünf Meter in die Tiefe gefallen war, stand jetzt bis zu den Knien im braunen Wasser. Sein Anzug war tropfnass und schlammverschmiert, und seine sorgfältig drapierte Frisur hing ihm schlaff über den Schädel.
»Alles in Ordnung, Mr. Getty?«, rief Jouma hinunter.
»O Gott, Scheiße!«, stöhnte Getty.
Auf der rechten Seite war gerade etwas Geschmeidiges von der Größe eines Baumstamms ins Wasser geglitten.
»Hier wimmelt es von Krokodilen!«, rief Getty, als drei weitere Reptilien ihren Platz im Schlamm auf der anderen Seite der Lagune verließen und auf ihn zusteuerten.

»Bewegen Sie sich nicht!«, schrie Jouma, aber es war zu spät. Getty watete bereits durch das Wasser, um die nächste Sandbank zu erreichen. Seine Füße wühlten das Wasser auf und sorgten dafür, dass nun wirklich jedes Krokodil in der Lagune über seine Anwesenheit im Bilde war. In panischer Angst krabbelte der Hotelbesitzer auf den Zaun zu, aber die steile, schlammige Böschung der Lagune bot nicht den geringsten Halt, und er rutschte wieder ins Wasser.

Jouma drehte sich um und rannte zurück in den Hof. Er wusste, wenn er jetzt nicht handelte, würde sein Kronzeuge nicht mehr lang genug leben, um ihm zu erzählen, was er wissen musste. Obwohl sich ihm der Magen umdrehte, packte er mit angehaltenem Atem den Krokodilkadaver und hob ihn von seinem Galgen. Eine riesige Wolke zorniger Fliegen erhob sich von dem verwesenden Fleisch, und einen Moment lang konnte er kaum etwas sehen, als er das stinkende Aas auf den Beton warf. Fluchend griff Jouma nach dem Seil, das immer noch fest um den Schwanz des Reptils geschlungen war, und begann den Körper mit aller Kraft zur Lagune zu zerren. Er betete, dass das faulige Fleisch dem Druck standhalten würde.

Getty stand auf der schlammigen Sandbank am hintersten Ende der Lagune und starrte mit blankem Entsetzen auf die sich nähernden Krokodile. Da blickte er auf und sah Jouma.

»Um Himmels willen, tun Sie was!«, flehte er.

Jouma verschwendete seine Energie nicht auf eine Antwort. Diesen Riesenkadaver die fünfzig Meter vom Hof bis zur Lagune zu schleifen, war, als wollte man einen nassen Teppich manövrieren. Doch schließlich gelang es ihm, das tote Tier bis zum Tor zu bugsieren. Mit einer letzten Anstrengung zog Jouma die Überreste des Krokodils hindurch und ließ es dann über die schlammige Böschung ins Wasser plumpsen. Das laute Klatschen und zweifellos auch der Geruch zog die Aufmerksamkeit zweier Krokodile auf sich, die gerade auf Getty zuhielten, und sie machten gemächlich kehrt. Um sicherzugehen, dass auch die anderen Tiere wussten, was die Stunde geschlagen hatte, feuerte Jouma zwei Schüsse in die Luft. Eins nach dem anderen begannen auch die übrigen Krokodile das Interesse an Getty zu verlieren. Stattdessen schwammen sie auf die andere Seite der Lagune, wo der Kadaver mit dem Bauch nach oben an der Oberfläche trieb.

Es dauerte nur Sekunden, bis das erste Krokodil dort angekommen war. Jouma beobachtete mit erschrockener Faszination, wie sich das Tier auf das verfaulende Fleisch stürzte und mit heftigem Schütteln der gewaltigen Kiefer einen riesigen Brocken heraustrennte. Dann waren die anderen auch schon da, und der Kadaver verschwand unter einer brodelnden Masse aus Körpern, die das Wasser in dicken roten Schaum verwandelten, während sie sich gegenseitig angriffen.

Jouma hörte einen grunzenden Laut und blickte auf. Es war Getty gelungen, sich auf eine Sandbank zu retten, und jetzt stakste er vorsichtig am Zaun entlang, um einen Ausgang zu finden.

»Danke, Inspector«, sagte Getty durch den Maschendraht und hielt ihm die Hand hin. »Wenn Sie mir jetzt vielleicht helfen würden, über diesen …«

Er hielt inne und starrte mit offenem Mund auf den Lauf von Joumas Waffe.

»Ich hab den Eindruck, diese Krokodile sind schon länger nicht mehr gefüttert worden«, stellte Jouma fest. »Sobald sie mit dem Kadaver ihres Kollegen fertig sind, werden sie sich auf die Suche nach neuem Futter machen.«

»Um Gottes willen!«, rief Getty und blickte sich nervös über die Schulter. »Holen Sie mich hier raus!«

»Sind Sie bereit, mir ein paar Fragen zu beantworten?«

»Ja! Ja! Alles, was Sie wollen!«, beteuerte Getty.

Konfrontiert mit der Aussicht, entweder durch die Krokodile oder durch Whitestone zu Tode zu kommen, erkannte Getty, dass der kleine Inspector mit Abstand seine beste Option war.

66

Nach der stundenlangen Fahrt und der beeindruckenden Distanz, die sie zurückgelegt hatten, stellte sich heraus, dass die Übergabe nur wenige Kilometer nördlich von Kilifi erfolgt war. Einige Kilometer weiter südlich lag Flamingo Creek.

Ein gemütliches kleines Treffen von Suki Los Stammgästen, direkt vor ihrer Haustür, dachte Jake verbittert. Sie hätten auch auf ein Barbecue und ein paar Bier an den Strand gehen können.

Eine halbe Stunde, nachdem er die Bucht verlassen hatte, brachte er den BMW vor dem Marlin Bay Hotel zum Stehen. Martha und er rannten quer durch den Innenhof, vorbei an den Eidechsen am Pool und hinunter zum Yachthafen. Patrick erwartete sie schon. Während sie auf ihn zuliefen, rief Martha seinen Namen, und es sah aus, als hätte sie ihn aus finsteren Gedanken gerissen.

»Martha! Jake!«, begrüßte er sie und blinzelte hinter den Gläsern seiner Ray Ban. »Alles in Ordnung? Ich ...« Er sah die AK-47 über Jakes Schultern, und seine Augen weiteten sich. »Hey, langsam!«, sagte er und wich zurück. »Was geht denn hier ab, Mann?«

»Ist das Boot startklar, Patrick?«

»Ja, aber ...«

»Dann los. Ich erklär es Ihnen unterwegs.«

Einen Moment lang wirkte Patrick wie erstarrt, aber dann nickte er. »Hier entlang.«

Siebzehntausend Dollar, dachte Harry verzweifelt. *Siebzehntausend Scheißdollar.* Früher hätte so eine Summe gerade mal seine Reisespesen und Vergnügungen eines Vierteljahrs abgedeckt.
Doch jetzt brachte ihn diese Summe um.
Was zum Teufel hatte er bloß angerichtet?
Er war mit Angelschnur an den Kampfstuhl der *Yellowfin* gefesselt. Man hatte ihn so hingedreht, dass er mit Blick auf die Kajüte dasaß. Die Tür war geschlossen und zusätzlich mit einem Seil gesichert worden. Gott sei Dank, denn Harry wollte die afrikanischen Mädchen, die sich darinnen drängten, gar nicht sehen. Der bloße Gedanke an sie verursachte ihm körperliche Übelkeit.
Oben auf der Brücke stand ein witzelnder Tug Viljoen mit Sammy, der das Boot mit südwestlichem Kurs auf die offene See hinaussteuerte. Der Junge lachte jedoch nicht. Er hatte gesehen, was passiert war, und wusste, dass es keinen Grund zum Lachen gab.
Harry blickte auf seine geschwollenen Handgelenke und spürte, wie die Fesseln auf seiner nackten, sonnenverbrannten Haut scheuerten. Dabei fragte er sich, was Jake wohl denken würde, wenn er wüsste, was er getan hatte. Aber in diesem Moment war sein Partner wohl auf dem Rückweg von Mazeras, wo Harry ihn zu einer nicht existierenden Adresse geschickt hatte, um ihn aus dem Weg zu haben.

»Geht's dir gut da unten, Harry?«, rief Viljoen fröhlich von der Brücke.

»Fick dich, Tug.«

»Das ist genau die richtige Einstellung!« Viljoen lehnte sich über die Reling der Brücke. »Du weißt selbst, wie komisch es ist, Harry, wenn die Leute immer eine Linie zwischen erlaubten und unerlaubten Dingen ziehen wollen.«

»Wenn du mir jetzt einen schlauen Vortrag halten willst, Tug, dann verzichte ich gern.«

»Du liest Zeitung und schaust die Nachrichten, und überall, wo du hinsiehst, werden unschuldige Kinder zerschossen oder in Stücke gehackt oder lebendig verbrannt, alles im Namen der Demokratie oder eines anderen hohen Ziels. Sogar in so wundervoll aufrechten Ländern wie diesem.« Er deutete zu der verrammelten Kajüte hinunter. »Sieh dir zum Beispiel diese Kinder an. Wo die herkommen, ist ihr Leben nicht mehr wert als das eines Hundes. Aber wenn du versuchst, sie da wegzuholen, was passiert dann? Dann bis du ein Perverser. Ein Mädchenhändler. Der Abschaum des Abschaums.«

Harry blickte hoch, und eine Welle des Ekels erfasste ihn. »Glaub mir, da gibt es sehr wohl einen Unterschied.«

»Du hast dich selbst darauf eingelassen«, erinnerte ihn Viljoen.

»Nein. Ich hab mich darauf eingelassen, Drogen zu schmuggeln.«

Viljoen wieherte vergnügt. »Ja, allerdings hast du das – also brauchst du dich jetzt auch nicht so aufzuspielen.«

»Hasch rauchen und Kinder missbrauchen ist nicht dasselbe.«
»Ich könnte mich nicht erinnern, dass du den besorgten Staatsbürger gespielt hättest, als du gehört hast, wie viel wir dir bezahlen.«
»Du hast mich angelogen, Tug.«
»Ach, das hat der gute alte Dennis auch gesagt, als er dran war.«
Harry sah aus, als hätte er einen Schlag ins Gesicht bekommen. »*Dennis?* Dennis Bentley?«
»O ja. Dennis hat mit demselben Gewissensscheiß angefangen wie du, aber als er sah, wie das Geld munter reinfloss, hat er seine Meinung schnell geändert. Weißt du, was das Dumme an eurem Geschäft ist, Harry? Es ist einfach nur ein schwarzes Loch, das eure Dollars verschlingt. Aber irgendwann beschloss Dennis, dass er aussteigen wollte. Er meinte, er schaffe es nicht mehr. Lieber würde er pleitegehen. Das konnten wir ihm natürlich nicht erlauben.«
»Du hast ihn umgebracht.«
»Das war rein geschäftlich, Harry.«
»Und Tigi? War das auch rein geschäftlich?«
»Der Schiffsjunge? Tja, wirklich schade um ihn. Ich habe Respekt, wenn jemand loyal ist, und der Junge ist für seinen Boss eingestanden. Hat richtig gekämpft. Aber glaub mir, es ging ganz schnell. Bam, bam! Ein paar in den Hinterkopf und fertig, der hat wahrscheinlich gar nichts mitbekommen.«
Bei diesen Worten drehte sich Sammy um und starrte Viljoen an. Der Südafrikaner merkte es und schlug dem Schiffsjungen ins Gesicht.

»Schau nach vorn und kümmer dich um deine eigenen Angelegenheiten, Junge!«, schnauzte Viljoen ihn an.
Wie Harry gerade auf seinem Kampfstuhl dämmerte, hatte Viljoen keine Ahnung, dass der Junge am Steuer der *Yellowfin* Tigi Eruwas älterer Bruder war.

In der niedrigen Kabine der Sonic erzählte Jake Patrick alles, was er wusste.
»Ich schätze, sie werden nach Europa transportiert«, sagte er ruhig. »Höchstwahrscheinlich Osteuropa. Russland. Die ehemaligen Sowjetstaaten. Auf den Balkan. Da ist Mädchenhandel ein blühendes Geschäft.«
Patrick wirkte schockiert. »Mädchenhandel? Aber du hast doch gerade gesagt, dass es Kinder waren?«
»Das ist ja gerade der Punkt. Ich habe gehört, dass sogar Vierjährige ge- und verkauft werden wie billiges Fleisch. Früher hieß es, dass der Verkauf von Frauen und Kindern in die Prostitution die drittgrößte Einkommensquelle für das organisierte Verbrechen ist, gleich nach Drogen und Waffen. Aber das war noch zu meiner Zeit. Wer weiß, wie es jetzt aussieht.«
»Aber warum ist dein Partner denn darin verwickelt?«, wollte Patrick wissen.
»Weil er ein Trottel ist, der es nicht mit ansehen konnte, wie unser Geschäft den Bach runtergeht«, seufzte Jake. »Und weil Viljoen einen Ersatz für Dennis Bentley brauchte.«
»Dennis?« Patrick blickte zu Martha, die die Augen fest aufs Meer gerichtet hielt.
»Viljoen hat ihm fünfundzwanzigtausend Dollar pro

Fahrt angeboten. Dennis stand kurz vor der Pleite. Das Geld war ihm sicherlich willkommen.«

»Aber Mädchenhandel? Ich meine – mit Kindern?«, wandte Patrick ein. »Mein Gott.«

»Zuerst hat Viljoen ihm irgendein Märchen von einer einmaligen Lieferung von Drogen oder Waffen aufgetischt. Ich glaube keine Sekunde, dass Dennis ja gesagt hätte, wenn er gewusst hätte, was Viljoen wirklich schmuggeln wollte. Aber als er erst einmal dabei war, konnten sie ihn nicht mehr rauslassen. Und jetzt ist Harry dran.«

»Scheiße«, sagte Patrick. »Das ist ja schrecklich.«

Martha schwieg. Unter ihrer Sonnenbrille drang eine Träne hervor, die ihr kurz über die Wange lief, bevor der Fahrtwind sie fortblies.

Patrick blähte die Wangen auf und pfiff so laut, dass das Geräusch den Wind und das Klatschen des Bootsrumpfes auf den Wellen übertönte.

»Und, was glauben Sie, wohin sie jetzt fahren?«, erkundigte er sich. Er beäugte die AK-47 auf Jakes Schoß immer noch misstrauisch.

»Der Gangster, mit dem ich gesprochen habe, schien zu glauben, dass sie sich mit einem anderen Schiff treffen wollten. Mit einem Frachter vielleicht. Er meinte, es käme von Süden. Die *Yellowfin* kann nicht viel weiter als hundertfünfzig Kilometer rausfahren.«

»Das ist immer noch eine ganze Menge Ozean«, meinte Patrick.

»Dann wäre es jetzt vielleicht an der Zeit, Ihr hochmodernes GPS-Suchsystem anzuschmeißen.«

Drei Helikopter der Küstenwache donnerten im Tiefflug über die Nyali-Brücke, teilten sich dann auf und flogen weiter übers Meer. Jouma stand am Geländer und blickte ihnen mit einem verzweifelten Gefühl von Hilflosigkeit hinterher. Er wusste, dass diese Hubschrauber riesige Bereiche abdecken konnten, weit mehr als jedes Boot, und das in einem Bruchteil der Zeit. Aber aufgrund seiner lebhaften Abneigung gegen die unendliche See wusste er auch, dass es immer einen Winkel auf dem Ozean geben würde, den man noch nicht überflogen hatte.

Er wurde den Gedanken nicht los, dass ihre Unzulänglichkeit die seinige widerspiegelte. Egal wie viel Korruption und Bösartigkeit er aufdeckte, es schien immer noch mehr zu geben.

Irgendwo da draußen, jenseits des Horizonts, war ein Boot. Ein Stecknadelkopf, so unwichtig, dass er genauso gut nicht hätte existieren können. Darauf befanden sich ein psychopathisches Monster und eine Ladung unschuldiger Kinder, die einem unsäglich entwürdigenden Leben in einem Land fern von ihrer Heimat entgegensahen. Und hier stand er, isoliert und nutzlos: ein Mann, der einmal hoch und heilig geschworen hatte, sie zu schützen.

Er hatte getan, was er konnte. Conrad Getty kauerte zusammengekrümmt auf der Rückbank von Joumas Panda. Seine Hände waren mit Handschellen an die Haltegriffe gefesselt, und wenn es überhaupt eine Gerechtigkeit gab, dann würde der Hotelbesitzer nie wieder einen Fuß in die Freiheit setzen. Dennoch war sich Jouma be-

wusst, dass Hunderte, Tausende von seiner Sorte hinter dem scheinbar endlosen Horizont existierten.
Ja, er hatte getan, was er konnte. Jetzt waren die anderen am Zug. Er konnte nur noch warten und beten.

Sie waren inzwischen wohl gut fünfzehn Kilometer von der Küste entfernt, und an einem anderen Tag hätte sich Jake gewundert, wie schnell sie diese Entfernung zurückgelegt hatten. Aber Patrick hatte recht. Der Ozean war riesig. Und selbst wenn sie die *Yellowfin* entdeckten, mochte er sich kaum ausmalen, was sie an Bord vorfinden würden.
»Da!«, rief er plötzlich. »Da ist sie!«
Die große markante Silhouette erschien steuerbord am Horizont, genau wie es das GPS-System im Armaturenbrett vorhergesagt hatte. Es war ein Frachter, der tief im Wasser lag und Richtung Norden gegen die Strömung fuhr.
»Sind Sie sicher, Jake?«, fragte Patrick und drehte das Steuerrad so, dass die Sonic Kurs auf den Frachter nahm.
Jake warf sich die AK-47 über die Schulter. »Gibt es auf diesem Boot ein Funkgerät?«
»Unten in der Kabine.«
»Zeigen Sie's mir bitte.«

Drei Kilometer nordwestlich hatte Viljoen den Frachter ebenfalls entdeckt. Er grinste und bellte Sammy einen Befehl zu. Der Junge zog das Steuerrad herum, und die *Yellowfin* beschrieb einen Kreis.

Man erreichte die Kabine über eine ausziehbare Leiter am Heck. Sie war schlicht und funktional eingerichtet und enthielt wenig mehr als zwei schmale Bänke rechts und links von einem niedrigen Klapptisch.
»Ich seh hier kein Funkgerät, Patrick«, stellte Jake fest. Er bückte sich, als er den niedrigen Raum betrat, und legte die Waffe auf eine der Bänke.
»Das liegt daran, dass es hier auch gar keines gibt, Jake.« Ein Fuß landete genau zwischen seinen Schulterblättern, und Jake stürzte in die Kabine. Mit dem Kopf schlug er so heftig auf die Metalleinfassung des Tisches, dass vorübergehend Sternchen vor seinen Augen flackerten. Als er wieder klarer sehen konnte, hörte er, wie das Verschlusssystem der AK-47 ein unheilverkündendes Klicken von sich gab. Patrick stand gebückt auf der Schwelle und hielt das Sturmgewehr in der Hand.
»Stehen Sie auf«, befahl er, und seine Stimme klang gar nicht mehr nach Patrick.
»Das ist leichter gesagt als getan«, erwiderte Jake, während die Sonic in der Dünung stampfte und schlingerte.
»Sie sind Seemann, Jake. Das schaffen Sie schon. Aber schön langsam, klar?«
»Ganz wie Sie wünschen.«
Vielleicht hätte er schockiert über Patricks Doppelspiel sein müssen, oder sogar wütend, dass Marthas Jetset-Liebhaber ihm plötzlich mit einer Waffe auf den Kopf zielte.
Doch eigentlich passte alles perfekt zusammen.
Jouma hatte die ganze Zeit von Puzzleteilchen gesprochen, und während sie sich allmählich zusammenfügten,

kam das Bild der Wahrheit immer näher. George Malewe, Dennis Bentley, Michael Kili, Tug Viljoen, der abscheuliche Menschenhandel. Aber bis zu diesem Moment hatte sich eine Frage hartnäckig jeder Beantwortung entzogen – ein ganz entscheidendes Puzzleteilchen.

Wer zog hier die Fäden?

Dass es nun Patrick Noonan war – wenn er denn überhaupt so hieß –, überraschte ihn nicht. Warum auch? Unter dem Vorwand, im internationalen Wertpapiergeschäft tätig zu sein, konnte er in aller Herren Länder reisen, ohne Verdacht zu erregen. Und Martha? Die hatte ja selbst zugegeben, dass sie sich seit dem Kennenlernen in New York immer nur ein paar Nächte gesehen hatten. Wahrscheinlich hatte Patrick in jeder Stadt, die er anlief, eine Martha Bentley. Er war der perfekte Manipulator, der sein Imperium durch ein Netz aus durchschnittlichen und leichtgläubigen Menschen kontrollierte. Und so wäre es zweifellos auch geblieben, wäre da nicht eine versengte, zerfleischte Leiche gewesen, die an einem entlegenen kenianischen Strand angetrieben worden war, und die beharrlichen Recherchen eines Inspectors aus Mombasa. Jetzt hatte sich der Marionettenspieler zu erkennen geben müssen, doch Jake wusste, dass es nicht lange dauern würde, bis er für immer in den Schatten verschwand.

Er stützte sich mit einer Hand am Tisch ab und stemmte sich in eine kniende Position. Etwas Nasses glitt ihm übers Gesicht, und als er es mit den Fingern berührte, waren sie blutig.

»Wie sind Sie in diese Sache verwickelt, Patrick?«

»Wie Sie schon sagten: Das ist eine lange Geschichte.«
»Weiß Martha davon?«
»Warum zulassen, dass die Realität der wahren Liebe in die Quere kommt? Na los, stehen Sie auf und kommen Sie langsam auf mich zu.«
Jake tat, was man ihm befahl, bis er gebückt vor der Leiter stand, die wieder nach oben führte. Patrick war langsam weiter ins Heck zurückgewichen und stand jetzt mit dem Rücken zum Motorraum. Die Waffe hielt er immer noch fest in Händen.
»Okay. Los, nach vorne. Ich gehe direkt hinter Ihnen.«

Ohne darauf zu achten, was in ihrem Rücken vorging, steuerte Martha das Boot durch die Wellen. Jake stellte fest, dass sie bereits ziemlich aufgeholt hatten. Aus dieser Entfernung konnte man schon den Namen des Frachters entziffern: *Medusa, Istanbul,* stand in anderthalb Meter hohen Buchstaben auf den rostigen Metallplatten.
»Setzen Sie sich neben Martha«, kommandierte Patrick.
Jake hielt sich gut an der Reling fest, während er sich vorsichtig einen Weg zu dem freien Sitz neben Martha bahnte. Dann ließ er sich in das nachgiebige weiche Leder fallen. Sie sah ihn an und riss erschrocken die Augen auf, als sie das Blut auf seiner Stirn entdeckte.
»Jake, Sie sind …«
»Ich weiß«, fiel er ihr ins Wort und deutete mit einer Kopfbewegung auf Patrick.
»Konzentrier dich nur immer schön aufs Steuern, Schatz«, wies Patrick sie sanft an. Er ließ sich auf die

Bank hinter den beiden plumpsen und schob Jake den Lauf der AK-47 unter das linke Ohr.
Ungläubig starrte Martha ihn an. »Um Himmels willen, Patrick!«
Dann sah sie wieder zu Jake, dessen Gesichtsausdruck ihr alles verriet.
»Patrick?« Ihre Stimme war kraftlos und verwirrt und wurde fast vom Wind fortgetragen.
»Er gehört dazu, Martha«, erklärte Jake und hielt seine Augen fest auf den näher kommenden Rumpf des Frachters gerichtet. »Ich würde sogar sagen, er ist der Drahtzieher hinter der ganzen Geschichte. Stimmt's nicht, Patrick?«
»Ja.« Whitestone gab ein dumpfes Lachen von sich. »Aber man sollte niemals delegieren, Jake. Ende der Lektion.«
Martha griff nach den Gashebeln, und die Sonic wurde abrupt langsamer. Sie drehte sich auf ihrem Sitz um und musterte ihn mit funkelnden Augen.
»Erzähl mir, was zum Teufel hier los ist, Patrick. Sofort!«
Ohne die Waffe von Jakes Kopf zu nehmen, schloss Whitestone seine Finger um Marthas Hand und schob die Hebel wieder vor.
»Mach das noch mal, Schätzchen, dann blas ich ihm den Kopf weg«, mahnte er in sachlichem Ton.
»Tu, was er sagt, Martha«, bat Jake.
Whitestone nickte. »Sehr gut. Jetzt hältst du immer schön auf dieses große Schiff zu, und dann wird alles gut. Wenn du tust, was ich dir sage, lasse ich dich in Frieden, und du kannst einfach nach Hause fahren.«
Jake glaubte ihm kein Wort. Er wusste, dass Patrick sie

beide töten würde, sobald sie den Frachter erreicht hatten.

»Funktioniert das so, Patrick? Akquirieren Sie die Kunden, während Tiere wie Tug Viljoen die Drecksarbeit für Sie erledigen?«

»So in der Richtung, ja.«

»Dann war es wahrscheinlich Ihre Entscheidung, dass Dennis getötet wurde.«

Whitestone grinste mit gespielter Empörung. »Oh, das war aber ein Schlag unter die Gürtellinie, Jake. Ein echter Schlag unter die Gürtellinie, wo doch Martha bei uns ist. Nur fürs Protokoll, Schatz, ich war stinksauer, dass sie deinen Daddy umgebracht haben. Nach allem, was du erzählt hast, war er ein richtig netter Kerl. Aber so läuft es manchmal eben.«

»Und was ist mit mir, Patrick?«, wollte Martha wissen, und plötzlich hatte sich ein stahlharter Unterton in ihre Stimme geschlichen. »Was war ich für dich? Die Sonderzulage?«

Whitestone zuckte mit den Schultern. »Ob du's glaubst oder nicht, Martha, ich war echt verknallt in dich. Auch wenn ich zugeben muss, dass ich Chico nie besonders gut leiden konnte.«

»Du Wichser«, zischte Martha.

»Ach komm schon, Schatz. Du kannst doch nicht behaupten, dass wir keinen Spaß gehabt hätten.«

Jake sah, wie Marthas Fingerknöchel am Steuerrad weiß wurden. Die Sonic war mittlerweile nah genug an die *Medusa* herangekommen, dass man wild gestikulierende Gestalten an der Reling erkennen konnte.

»Erinnerst du dich noch an Howard Miller, Jake?«, fragte Martha plötzlich. »Den Versicherungstypen aus Nairobi? Du weißt schon – an dem Tag, als mein Daddy mich die *Martha B* zum ersten Mal allein steuern ließ?«
Jake zwinkerte, dann begriff er. »Ja. Ich erinnere mich.«
Kaum hatte er den Satz ausgesprochen, da gab Martha von einer Sekunde auf die andere Vollgas. Die tausendeinhundert PS der Cobra-Motoren legten sich ins Zeug, und Jake hielt sich an der Reling fest, während das Boot wie ein Pfeil auf den Rumpf der *Medusa* zuschoss.
Für Whitestone hingegen kam die plötzliche Vorwärtsbewegung völlig unerwartet, und er geriet auf seiner glatten Lederbank ins Rutschen. Die Waffe entglitt ihm unter die Vordersitze, und Jake hörte Whitestone fluchen, während er verzweifelt nach Halt suchte.
»*Wenden! Jetzt!*«, schrie Jake und hielt sich so gut wie möglich fest, als Martha das Steuerrad nach links riss.
Die Sonic fuhr zunächst Schlangenlinien zwischen den beiden Wellenkämmen des Kielwassers, aber dann lenkte Martha sie frontal auf die Dünung hinter dem riesigen Frachter, und das Boot hob für einen Moment ab. Jake wurde auf seinem Sitz hin und her geworfen und sah, dass Patrick gegen die Steuerbordreling geschleudert worden war. Auf seinem Gesicht malte sich ohnmächtige Wut, während er mit den plötzlichen g-Kräften kämpfte.
»Sie sind nie viel auf See gewesen, was, Patrick?«, erkundigte sich Jake mitfühlend. Dann donnerte er ihm mit aller Kraft die Faust ins Gesicht.
Der Kopf des Amerikaners prallte unter der Wucht zurück, und im nächsten Moment erschlafften seine

Gliedmaßen. Martha lenkte die Sonic wieder in die Mitte des Kielwassers, und Whitestone fiel auf die Seite wie ein ausgenommener Fisch. Mit einer Hand hielt er sich immer noch an der Reling fest, und als ihn die nächste Welle wieder gegen die Seitenwand schleuderte, trafen sich ihre Blicke.

»Noch mal wenden, Martha«, bat Jake ruhig.

Erneut riss Martha das Boot herum, und das dünne Metallgeländer wurde erst verbogen und dann aus seiner Halterung gerissen. Als er nach außen schwang wie ein Ausleger der *Yellowfin*, klammerte sich Whitestone noch einen Moment daran fest. Dann zog ihn der gewaltige Sog, den die Bootspropeller der Sonic erzeugten, nach unten.

»Um Gottes willen, Jake«, rief Martha. »Ist er …?«

»Er ist weg«, sagte Jake.

»Sieht so aus, als hätten wir Besuch, Harry«, rief Viljoen ihm von der Brücke zu.

Doch Harry hatte die Sonic bereits gesehen. Hinter der *Medusa* nahm sie sich aus wie ein winziger exotischer Vogel, der ein Nilpferd umschwirrt. Sie steuerte auf den Frachter zu und holte schnell auf.

Viljoen gackerte vergnügt, als er auf unsicheren Beinen die Leiter hinunterstieg. »Was meinst du?«, fragte er. »Kommt da die Kavallerie?« Er schob die Hand in den Hosenbund und zog seine Glock heraus. »Zu schade.«

»Warum lässt du den Jungen nicht frei, Tug?«, bat Harry. »Du hast doch selbst gesagt, dass ihn das alles nichts angeht.«

»Ich weiß nicht recht«, erwiderte Viljoen und rieb sich mit einer theatralischen Geste das Kinn. »Der Junge sieht ganz gut aus. Stark. Gute Zähne. Schätze, manche Leute würden eine ganze Menge für ihn hinblättern. Und ich werde bestimmt nicht mit leeren Händen von diesem kleinen Ausflug zurückkommen. Schließlich muss auch ich meine Fixkosten decken.«

»Bitte, Tug.«

Viljoen musterte ihn verächtlich. »So sind die Engländer, was, Harry? Frauen und Kinder zuerst. Weißt du was? Wir wollen doch mal sehen, wie viel der Junge deinen Freunden wert ist.«

Aus knapp zweihundert Metern Entfernung konnte Jake schon erkennen, dass Harry an den Kampfstuhl gefesselt war und Viljoen ihm eine Waffe an den Kopf hielt. In derselben Sekunde fühlte er sich in ein Postamt in East London zurückversetzt, in dem ihm ein Jugendlicher mit verängstigten Augen mit einer Waffe und einer Geisel gegenüberstand. Doch als Martha neben der *Yellowfin* längsseits ging, sah er in Tug Viljoens Augen nichts als kalte, mörderische Entschlossenheit.

»Jake! So eine Überraschung aber auch!«, rief der Südafrikaner. »Und das ist die reizende Miss Bentley, nehme ich an.«

»Alles in Ordnung, Harry?«

»Ging mir nie besser«, spöttelte Harry mit einem schiefen Grinsen.

Jake sah, dass die Haut seines Freundes schon dunkelrot war und seine Lippen vor Trockenheit aufgesprungen.

Dieser Wichser hatte ihn offensichtlich ohne Wasser und Schatten auf seinem Stuhl sitzen lassen, seit sie das Festland verlassen hatten. Auf der Brücke stand Sammy mit verängstigtem Blick.

»Es ist vorbei, Tug. Dein Boss ist tot. Warum lässt du sie nicht einfach frei? Du brauchst sie doch gar nicht mehr.«

Viljoen grinste. »Whitestone ist tot? Dann hab ich weiß Gott eine Sorge weniger im Leben, Jake. Das Dumme ist nur, dass ungefähr achtzig Kilometer nördlich von hier am Sabaki River ein Wasserflugzeug auf mich wartet, und es kommt mir ganz so vor, als bräuchte ich etwas in der Hinterhand, wenn ich es sicher dorthin schaffen will.«

»Lass Harry und den Jungen frei, Tug. Ich bring dich zum Sabaki River.«

»Wie edelmütig von dir. Aber ich glaube, das tue ich lieber nicht. Da müsste ich die ganze Zeit hinten Augen haben, und so was gefällt mir nicht. Ich bin eher fürs ruhige Leben, weißt du? Nein, ich nehme einfach Sammy mit. Der scheint sich auf dem Meer ja bestens auszukennen. Oh – und euer Schnellboot nehme ich auch, wenn es euch nichts ausmacht. Ich schätze, dann kann mich wirklich keiner mehr einholen, oder?«

Während der Südafrikaner redete, sah Jake den Lauf der AK-47 unter den Vordersitzen herausragen. Er wusste, dass er Viljoen nur noch mit dieser Waffe stoppen konnte. Aber wie sollte er an sie herankommen?

Viljoens Daumen glitt über die Sicherung der Pistole, die er Harry immer noch an den Kopf hielt.

»Wirf mir die Schlüssel rüber, Jake. Schön brav, ja?«

Martha erstarrte, aber Jake nickte. Widerstrebend zog sie die Zündschlüssel ab und reichte sie ihm. Jake warf sie auf die *Yellowfin*.

»Sehr gut«, lobte Viljoen. Er sicherte die Glock wieder und zog sie von Harrys Kopf zurück. »Ich weiß wirklich zu schätzen, was du für mich getan hast, Jake. Tut mir leid, dass ich Miss Bentley und dich so im Stich lasse – aber du verstehst das sicher.«

Jake schob seinen Fuß zentimeterweise an die AK-47 heran. Doch plötzlich traf eine große Welle die Sonic, und die Waffe verschwand aus seinem Blickfeld. Und damit auch seine letzte Chance, Viljoen noch zu stoppen.

»Ich möchte, dass du jetzt mit deiner kleinen Freundin ans Heck gehst«, befahl der. »Dann springt ihr ins Wasser und schwimmt vom Boot weg.« Er kicherte. »Weißt du, Jake, ich bin gar nicht das gefühllose Monster, für das du mich hältst. Ich töte Menschen nur, wenn ich unbedingt muss.«

Jake musterte ihn mit purem Hass. »Wenn dem Jungen irgendwas passiert, Viljoen, dann werde ich dich finden. Wo auch immer du dich in der Welt rumtreibst, ich werde dich suchen, bis ich dich aufgespürt habe.«

Viljoen nickte ungeduldig. »Ja, ja, natürlich, Jake. Und jetzt seht zu, dass ihr ins Wasser kommt, bevor ich's mir anders überlege.« Ohne zur Brücke hochzublicken, sagte er: »Komm runter, Sammy, und sag *kwaheri*. Wir fahren jetzt.«

Als etwas Silbernes im Sonnenlicht aufglänzte, erstarrte Viljoen und riss überrascht die Augen auf. Er schwankte leicht, dann drehte er sich um und sah Sammy fragend an. Der Junge stand an der Reling über ihm und hielt ein Harpunengeschütz in der Hand. Ein straff gespanntes Gummikabel verband die Waffe mit einem ungefähr dreißig Zentimeter langen Speer, der den Schädel des Südafrikaners zwei Fingerbreit unter seiner Schirmmütze säuberlich in zwei Hälften teilte.

Viljoens Lippen bewegten sich lautlos, dann rollten seine Augen in den Höhlen nach oben. Er sank in die Knie und fiel schließlich bäuchlings auf die Planken.

»Sammy!«

Jakes Schrei riss den Jungen aus seiner Benommenheit.

»Er sagen, er Tigi töten, Mr. Jake.« Sammy sah ihn mit ausdruckslosen Augen an. »Er sagen, er hat getötet meinen kleinen Bruder.«

Zwölfter Tag

67

Knapp zehn Kilometer östlich von Flamingo Creek verschwindet das afrikanische Festland am Horizont, und plötzlich ist man allein in einer riesigen Wüste aus Wasser, die sich unendlich in alle Richtungen zu erstrecken scheint. Ein guter Ort, um sich ein Bier aufzumachen. Ein noch besserer Ort, um wieder mit dem Rauchen anzufangen.

»Wie lange hattest du es denn schon geschafft?«, erkundigte sich Martha.

»Zwei Jahre, acht Monate und zwei Tage«, antwortete Jake.

»Schade drum«, meinte Martha.

»Schade um zwei Jahre, acht Monate und zwei Tage. Stell dir bloß vor, wie viele Zigaretten ich in dieser Zeit hätte rauchen können.«

Er ging in die Kajüte der *Yellowfin* und plünderte die Kühlbox. Als er mit den zwei Bierflaschen zurückkam, saß Martha im Schatten des Sonnensegels und starrte aufs Meer, während das Boot mit ausgeschaltetem Motor auf den Wellen dümpelte.

»Na, inspizierst du dein neues Reich?«

Sie zuckte mit den Schultern. »Ich überleg mir nur, was für Veränderungen ich vornehmen werde. Wen ich alles rausschmeiße.«

»Hör mal – du bist einer von drei gleichberechtigten Partnern. Harry und ich können dich jederzeit überstimmen.«
»Harry sitzt im Gefängnis. Der zählt nicht.«
»Ach was, vier Monate, die sind doch im Handumdrehen vorbei.«
»Der kann von Glück sagen, dass sie den Schlüssel nicht weggeworfen haben«, meinte Martha.
Jake musste ihr zustimmen. Während Conrad Getty einer lebenslänglichen Haftstrafe in einem Hochsicherheitsgefängnis entgegensah, hatte Harry das Glück gehabt, an einen Richter zu geraten, der ihn mit einer symbolischen Strafe davonkommen ließ. Das war der erste ihm bekannte Fall, in dem die Verteidigung Dummheit mit guten Absichten ins Feld geführt hatte.
Aber vielleicht hatte Harry auch endlich mal ein bisschen Glück verdient. Vielleicht hatten sie es beide verdient.
»Euer Unternehmen braucht jemanden, der weiß, was er tut«, hatte Martha ihm erklärt. »Betrachtet mich als euren stillen Teilhaber in New York.«
»Aber dein Vater …«
»Er hätte nicht gewollt, dass von dem Geld aus seiner Lebensversicherung ein Apartment in Manhattan oder eine Wohnung in Palm Beach gekauft wird.«
»Warum bleibst du nicht einfach?«, hatte Jake sie gefragt. »Wir könnten weiß Gott noch einen Skipper brauchen.«
»New York ist mittlerweile meine Heimat«, erwiderte Martha. »Aber es ist ein angenehmer Gedanke, dass ich jederzeit das Steuerrad der *Yellowfin* übernehmen kann.«

So kam die Britannia Fishing Trips Ltd. zu einem neuen Investor. Und sobald Dennis Bentleys Lebensversicherung ausgezahlt werden würde, hatten sie vielleicht endlich genug Schlagkraft, um der Konkurrenz einzuheizen. Der Einzige, der von den Entwicklungen enttäuscht schien, war Jouma.

»Die Polizei in Mombasa könnte einen Mann mit Ihrer Erfahrung gut gebrauchen, Jake«, hatte der Inspector ihn zu überzeugen versucht. »Vor allem im Moment.«

»Nein danke, Inspector. Die Zeiten sind für mich endgültig vorbei.«

»Verstehe. Aber Sie nehmen es mir doch nicht übel, wenn ich mich von Zeit zu Zeit an Sie wende, oder? Wenn ich einen Rat brauche?«

Unwillkürlich musste Jake lachen. »Der Mann, der den größten Korruptionsskandal von Mombasa aufgedeckt hat, will *meinen* Rat? Ich bin geschmeichelt!«

»Jake!«, rief Martha von der Brücke.

»Ja, was ist?«

»Es hat einer angebissen.«

Jake blickte auf die Ausleger und entdeckte, dass eine der Angelruten tatsächlich nervös vibrierte. Kurzerhand nahm er sie aus ihrer Halterung – und warf sie weg.

»Ich muss dir was sagen«, gestand er. »Ich kann gar nicht angeln.«

68

Im Leichenschauhaus im Untergeschoss des Krankenhauses von Mombasa legte Mr. Christie seine Messer und Sägen auf einem silbernen Tablett zurecht, stupste die Leiche an, die auf dem metallenen Autopsietisch lag, und schüttelte den Kopf.

»Eines verstehe ich an dieser ganzen Sache nicht, Jouma: Wer *war* dieser Kerl denn nun eigentlich?«

Der Inspector zuckte mit den Schultern. »Das scheint keiner so recht zu wissen. Das Federal Bureau of Investigation, die Central Intelligence Agency, Interpol …«

»Kaum zu glauben, dass heutzutage noch jemand existieren kann, ohne offiziell zu existieren, wenn Sie verstehen, was ich meine.«

»Im Gegenteil, Mr. Christie, ich habe das schon immer für sehr leicht gehalten. Sie und ich existieren ja nur, weil wir uns dem Gesetz unterwerfen und Sozialversicherungsnummern haben und Führerscheine, Geburtsurkunden, Personalausweise, die auf unseren Namen ausgestellt sind. Diese Mann hat einfach ein Dutzend Identitäten.«

Christie suchte sich ein Skalpell aus und machte einen senkrechten Einschnitt in der Mitte des Brustkorbs. »Ich schätze, Sie haben recht. Aber ehrlich gesagt, ich glaube, ich könnte trotzdem nicht so leben. Wenn ich mir anschaue, wie es um mein Gedächtnis bestellt ist, bin ich ziemlich sicher, ich würde früher oder später vergessen, wer ich im Augenblick sein soll.«

Der Pathologe öffnete den Brustkasten und versenkte seine Hand darin. Dann hielt er inne und blickte zu Jouma, der wie üblich am anderen Ende des gekachelten Saals neben der Tür stand.

»Aber ich kann davon ausgehen, dass Conrad Getty der ist, der er zu sein behauptet, oder?«, erkundigte er sich mit einem Anflug von Besorgnis in der Stimme.

Jouma nickte. »O ja. Daran besteht gar kein Zweifel.«

»Gott sei Dank. Der alte Filou schuldet mir nämlich immer noch Geld von unserer letzten Pokernacht im Yachtclub.«

»Kann sein, dass Sie ein Weilchen warten müssen, bevor er seine Schulden begleicht. Ich gehe davon aus, dass er mehrere Jahre im Gefängnis in Rumuturi sitzen wird.«

Abermals schüttelte Christie den Kopf. »Mädchenhandel! Wer hätte gedacht, dass der gute alte Conrad in so etwas verwickelt sein könnte, oder? Viljoen, okay, das kann ich mir vorstellen. Der Mann war psychisch ja total neben der Spur. Aber Conrad?«

»Getty ließ sich einfach von der Aussicht aufs große Geld locken, aber am Ende merkte er, dass er nicht mehr aussteigen konnte. Und das galt genauso für Viljoen, Dennis Bentley und Harry Philliskirk. Das Geld war der Köder, der sie ins Verderben gelockt hat.«

»Die Wurzel allen Übels, hm?«

»In viel stärkerem Maße, als ich jemals gedacht hätte.«

Jouma beobachtete, wie der Pathologe einen formlosen

Klumpen violettes Fleisch aus dem Bauchraum der Leiche nahm und auf eine Waage legte.
»Und was ist jetzt mit Ihnen, mein guter Jouma?«, wollte Christie wissen und seine Augen funkelten verschmitzt über der Atemschutzmaske. »Sie haben da ja in ein ganz schönes Hornissennest gestochen. Halb Mombasa angeklagt, und diejenigen, gegen die nicht ermittelt wurde, sind über die Grenze geflüchtet.«
»Ich kann nicht behaupten, dass ich stolz darauf wäre«, sagte der Inspector leise.
»Tja, das sollten Sie aber. Unter diesen Umständen werden Sie noch Polizeichef werden. Ist ja sonst keiner mehr übrig!«
»Ich hatte mir gedacht, ich fahre mit Winifred auf Besuch zu ihrem Bruder nach Ghana.«
»Gott behüte, Jouma – erzählen Sie mir jetzt bitte nicht, dass Sie der armen Frau nach all den Jahren einen *Urlaub* spendieren!«
»Er hat eine Farm in der Nähe von Kumasi. Wir dachten, wir könnten dort eine Weile bleiben. Vielleicht auch länger.«
Christie richtete sich auf. »Tja, ich glaube, das ist eine verdammt gute Idee«, meinte er. »Und obwohl Sie es mir wahrscheinlich nicht glauben – ich werde Sie vermissen.« Dann wandte er sich wieder seiner Arbeit zu, und in den nächsten Minuten hörte man ihn summen, während er den Brustkorb der Leiche mit einem dicken, schwarzen Faden wieder zunähte.
»So«, sagte er schließlich. »Fertig.«
»Und?«

»Dieser Körper hat so einiges abgekriegt, wie Sie sicher schon erwartet hatten: Ich konnte ernste innere Verletzungen feststellen, und wie Sie hier sehen, ist ein beträchtlicher Teil des Hinterhauptlappens beschädigt worden. Ich würde tippen, dass diese Verletzung von einem Schiffspropeller stammt. Daneben natürlich noch die üblichen Hinweise darauf, dass diese Leiche länger im Meer gelegen hat. Was sagten Sie noch, wo ist sie gefunden worden?«

»Sie wurde von einem russischen Frachter im Wasser entdeckt.«

Der Pathologe nahm seine Maske ab. »Tja, um Ihnen den Papierkram nicht unnötig zu erschweren, würde ich sagen, dass hier ein Tod durch Ertrinken vorliegt. Die Lungen sind voll mit Seewasser, das der Mann eingeatmet hat, als er noch lebte.«

»Tod durch Ertrinken.«

»Sie klingen enttäuscht, Jouma.«

»Als ich ein kleiner Junge war, ist ein Freund von mir beinahe im Meer ertrunken. Hinterher fragte ich ihn, wie es gewesen war, und er meinte, ihm war es so vorgekommen, als würde er in den Himmel auffahren.«

Christie zog sich mit einem schnalzenden Laut die Gummihandschuhe von den Fingern und warf sie in einen Plastikcontainer. »Tja, für mich ist tot gleich tot, egal, wie es passiert ist. Und ich sage nur: weg mit Schaden. Welchen Namen soll ich denn nun in den Bericht schreiben?«

Jouma ging um den Tisch herum und starrte dem Kadaver ins verschrammte, zerfressene Gesicht.

»Identität unbekannt«, sagte er.

Danksagung

Kenia, dieses bemerkenswerte Land, und die Wärme, die Weisheit und der Optimismus seiner Bewohner haben mich zu diesem Buch inspiriert.

Mein besonderer Dank gilt Damian Davies für seine nützlichen Gedanken über *Die letzten Tage in Kenya* – in der Version des einundzwanzigsten Jahrhunderts.

Außerdem möchte ich mich bei Edward Bejah aus Mombasa dafür bedanken, dass er sein Wissen, seinen Enthusiasmus und seine unerschütterliche gute Laune mit mir geteilt hat.

Zu guter Letzt ein herzliches Dankeschön an Jane Gregory und Emma Dunford, die dieses Projekt verwirklicht haben – und mir den Traum jedes unbekannten Autors erfüllten: einmal mit seinem Agenten und seinem Verleger essen gehen!

Steve Mosby
Der 50/50-Killer

Thriller

John Mercer, ein altgedienter Detective, gerät in die Fallstricke eines perfiden Serienkillers. Der unbekannte »50/50-Killer« hat es auf junge Paare abgesehen. Eiskalt quält und manipuliert er sie eine Nacht lang, um die Liebe zwischen ihnen zu zerstören. Nur wer den anderen verrät, sieht den Morgen heraufdämmern ...

»Eines der Thriller-Highlights des Jahres!«
Krimi-Couch.de

»Ein Schocker mit Gänsehaut-Garantie.«
Siegener Zeitung

Knaur Taschenbuch Verlag